À PROPOS DE L'AUTRICE

Maisey Yates a publié son premier roman en 2009 – à seulement 23 ans ! Elle n'a pas cessé d'écrire depuis, des histoires de cow-boys puissants, de princes torturés ou de familles dévorées de secrets... Passionnée de tricot mais détestant les tâches ménagères, Maisey vit dans l'Oregon, à la campagne, entourée de son mari et de ses trois enfants.

Une irrésistible attraction

*

Un mystérieux fiancé

Collection : SAGAS

Titre original :
HEIR TO A DESERT LEGACY

Ce roman a déjà été publié en 2020

HARPERCOLLINS FRANCE
83-85, boulevard Vincent-Auriol, 75646 PARIS CEDEX 13
Service Clients — www.harlequin.fr
ISBN 978-2-2805-0427-0 — ISSN 2426-993X

Édité par HarperCollins France.
Composition et mise en pages Nord Compo.
Imprimé en février 2024 par CPI Black Print (Barcelone)
en utilisant 100% d'électricité renouvelable.
Dépôt légal : mars 2024.

FSC
www.fsc.org
MIXTE
Papier issu de sources responsables
FSC® C159065

Pour limiter l'empreinte environnementale de ses livres, HarperCollins France s'engage à n'utiliser que du papier fabriqué à partir de bois provenant de forêts gérées durablement et de manière responsable.

MAISEY YATES

Une irrésistible attraction

INTÉGRALE
FRÈRES DE CŒUR

Traduction française de
ANNE-LAURE PRIEUR

SAGAS
HARLEQUIN

1

Avec un juron, Sayid al-Kadar releva le col de son manteau. Cette bruine incessante était franchement désagréable. Sans parler de la ville. Même dans ce quartier convenable de Portland, tout semblait ne former qu'un seul bloc : la route, le trottoir, les immeubles se découpant sur le ciel grisâtre... Une prison de verre et d'acier qui se refermait sur ses habitants. Ce n'était pas un endroit pour lui. Encore moins pour l'héritier du trône d'Attar. Pourtant, d'après ses informations, c'était bien ici que ce dernier se trouvait.

Vingt-quatre heures plus tôt, un document découvert dans le coffre-fort de son frère avait rendu espoir à Sayid. Son neveu était peut-être en vie ! Le retrouver était devenu sa priorité. En un temps record, Alik lui avait confirmé non seulement que l'enfant était vivant, mais qu'il se trouvait sur le sol américain. Non que l'efficacité de son ami le surprît : Alik Vasin ne connaissait pas l'échec.

Les mains enfoncées dans les poches, Sayid traversa la rue en direction de l'immeuble indiqué par Alik. Comme il croisait une jeune femme, il lui décocha un sourire éclatant, exercice qu'il n'avait plus pratiqué depuis longtemps. La tactique fonctionna. Sous le charme, la visiteuse tapa le code d'entrée et lui tint la porte ouverte. Il prit délibérément un autre ascenseur. Il n'était pas là pour s'amuser.

Il sentit la tension lui nouer les muscles lorsque les portes s'ouvrirent sur le dernier étage. Le couloir était étroit, et les grincements du plancher en disaient long sur la vétusté de l'immeuble. Une moiteur déplaisante imprégnait l'air, sa peau, ses vêtements. L'endroit lui évoquait un cachot. Il n'avait jamais eu de raison de se rendre aux Etats-Unis jusque-là. Sa place était à Attar et son vaste désert de sable rouge — bien que ce lieu lui fût devenu aussi étranger que cette ville froide et pluvieuse, depuis que son devoir le confinait au palais...

Depuis que son frère, Rashid, et sa belle-sœur, Tamara, avaient disparu, laissant derrière eux un enfant...

Il frappa à la porte numéro treize.

— Une minute !

Un tumulte lui parvint de l'intérieur. Les pleurs d'un bébé, suivis d'un bruit de pas précipités. Il devinait qu'on l'observait par le judas. Aucune chance qu'on le laisse entrer. Une femme qui refusait de lui ouvrir sa porte était une situation inédite pour Sayid. Mais Chloé James n'avait rien à gagner à se cacher de lui. Au contraire.

— Chloé James ? appela-t-il.

— Oui ?

L'épaisseur de la porte étouffait le son de sa voix.

— Je suis le cheikh Sayid al-Kadar, régent d'Attar.

— Régent ? Intéressant. Attar... c'est en Afrique du Nord, non ?

— Vous savez parfaitement où se trouve mon pays.

Dans l'appartement, les pleurs redoublèrent.

— Ecoutez, je suis assez occupée. Vous avez réveillé le bébé et...

— C'est justement la raison de ma visite, Chloé. Le bébé.

— Il est un peu grognon, pour l'instant. Revenez plus tard.

— Mademoiselle James..., insista poliment Sayid.

Enfoncer la porte paraissait un jeu d'enfant. Mais ce n'était sans doute pas la meilleure stratégie. Il tenait à éviter l'incident diplomatique.

— Laissez-moi entrer et nous discuterons ensemble de la situation.

— Quelle situation ?

— Le bébé.

— Que lui voulez-vous ?

— La même chose que mon frère. J'ai en ma possession un

contrat légal, dont vous connaissez la teneur puisque vous l'avez signé. Soit nous en discutons maintenant, soit nous nous revoyons au tribunal.

A vrai dire, il n'avait aucune intention de mêler la justice à cette affaire, que ce soit celle des Etats-Unis ou celle d'Attar. Mieux valait éviter de faire des vagues avant d'avoir mis au point une version expliquant comment l'enfant avait survécu, et pourquoi on avait caché son existence. Pour cela, il avait besoin de se faire une idée précise de la situation. Le document trouvé dans le coffre reflétait-il la réalité ? Ou couvrait-il une liaison entre son frère et Chloé James ?

Cette seconde hypothèse compliquerait les choses et l'empêcherait de partir avec l'enfant. Cela était inacceptable.

La porte s'ouvrit, maintenue par une chaîne. Un œil bleu frangé de longs cils apparut dans l'entrebâillement et le détailla avec méfiance.

— Carte d'identité ?

Sayid soupira, puis sortit son passeport qu'il brandit devant l'ouverture.

— Satisfaite ?

— Pas vraiment.

La porte claqua. Il y eut un cliquetis de chaîne, puis elle se rouvrit.

— Entrez.

Il passa le seuil, aussitôt pris de claustrophobie. Des étagères remplies de livres couvraient les murs jusqu'au plafond, rendant la pièce plus exiguë encore. Un ordinateur portable était ouvert sur la table basse à côté d'une pile de livres. Une autre pile s'élevait dans un coin, près d'un tableau blanc. L'agencement avait beau obéir à une certaine logique, le manque d'espace donnait à Sayid une désagréable impression de chaos. Rien à voir avec l'ordre militaire qui régissait sa vie.

Son regard se posa alors sur Chloé. Elle était petite, avec des cheveux d'un roux ambré et une peau très claire parsemée de taches de rousseur. Sa poitrine généreuse et sa taille épaissie indiquaient clairement qu'elle venait de mettre au monde un enfant. Quant à ses traits tirés, ils trahissaient un flagrant manque de sommeil. Si elle était la mère biologique de l'enfant, cela se verrait. Son physique était aux antipodes de celui de Rashid, mat de teint, et de sa jeune épouse à la chevelure d'ébène.

— Cet endroit n'offre aucune protection, observa-t-il d'un ton sévère.

Les pleurs avaient cessé. Le calme régnait de nouveau dans l'appartement.

— J'aurais pu entrer de force, tout comme n'importe quelle personne malintentionnée. Vous mettez l'enfant en danger en le gardant ici.

— Je n'avais nulle part où aller, se défendit la jeune femme.

— Où est-il ?

— Aden ? Vous n'avez pas besoin de le voir...

— J'insiste.

— Pourquoi ?

Tout en parlant, elle avait contourné le canapé, comme pour lui bloquer le passage. Ridicule. Elle ne faisait pas le poids face à un soldat de sa trempe. Pourtant, elle lui tenait tête, tigresse à la crinière de feu.

— C'est mon neveu, répondit-il. Le même sang coule dans nos veines.

— Vous vous sentez donc lié à lui ?

— Cela vous étonne ?

C'était un lien de sang plus que de cœur, il l'admettait volontiers. Ils ne formaient pas une famille au sens traditionnel du terme. Sayid avait fait le serment de protéger son souverain, au prix de sa vie s'il le fallait. Rien ni personne ne pouvait briser ce lien-là.

— C'est juste que... vous n'avez jamais été proche de la famille, balbutia-t-elle. Rashid disait que...

— Rashid ?

Elle l'appelait par son prénom ? Mauvais signe. Si elle était effectivement la mère biologique de l'enfant, le contrat perdait tout impact. Auquel cas, tant pis pour l'incident diplomatique. Il reprendrait l'enfant, par la force si nécessaire.

— Quelle relation entreteniez-vous avec mon frère ? demanda-t-il d'un ton dur.

La jeune femme croisa les bras sous sa poitrine.

— J'ai mis au monde son enfant.

Une rage sourde envahit Sayid. Son frère avait-il compromis l'avenir d'Attar ? Si oui, ce serait à lui d'en assumer les conséquences. A lui d'empêcher le pays de s'effondrer, tout en s'assurant que la vie continue paisiblement pour ses millions d'habitants.

— Vous avez rédigé ce contrat parce que vous êtes la vraie mère d'Aden ! gronda-t-il en brandissant le document.

— Quoi ? Pas du tout ! protesta Chloé.

— Cette histoire de mère porteuse est un mensonge destiné à couvrir votre liaison avec mon frère...

Elle leva les mains en signe de dénégation.

— Vous faites fausse route ! J'ai bien donné naissance à Aden en tant que mère porteuse. L'enfant est le sien et celui de Tamara.

Sa voix se brisa sur le nom de l'épouse de Rashid. Sayid hésitait encore à la croire.

— Pourquoi ne pas vous être tournée vers moi ?

— Je... je ne sais pas. J'avais peur, balbutia-t-elle. Ils étaient en route vers l'hôpital au moment de l'accident. Je devais accoucher dans une clinique privée, mais j'ai perdu les eaux plus tôt que prévu. Seul leur médecin attitré était dans le secret. Il est mort avec eux...

Sayid regarda autour de lui avec désapprobation.

— Donc, vous avez amené l'enfant ici, dans cet appartement non sécurisé ?

— Personne ne savait où j'étais, assura la jeune femme.

— Il m'a fallu moins de vingt-quatre heures pour vous localiser. Une chance que ce soit moi, et non un ennemi, qui vous aie retrouvée !

— Comment puis-je être sûre que vous n'êtes pas un ennemi d'Aden, vous aussi ?

— Soyez-en assurée, maintenant.

Chloé soutint le regard d'acier de l'homme en face d'elle. Sayid al-Kadar se tenait dans son salon ! Elle peinait encore à le croire. Depuis la naissance d'Aden, elle n'avait manqué aucun reportage sur Attar, témoin de l'accès au trône du jeune frère du cheikh. Ce dernier avait affiché un calme presque surnaturel au milieu de la tragédie qui secouait sa nation : le cheikh et son épouse étaient morts, et le futur héritier avec eux. Du moins, officiellement.

Tout le monde ignorait que le couple royal avait fait appel à une mère porteuse et que l'enfant était en bonne santé.

Quand, après l'accouchement, ni Rashid et Tamara, ni leur médecin n'étaient apparus, Chloé avait été prise d'un horrible pressentiment. Elle avait demandé à l'infirmière d'allumer la télévision, et son sang s'était glacé. Car toutes les chaînes relayaient la même information : un tragique accident de voiture dans le nord-ouest du Pacifique avait emporté la famille royale d'Attar et son médecin privé. Assommée, Chloé n'avait su que serrer le bébé contre sa poitrine. Ce bébé qui n'était pas le sien, mais n'avait plus qu'elle au monde…

Les semaines suivantes s'étaient écoulées comme dans un brouillard. Elle avait longuement pleuré la mort de Tamara, partagée entre chagrin et angoisse. Que faire d'Aden ? Pouvait-elle faire confiance à l'oncle du nouveau-né ? Après tout, Aden en vie, il n'était plus souverain, mais simple régent. Qui sait ce dont il était capable pour préserver sa position ? Cette hypothèse l'avait terrifiée. Une crainte absurde, bien sûr. Ni Rashid, ni Tamara n'avaient jamais médit du jeune frère du cheikh.

C'était la première fois qu'elle éprouvait pareil instinct de protection. Aden était le neveu de Sayid, à qui il était lié par le sang. Mais c'était plus que cela. Elle qui ne voulait pas d'enfants l'avait porté pendant neuf mois. Ce lien-là était indestructible, gravé dans sa chair. Même si sa raison le niait.

— Pourquoi ne pas avoir contacté le palais ? lui reprocha Sayid.

— Le contrat m'interdisait de divulguer mon rôle. Si Rashid avait voulu vous mettre dans le secret, il l'aurait fait.

— Vous avez donc agi par loyauté ?

— Oui.

— J'imagine que vous avez été payée ?

Le rouge monta aux joues de Chloé.

— En effet.

Elle avait reçu une compensation financière et ne comptait nullement s'en excuser. Toutes les mères porteuses monnayaient leurs services. Si elle avait accepté, c'était avant tout pour Tamara, mais aussi pour l'argent, sa bourse d'études ne suffisant pas à couvrir ses frais d'université.

— C'est normal, dit-elle. Porter un enfant, le mettre au monde, ce n'est pas rien. Ces dix derniers mois me l'ont prouvé.

— Alors pourquoi faire cela pour de parfaits inconnus ? insista Sayid.

Ses yeux de jais étincelaient de colère. A l'évidence, il continuait à croire qu'elle et Rashid avaient été amants.

— Tamara était ma demi-sœur, répondit-elle. Vous l'ignoriez sans doute, car nos retrouvailles étaient récentes.

Découvrir qu'elle avait une demi-sœur avait comblé Chloé de joie. C'est Tamara qui l'avait retrouvée, grâce aux ressources que lui procurait son statut d'épouse du cheikh. Chloé avait été si impressionnée ! Sa sœur, une cheikha ! Sa beauté et son pouvoir l'avaient fascinée. Mais c'est surtout la perspective d'avoir une nouvelle famille qui l'avait réjouie...

Chloé et Tamara ne s'étaient réunies qu'en de rares occasions, car un océan les séparait. Mais chacune de leurs rencontres avait été merveilleuse. Cette amitié qui les unissait, Chloé avait espéré la voir s'épanouir en un lien familial profond. Un espoir, hélas, tragiquement étouffé dans l'œuf. Aden était la seule famille qu'il lui restait, désormais.

Son cœur se serra à la pensée du bébé endormi dans la pièce voisine. Elle ignorait ce qu'elle ressentait pour le nouveau-né, ignorait quoi faire de lui. Le garder ? S'en séparer ? Les deux options lui étaient aussi intolérables l'une que l'autre. Résultat, elle se retrouvait coincée avec un bébé qui l'empêchait de réviser, tout en vivant dans la peur qu'on le lui enlève.

Un an plus tôt, elle s'était inscrite avec enthousiasme en troisième cycle d'université, tout entière absorbée par son doctorat en physique théorique. Aujourd'hui, elle pleurait sa sœur perdue. Peinait à rendre ses devoirs en temps et en heure. Elevait tant bien que mal un enfant. L'espace d'une seconde, elle détesta sa vie.

Et si elle confiait Aden à son oncle ?

En acceptant d'être mère porteuse, elle n'avait jamais envisagé l'éventualité de garder l'enfant. Mais depuis, elle avait goûté à la maternité. Entrevu ce que son avenir pourrait être si…

Si elle était quelqu'un d'autre.

Une brusque fatigue s'abattit sur ses épaules. Sayid, lui, était resté impassible. Seul son regard reflétait une vague compassion.

— Je suis désolé pour votre sœur.

— Et moi, pour votre frère.

— C'est une perte terrible pour Attar. Aden est notre futur souverain, l'espoir de tout un peuple.

— Ce n'est qu'un bébé, murmura Chloé.

Pauvre Aden ! Si vulnérable, et déjà privé de sa mère. Sa *vraie* mère, prête à l'accueillir et à l'élever avec amour. Pas l'étudiante qui s'occupait de lui bon gré mal gré depuis six semaines. Elle était exténuée, constamment au bord des larmes…

— Un bébé appelé à régner, rappela Sayid. C'est le but de sa naissance.

— Pas seulement, objecta-t-elle. Rashid et Tamara désiraient de tout cœur être parents.

Un profond instinct maternel avait dicté la requête de Tamara, elle en était convaincue.

— Je n'en doute pas, concéda Sayid. L'adoption n'était cependant pas une option, l'héritier devant impérativement être issu de la lignée Al-Kadar.

Chloé ne l'ignorait pas. Ce souvenir paraissait si lointain…

Ce jour-là, c'était une Tamara en larmes qui avait sonné chez elle. Meurtrie, elle s'était confiée sur sa dernière fausse couche en date. Sur son désir profond d'être mère. Sur la nécessité pour elle de donner un héritier au royaume. C'est alors qu'elle avait formulé la demande qui allait bouleverser la vie de Chloé.

« Tu seras indemnisée, bien sûr. Une fois né, l'enfant rentrera avec nous à Attar. Et toi, tu auras contribué à agrandir la famille. »

Ces mots avaient touché une corde sensible. Avoir une famille était le vœu le plus cher de Chloé.

Elle s'était alors persuadée qu'être enceinte n'était certainement pas si terrible. Au terme des neuf mois, Tamara et Rashid auraient l'enfant qu'ils désiraient, tandis qu'elle aurait mis une nouvelle vie au monde, tout en réglant ses problèmes d'argent.

Le bonheur de la seule famille pour qui elle comptait valait bien les petits désagréments d'une grossesse. Simple formalité.

Puis il y avait eu les nausées matinales, la prise de poids, la poitrine douloureuse, les vergetures... Et bien sûr, l'accouchement. Rien de tout cela n'avait été une « formalité ».

Pourtant, dans cet instant de calme après la délivrance, juste avant qu'elle n'apprenne la tragédie, elle avait contemplé le petit être dans ses bras, et un sentiment de plénitude l'avait envahie. Comme si toutes les pièces du puzzle de sa vie s'étaient soudain mises en place. Il lui semblait qu'elle venait d'accomplir son destin, qu'Aden était et serait à jamais sa plus belle réussite.

Mais c'était avant que son monde ne s'écroule de nouveau. Depuis six semaines, elle vivait comme un zombie, selon une routine immuable. S'occuper d'Aden. Manger et dormir lorsqu'il lui en laissait le temps. Essayer d'étudier. Peu à peu, elle perdait pied. L'arrivée de Sayid était un cauchemar autant qu'un soulagement.

— Je sais, dit-elle. Que comptez-vous faire au juste ?

— Le ramener à Attar, auprès de son peuple, répondit Sayid.

— Et qui va l'élever ?

— Tamara avait engagé les meilleures nourrices. Sitôt à Attar, il retrouvera la vie qui est la sienne.

Un calme étrange imprégnait la voix du cheikh. Chloé se demanda furtivement ce qui couvait sous cette surface un peu trop lisse.

— Quand avez-vous découvert la vérité ?

— Hier. Parmi les documents contenus dans le coffre-fort de Rashid se trouvait le contrat de gestation pour autrui. Mon premier rayon d'espoir en six semaines...

— Vous n'avez pas mis longtemps à nous retrouver.

— Vous n'étiez guère cachés...

— J'avais peur, murmura Chloé.

— De quoi ?

— De tout.

C'était la pure vérité. Depuis la mort de Tamara, elle vivait dans une angoisse permanente. Chaque jour paraissait une éternité, comme suspendu dans le temps.

— J'avais peur de vous, ajouta-t-elle. Peur que vous cherchiez à évincer cet héritier qui menace votre pouvoir…

Le regard du cheikh se durcit.

— J'ai été élevé pour combattre, mademoiselle James, pas pour régner. Dans mon pays, c'est la fonction réservée au fils cadet. Je suis un guerrier. J'exécute les ordres et protège le royaume coûte que coûte, quitte à me montrer sans merci. Le bien d'Attar passe avant ma personne.

Chloé le croyait volontiers, ne serait-ce qu'à sa voix dénuée d'émotion. Sayid était un soldat, une machine programmée pour obéir. Et il était résolu à emmener Aden.

— Si j'ai bien compris, vous êtes l'homme de main de la famille Al-Kadar ?

La remarque lui avait échappé. Aucun livre ne l'avait préparée à cette situation. Pour la première fois, elle se sentait perdue, incapable de raisonner avec clarté.

— Mon futur était tracé dès ma naissance, répondit Sayid. Tout comme celui d'Aden.

Cette vérité l'ébranla. Bien sûr, elle n'ignorait pas qu'un grand destin attendait le petit garçon. Un destin dans lequel elle n'avait aucune part. Mais isolée dans sa bulle avec Aden, il lui avait été facile, nécessaire même, d'oublier la réalité.

— Aden doit rentrer à Attar. De votre côté, vous retrouverez votre vie d'avant.

C'est vrai. Elle terminerait son doctorat, puis, son diplôme en poche, décrocherait une chaire à l'université ou un poste dans un institut de recherche. Elle et son tableau blanc : une existence simple, dédiée aux mystères de l'univers — plus accessibles, à ses yeux, que celui des relations amoureuses. Elle les évitait d'ailleurs comme la peste, se contentant de son cercle d'amis.

Voilà l'avenir que lui offrait Sayid : une chance de reprendre le cours normal de sa vie.

Sauf qu'il lui suffisait de regarder son ventre pour comprendre que rien n'était plus pareil. Cet enfant qui dormait dans la pièce d'à côté, elle l'avait porté en elle. Lui avait donné la vie. Impossible de faire marche arrière, désormais.

— Je ne peux pas vous laisser l'emmener, l'informa-t-elle.

— Pourquoi ? Vous comptiez bien le rendre à Rashid et Tamara...

— C'est différent. Ils étaient ses parents. La famille auprès de laquelle il aurait dû grandir.

— Orphelin ou non, sa place est à Attar, décréta Sayid, inflexible.

— Il se sentira perdu ! Je suis la seule mère qu'il connaisse !

Sa mère. C'était la première fois qu'elle donnait voix à cette pensée. Après tout, elle l'avait mis au monde, l'avait nourri au sein, s'était occupée de lui nuit et jour. Il n'était peut-être pas son fils biologique, mais un lien bien réel les unissait.

— N'avez-vous pas envie de retrouver votre vie ? insista le cheikh.

Bien sûr qu'elle en avait envie ! Mais abandonner Aden était un sacrifice aussi insurmontable que celui de renoncer à sa carrière. Elle était déchirée, incapable de trouver la réponse.

— Je ne peux pas, murmura-t-elle. Rien ne sera plus jamais comme avant.

Cela, au moins, était un fait. Tangible. Irréfutable. Pas besoin d'équations pour le prouver.

— Dans ce cas, que proposez-vous ?

Sayid la fixait intensément, les bras croisés en une posture rigide. Soudain, les pleurs d'Aden rompirent le silence. Une vague d'amour submergea Chloé, et elle trouva la réponse qu'elle cherchait.

— Emmenez-moi à Attar.

2

— C'est hors de question, assena Sayid en se dirigeant vers la pièce d'où s'élevaient les pleurs.

— Où croyez-vous aller ? s'écria Chloé, gagnée par la panique.

— Récupérer mon neveu, comme convenu.

Il lui agita sous le nez le contrat de gestation pour autrui. Un contrat qu'elle avait signé sans regret, stipulant qu'Aden était l'enfant de la famille royale d'Attar. Pas le sien.

Ses pieds bougèrent d'eux-mêmes. Au moment où Sayid atteignait la porte, elle lui agrippa les épaules et le tira en arrière. Du moins, elle essaya, car l'homme était un roc, ses muscles durs comme l'acier sous ses doigts. Le genre d'homme qui la terrifiait. Une seule gifle de sa main puissante l'enverrait rouler à terre. Combien de fois avait-elle vu sa mère recroquevillée sur le sol après un tel traitement ?

Mais Sayid ne la gifla pas. Lentement, il fit volte-face.

— A quoi jouez-vous ?

— Je ne vous laisserai pas emmener Aden ! s'exclama-t-elle avec force. Vous êtes peut-être le cheikh dans votre pays mais ici, vous n'êtes qu'un intrus dans mon salon. Ne m'obligez pas à appeler la police.

Elle tremblait de colère, mais une colère qui la portait et supplantait sa peur. Aden n'était qu'un nouveau-né, un petit être sans défense. Si elle ne se battait pas pour lui, qui le ferait ?

— Je m'attendais à plus de réserve de la part d'une scientifique, grinça Sayid.

— Et moi, à plus de diplomatie de la part d'un chef d'Etat ! riposta Chloé. Vous pensiez vraiment que j'allais vous laisser m'enlever mon enfant ?

Une lueur dangereuse s'alluma dans le regard du cheikh.

— Aden n'est pas votre enfant.

Ces mots la heurtèrent de plein fouet. Elle se demanda soudain ce qu'il lui avait pris de dire cela.

— C'est vrai, concéda-t-elle. Mais j'ai pris soin de lui. Je l'ai nourri au sein. Vous ne pouvez pas ignorer cela.

— Il était entendu dès le début que vous rendriez l'enfant, rappela Sayid, intraitable.

— A Tamara, oui. Sa mère, ma demi-sœur. Mais elle est morte, à présent. A part le personnel médical, moi seule l'ai tenu dans mes bras. Et vous voudriez nous séparer !

— Je ne fais que mon devoir. Aden n'est pas votre fils. Pour le bien d'Attar, il *doit* rentrer.

— Alors laissez-moi l'accompagner !

— Et compromettre le secret de sa naissance ?

Elle secoua la tête.

— Non ! Je pourrais être... sa nourrice ?

— Jusqu'à sa majorité, à seize ans ?

Chloé n'avait pas seize années à passer à Attar. Elle avait une vie à Portland. Des amis. Son doctorat. Un poste d'enseignante stagiaire à compter de l'automne. La meilleure solution était encore de couper les ponts maintenant. Sauf qu'elle en était incapable.

— Non, bien sûr, bredouilla-t-elle. Mais peut-être pourrais-je le garder ici encore six mois...

Pourquoi six mois ? Elle avait dit cela au hasard, dans le but de gagner du temps. Elle en avait besoin pour digérer ce qui lui arrivait. Mais c'était prendre le risque de s'attacher encore plus à Aden...

Comme elle se dirigeait vers la chambre où pleurait le bébé, Sayid la retint par le bras.

— Répondez-moi franchement. Qu'y avait-il entre vous et mon frère ?

— Rien, je vous l'ai dit.

— Aucun scandale ne doit éclabousser la famille royale. Vous comprenez ?

— Rashid aimait Tamara. Jamais il ne l'aurait…

— Oui, il l'aimait, l'interrompit le cheikh. Mais personne n'est à l'abri d'un faux pas. Pas même Rashid. Tout le monde est capable du pire.

Y compris un homme en apparence inoffensif. Chloé avait vu de quoi son père était capable. Et les doigts de Sayid enfoncés dans sa chair en étaient un désagréable rappel.

— Même vous ? murmura-t-elle.

— Tout le monde.

— Eh bien, soyez rassuré. Votre frère ne m'a jamais touchée.

L'idée l'aurait même fait rire si Sayid n'avait été si sérieux.

— J'ai accepté ce contrat pour Tamara, parce qu'elle était ma sœur, dit-elle.

— Bien. Je ne peux pas me permettre la moindre complication.

Une brusque colère envahit Chloé.

— Moi non plus, figurez-vous. Pourtant, ma vie n'est plus qu'une longue suite de complications…

— Je peux les faire disparaître.

— Oh ! vraiment, monsieur le Génie de la lampe ? Pouvez-vous remonter le temps ? Effacer de ma mémoire le fait que j'ai porté cet enfant et l'ai protégé les premières semaines de sa vie ?

Une vague de désespoir la submergea face au dilemme qui l'accablait.

— Aden ne manquera de rien, assura Sayid. Son retour à Attar est la seule décision logique.

Chloé secoua la tête. La logique était sa meilleure amie. Son fil d'Ariane dans une enfance marquée par le chaos. Mais le cœur n'avait-il pas ses raisons que la raison ignorait ?

— L'aimerez-vous ? demanda-t-elle.

Le regard du cheikh resta de glace.

— Je mourrais pour lui.

— Ce n'est pas la même chose.

— C'est le serment que je lui fais.

Chloé serra les dents. Les hommes et leurs serments… Elle avait trop souvent vu son père rompre sa parole pour y accorder le moindre crédit. Sayid, pourtant, semblait sincère. Ses mots venaient du fond de son âme, elle le devinait à la façon dont ils résonnaient en elle.

— Aden est mon roi, ajouta-t-il. Je lui dois allégeance en tant que sujet et membre de sa famille.

— Ce n'est qu'un bébé, objecta Chloé, une boule dans la gorge.

— Mais pas un bébé comme les autres, Chloé. Nous avons tous un fardeau à porter. Le sien est de régner.

La voix de Sayid s'était adoucie. Chloé n'était cependant pas prête à baisser les bras.

— Héritier ou non, il reste un nouveau-né, et on ne retire pas un nouveau-né à la seule mère qu'il connaisse. J'imagine que c'est le personnel du palais qui va l'élever ?

— Naturellement.

Sayid ne jouerait aucun rôle dans l'éducation d'Aden. Il était prêt à donner sa vie pour son neveu, mais pas à changer ses couches.

— De nombreuses études affirment que ses premiers liens sont cruciaux à l'équilibre émotionnel d'un enfant, continua la jeune femme. Privé de l'attention nécessaire, il serait incapable de former le moindre attachement une fois adulte.

La mâchoire de Sayid se crispa.

— Cette conclusion me semble valide.

— Les scanners cérébraux d'enfants ayant grandi sans affection montrent même qu'une partie de leur cerveau cesse de fonctionner correctement. Ce n'est pas ce que vous voulez pour le futur roi d'Attar, n'est-ce pas ?

— Bien sûr que non.

— J'ai pris soin d'Aden comme une mère, continua-t-elle avec émotion. Je l'ai allaité. Qu'arrivera-t-il si vous le séparez de moi ?

— Est-il sain de le laisser pleurer ainsi ? répliqua froidement le cheikh.

Vexée, Chloé se hâta d'aller chercher Aden dans son berceau. Le tenir dans ses bras n'était pas encore naturel pour elle. Il était si fragile, si petit ! Elle se sentait nerveuse, terrifiée à l'idée de ne pas soutenir sa tête correctement.

Sayid observait Chloé avec attention. Ses gestes étaient doux mais hésitants, son visage concentré, comme si elle craignait de commettre une erreur. Etrangement, ce spectacle le toucha. La gêne de la jeune femme était évidente. Elle n'était pas prête à élever un enfant. Et pourtant, elle se battait bec et ongles pour son neveu. Par loyauté.

Dans ses yeux bleus se lisait sa détermination à protéger Aden, au mépris de son propre bien-être. Un sentiment qu'il comprenait et respectait.

— Six mois, annonça-t-il.

Elle le dévisagea avec méfiance.

— Six mois pour quoi ?

— C'est le temps que vous séjournerez au palais, en tant que nourrice du prince. Votre présence n'éveillera ainsi aucun soupçon.

— Oh. Je...

— Officiellement, Aden est né juste avant le décès de Tamara, mais nous attendions d'être rassurés sur son état de santé pour l'annoncer à la presse.

— Le peuple ne vous en voudra-t-il pas de lui avoir caché une telle information ?

— Il comprendra, répondit Sayid.

Son ton tranchant se répercuta dans la pièce, vaguement menaçant.

— Rashid tenait à préserver le secret de la naissance d'Aden. A nous de respecter sa volonté.

— Tamara craignait d'être accusée d'infidélité, murmura Chloé.

— A Attar, une partie de la population persiste à attribuer la stérilité à un péché commis par la femme, admit Sayid.

— Rashid et Tamara redoutaient ce genre de rumeurs. Elles seraient d'autant plus graves maintenant qu'ils ne sont plus là, n'est-ce pas ?

— En effet.

Sayid contempla l'enfant dans les bras de la jeune femme. Un étau lui comprimait la poitrine, et ce depuis qu'il assumait la régence. Il n'était pas diplomate. Encore moins homme à remplir de la paperasserie ou à divertir de hauts dignitaires en visite officielle. La presse le savait et ne manquait jamais une occasion de le comparer à l'ancien cheikh. Rashid était un leader, né pour régner ; Sayid, un guerrier, né pour combattre. Aden représentait son salut, l'héritier qui le libérerait du trône. Mais il n'était encore qu'un bébé.

Comme cet autre qu'il n'avait pas su sauver...

Le poids sur sa poitrine s'alourdit. Il se ressaisit promptement. Le passé était le passé. Les regrets n'avaient pas leur place dans sa vie. Une leçon qu'il avait apprise très jeune, de la manière forte. Un homme gouverné par ses émotions était un homme vulnérable. Un soldat, lui, n'avait rien à perdre. L'important n'était pas de faire le bien, mais de prendre la décision la plus pertinente. Sans regrets.

Et voilà qu'Aden, son neveu et dernier lien avec son frère, remettait tout cela en question ! La vue du bébé ouvrait une brèche dans le mur de son cœur. Or, il ne pouvait se permettre d'être vulnérable. Maintenant moins que jamais.

— Six mois ? répéta Chloé.

— Pas un de plus. A l'issue de ce délai, vous retrouverez votre ancienne vie. C'est bien ce que vous vouliez ?

Elle hocha lentement la tête.

— Oui...

— Dans ce cas, faites vos bagages. Nous partons sur-le-champ.

— Et mes examens ?

— Vous les passerez à distance. Je m'arrangerai avec vos professeurs.

— Je doute qu'ils acceptent...

Ce scepticisme le fit rire.

— On ne refuse rien au cheikh d'Attar.

— Ce n'est pas à vous de vous battre pour moi ! protesta la jeune femme.

Sa mâchoire se crispa.

— Je suis un guerrier. Je me bats pour tout le monde.

Après avoir jeté pêle-mêle ses affaires et celles d'Aden dans un sac, Chloé se sentait engourdie, comme anesthésiée. Même la vue du jet privé sur le tarmac de l'aéroport ne parvint pas à dissiper cette étrange sensation.

Le contrecoup du choc, peut-être ?

La porte de l'avion se referma avec un bruit sec, désagréable. Oui, c'était exactement cela. Le cocon dans lequel elle vivait depuis six semaines commençait à s'effilocher. Six semaines à survivre au jour le jour, sans rien prévoir au-delà de la prochaine heure... Le retour à la réalité était brutal.

Six mois.

Aden pressé contre elle, elle s'abandonna au confort d'un large siège en cuir. La cabine dépassait tout ce qu'elle avait imaginé en termes de luxe et de magnificence. Vivre à Attar serait comme débarquer sur une autre planète ; elle s'y était préparée. Mais elle ne s'attendait pas à être aspirée dans le monde de Sayid avant même d'avoir quitté le sol américain !

Il lui faisait face, assis dans une posture détendue. En apparence. Chloé n'était pas dupe : Sayid al-Kadar n'était pas le genre d'homme à se relaxer facilement. Le corps et les yeux en alerte, il lui évoquait un félin prêt à bondir sur sa proie.

— Une chance que vous possédiez déjà un passeport, remarqua-t-il. Vous voyagez souvent ?

La question n'était pas innocente. Il ne lui faisait pas confiance, et c'était réciproque.

— Je suis allée en Suisse l'année dernière, visiter le Grand collisionneur de hadrons. Une formidable opportunité, répondit-elle.

Un vague sourire étira les lèvres du cheikh.

— Pour la plupart des femmes, une formidable opportunité, c'est une remise sur un sac à main de créateur...

— Oh ! on n'a jamais trop de sacs à main. Mais rien ne vaut une bonne conversation sur la théorie des cordes.

— Je crains que mes connaissances en la matière soient limitées, repartit Sayid en hochant brièvement la tête.

En signe de respect, sans doute. Il la testait. Les hommes n'aimaient pas être humiliés par une femme. A commencer par ceux de sa promotion, qui se sentaient menacés par son intelligence et cherchaient sans cesse ses failles. Eh bien, elle n'en avait aucune. Pas sur le plan intellectuel, en tout cas.

— Si cela peut vous consoler, je n'y connais rien en pur-sang arabes...

Sayid partit d'un grand rire.

— Vous me croyez spécialiste en pur-sang arabes ?

— Simple supposition. Qui frôle le cliché, je l'admets.

Il haussa les épaules.

— Les chevaux ne m'intéressent pas. Je leur préfère tout ce qui est véhicules militaires, armes et artillerie, embuscades dans les dunes. Ce genre de choses.

Chloé n'en était pas surprise. Sayid al-Kadar exsudait le danger, et son instinct ne la trompait jamais.

— Autant de sujets dont je suis incapable de débattre, admit-elle.

— Votre solution serait donc le silence ?

— Pourquoi pas ? La journée a été longue.

Obtenir les documents de voyage d'Aden avait en effet pris un certain temps.

— La presse est sans doute déjà en train de faire le pied de grue devant le palais, l'informa Sayid.

— Savent-ils à quoi s'attendre ?

— Non. La nouvelle ne sera annoncée qu'après les résultats du test ADN. Simple précaution, précisa-t-il. Le bruit pourrait courir que l'enfant n'est pas un Al-Kadar.

— Toutes ces affaires de royauté sont bien compliquées...

— Pas tant que chacun est là pour remplir son rôle.

La note de résignation dans sa voix interpella Chloé. Mais au même instant, l'avion se prépara au décollage et elle resserra son étreinte autour d'Aden.

— Il vous rend nerveuse...

— Je n'ai aucune expérience avec les bébés, se défendit-elle.

— Avoir un enfant n'est-il pas le rêve de toute femme ?

— J'ai vingt-trois ans. Je ne suis pas prête. Me marier et fonder une famille n'a d'ailleurs jamais fait partie de mes projets.

— Pourtant, vous protégez Aden comme une tigresse son petit.

Aucune émotion, aucune conviction ne perçait dans sa voix.

— Nous possédons tous ce besoin inné d'assurer la survie de notre espèce, dit Chloé en contemplant le bébé.

— Est-ce tout ?

Elle secoua la tête.

— Non...

— Vous êtes sa tante et vous l'aimez.

La gorge de Chloé se noua. Oui, cet amour lui était venu tout naturellement. Aden était une part d'elle-même, son neveu et la seule famille qu'il lui restait.

Du moins, la seule qu'elle reconnût. Elle avait depuis longtemps fui ses parents et leur mariage toxique. Entre eux, les ponts étaient définitivement coupés. Aden représentait sa dernière chance d'avoir une famille. Pendant six semaines, ils avaient été tout l'un pour l'autre, seuls au monde. Ce lien-là était plus fort que tout.

— Oui, je l'aime, murmura-t-elle.

— Ravi de l'entendre.

Sa voix n'exprimait aucune joie. Il ne retourna pas non plus le sentiment. Aucune tendresse pour son neveu ne transparaissait dans son regard. Ses yeux étaient deux puits de ténèbres sans fond.

— A partir de sept ans, j'ai été élevé par mon oncle, Kalid. Mon frère l'avait-il mentionné ?

— Non.

Rashid accompagnait rarement Tamara lors de ses visites, aussi Chloé lui avait-elle peu parlé.

— Le fils cadet, destiné à devenir chef de l'armée, est le plus souvent formé par l'homme qui occupe cette position.

— Si jeune ?

— C'est indispensable, expliqua Sayid. Comme vous l'avez souligné, les premières expériences d'un enfant sont déterminantes. Elles façonnent l'adulte qu'il sera, et c'est pourquoi elles ne peuvent être laissées au hasard.

— Que voulez-vous dire ?

— Le parfait soldat n'est pas un homme parfait. Brisé très jeune, il ne craquera pas aux mains de l'ennemi.

Il parlait d'un ton détaché, qui ne trahissait rien de l'horreur sous-tendant ses mots. Mais elle était là, tapie au fond de ses yeux. C'était si tentant de se laisser aspirer par leurs ténèbres. De se perdre en elles. En *lui*. Une brusque tension lui noua l'estomac. Elle n'avait jamais eu ce genre de pensée avant. Pas plus qu'elle n'avait été attirée par un homme comme elle l'était par Sayid en cet instant...

Elle détourna vivement les yeux.

Ces six mois étaient une chance d'accompagner Aden dans la transition dont ils avaient tous les deux besoin, pas une invitation à s'enticher d'un cheikh aux yeux noirs, reflets d'une âme plus noire encore.

3

Si le jet privé avait ébloui Chloé, ce n'était rien à côté du palais. A la périphérie d'une capitale entre tradition et modernité s'élevait le siège du pouvoir royal, somptueux monument de jade, de jaspe et d'obsidienne. Chaque mur, chaque sol était incrusté de pierres semi-précieuses, en harmonie avec les dorures qui s'embrasaient dans la lumière du soleil d'Attar.

Seuls les jardins apportaient une touche de verdure, dans une profusion de plantes dénotant la richesse du cheikh. Les fontaines en étaient un autre exemple. Partout, l'eau coulait en cascades iridescentes déversées par des nymphes de pierre. Une oasis au milieu du désert. Le palais lui-même était protégé de la chaleur par ses épais murs de pierre, qui procuraient fraîcheur et isolation.

Chloé en était restée bouche bée. Le vestibule à lui seul était aussi vaste que son appartement ! Et elle qui avait reçu sa sœur dans un minable deux-pièces… Tamara, bien sûr, n'avait fait aucune remarque. Chloé savait que sa sœur vivait dans l'opulence, mais ne réalisait qu'aujourd'hui à quel point.

Sa chambre était une pièce immense dotée d'un grand lit que surplombait un motif d'étoile, son haut plafond soutenu par des piliers blancs gravés de scènes de caravanes. Elle en examina un de plus près. Les chameaux étaient en ambre sur un paysage d'or figurant le désert attari. Un seul de ces piliers suffirait à couvrir un an de ses frais d'université, songea-t-elle, soudain dégrisée.

Elle passa dans la chambre d'Aden, attenante à la sienne. Un berceau trônait au centre de la pièce, entouré de riches tentures bleues drapées à la manière d'un dais. Un lit digne d'un prince.

— C'est mieux, non ? murmura-t-elle en y déposant le bébé.

Son cœur se serra. Tamara avait préparé cette chambre avec amour, pour un fils qu'elle n'avait jamais pu serrer dans ses bras. Qu'elle n'avait pas même porté. Cette expérience, c'est Chloé qui l'avait vécue. Et elle l'avait subie comme un calvaire, alors que sa sœur aurait tout donné pour être à sa place ! Désormais, Tamara ne connaîtrait jamais son enfant...

Les larmes s'amoncelèrent sous les paupières de Chloé. N'y avait-il aucune justice en ce monde ? Aucune logique ? Sa propre vie échappait à son contrôle. Ce n'était pourtant pas faute d'avoir tout calculé, tout planifié. Tout cela pour voir son monde s'écrouler autour d'elle. L'angoisse lui étreignait la poitrine, la faisant suffoquer...

— Vos appartements sont-ils à votre convenance ?

Elle fit volte-face. Sayid se tenait dans l'embrasure de la porte, droit comme un I, les mains derrière le dos. Son expression était grave, sévère. L'espace d'une fraction de seconde, elle l'envia. Tout était simple, pour lui. Il ne connaissait ni doute, ni colère, ni chagrin. Il accomplissait son devoir et cela lui suffisait.

De son côté, rien de ce qu'elle faisait ne semblait suffisant. Pas même venir à Attar.

— C'est magnifique, dit-elle. Mais vous le savez déjà.

Il haussa les épaules.

— Le palais est décoré dans le plus pur style attari. Rien qui sorte de l'ordinaire.

— C'est vrai. Quoi de plus banal qu'un palais incrusté de pierres semi-précieuses ? ironisa-t-elle.

— Disons qu'il reste préférable à une geôle ennemie.

— Est-ce son seul attrait ?

— D'une certaine façon, c'est aussi une prison, murmura Sayid.

Chloé n'eut pas le temps de le questionner davantage, car il enchaîna :

— En ce qui concerne vos cours, tout est arrangé. Vous aurez la possibilité de les suivre en ligne sur un site prévu à cet effet.

— Et les expériences ? Il n'y a pas de laboratoire dans le palais. J'étudie la théorie, mais mon cursus inclut tout de même quelques travaux pratiques.

— Les reporter ne sera pas un problème. Vous êtes une étudiante appréciée.

— Tous les doctorants le sont. A ce niveau d'études, la physique est une passion.

— Etes-vous quelqu'un de passionné, Chloé ?

Cette question, dans la bouche de Sayid, la troubla.

— Oui.

— Qu'est-ce qui vous attire dans la physique ?

— J'aime comprendre.

Elle contempla pensivement Aden.

— Même si certaines choses restent une énigme pour moi...

— Tout ne peut être expliqué, commenta Sayid.

— Mon travail consiste à prouver le contraire.

Il secoua la tête.

— Le monde est régi par la cupidité des hommes. Notre soif de pouvoir nous pousse à commettre des actes que rien ne justifie.

— La loi du plus fort, énonça Chloé.

— J'ai vu de mes yeux de quoi nous sommes capables. Croyez-moi, rien de tout cela n'a de sens.

Elle le croyait. Ses mots, sa voix, faisaient écho en elle. Des images de violence défilèrent devant ses yeux. Oui, parfois, il n'y avait aucune raison...

— Malgré tout, j'essaie de comprendre, insista-t-elle, reléguant ses souvenirs dans un coin de son esprit. Je cherche l'absolu, ce qui ne peut être nié. En théorie, cette approche permet de mieux contrôler sa vie.

— Et en pratique ?

— Pas très concluant.

Il hocha la tête.

— Je suis d'accord. Surtout après les récents événements.

— Aurions-nous un point commun ?

— Est-ce si étonnant ? Notre perspective est la même. Noir ou blanc. Oui ou non.

Chloé contempla Aden, partagée entre amour et désarroi.

— Ce n'est plus aussi simple...

Sayid détourna le regard. L'instant de complicité entre eux était rompu.

— J'ai fait engager deux autres nourrices, annonça-t-il. L'une prendra le relais la nuit. L'autre vous secondera pendant que vous étudiez.

— Et moi, je serai le sein nourricier. Que sommes-nous, l'équipe de choc du futur roi ?

Un éclair amusé traversa les yeux du cheikh.

— Tous les princes possèdent une garde rapprochée, non ?

Soudain, elle se sentit submergée par l'énormité de la tâche qui attendait le petit garçon. Orphelin ou non, son avenir était tout tracé. Aden, comme l'avait souligné Sayid, était né pour régner. C'était si injuste ! Pourquoi les attentes de toute une nation reposaient-elles sur les épaules d'un bébé ?

— Ne pouvez-vous régner à sa place ? murmura-t-elle.

Le regard de Sayid s'assombrit.

— Je ne suis pas destiné à gouverner Attar.

— C'est pourtant ce que vous faites, en attendant la majorité d'Aden.

— Je ne fais que mon devoir.

— Et cela vous suffit ? rétorqua-t-elle, sans chercher à dissimuler son amertume.

Il la regarda droit dans les yeux. Pour la première fois, elle remarqua le pli soucieux sur son front. Les lignes profondes au coin de sa bouche.

— Attar a besoin d'espoir, dit-il. Je n'ai rien de tel à offrir. La mort me suit comme une ombre, et c'est à mes ennemis que je la destine. Pas à mon peuple.

Sayid parti, elle s'aperçut qu'elle tremblait. Peu à peu, sa tension se relâcha. Mais les mots du cheikh continuaient à résonner dans sa tête. Sinistres. Fatidiques.

Assez ! se tança-t-elle. Elle avait assez de problèmes comme cela sans se préoccuper de ceux de Sayid.

De retour dans sa chambre, elle s'installa à son bureau. Les examens approchaient à grands pas. Il était grand temps pour elle de se mettre au travail. Pendant que l'ordinateur démarrait, son regard s'égara vers les jardins, au-delà de la grande porte. Aujourd'hui, sa vie entière avait basculé.

Une fois de plus.

— Cheikh Sayid ?

Malik entra dans la salle à manger, les yeux rivés à ses chaussures. Sayid réprima un juron de frustration. Ce n'était pas son conseiller qu'il attendait, mais Chloé. Une Chloé à coup sûr remontée comme une pendule, car il l'avait convoquée à dîner et un ordre du cheikh ne se discutait pas.

— C'est au sujet de la conférence de presse de demain, commença Malik.

— Eh bien ? grogna Sayid avec humeur.

Il n'avait pas envie d'en discuter. Son programme de la soirée était simple : dîner avec Chloé, suivi d'une séance de sport intensive, idéale pour s'engourdir l'esprit. Après une journée entière enfermé dans son bureau, il le méritait.

Non... *Il en avait besoin.*

Il se sentait comme en prison. Dans une cellule certes confortable. *Trop*, à vrai dire. Trop opulente, trop animée. Sa tente dans le désert lui manquait. Ou le palais de son enfance, au bord de la mer. Il aimait le calme qui y régnait et la simplicité de ses murs blanchis à la chaux.

Malik persistait à éviter son regard.

— Le peuple est... agité.

— Il ne m'aime pas, résuma Sayid.

— Disons que vous êtes... peu avenant.

— Vraiment ?

Il eut un rire dénué d'humour.

— C'est ce que les gens disent, s'empressa d'ajouter le conseiller.

— Vous aussi ?

Cette fois, Malik, qui avait fidèlement servi Rashid avant lui, soutint son regard.

— Certainement pas !

— C'est sans importance, trancha Sayid. Je ne suis que le régent. Dès l'accession de mon neveu au trône, je reprendrai mes fonctions dans l'ombre.

— Dans seize ans, pointa Malik. Vous ne pouvez pas ignorer cette réalité.

En effet. Et c'était une torture. Le cheikh régnant se devait d'être ouvert, « avenant ». De faire preuve de caractère. La torture physique était plus simple à affronter. Sous les coups d'un fouet, il lui suffisait de laisser la douleur l'envelopper comme une armure. Endurer et survivre, c'était tout ce qu'il savait faire. Mais pas ce qu'on attendait d'un roi.

— Douteriez-vous de mes compétences, Malik ?

— En aucun cas, cheikh Sayid.

— Cela vaut mieux pour vous. Vous pouvez disposer.

Malik hocha la tête et sortit.

Une onde de panique secoua Sayid. Demain, il s'adresserait à un peuple méfiant qui attendait des paroles de réconfort. Un exercice nouveau pour lui. Confié très jeune à son oncle Kalid, il avait été conditionné à appréhender la vie en guerrier. Et à seize ans, il avait été brisé et refaçonné en un homme capable de tout endurer physiquement.

La compassion, la diplomatie, les manières d'un souverain, seul Rashid les avait apprises. Sayid, lui, était une machine de guerre. Une seule faiblesse de sa part, et c'était une jeune fille mariée de force, son bébé arraché à ses entrailles. C'étaient des soldats tués, capturés, torturés. Il était responsable de ces horreurs.

Régner l'obligerait à faire face non plus à des ennemis, mais à son peuple. Transparence et empathie, indispensables à un souverain, ouvriraient une brèche dans ses défenses. Il sentait déjà son âme commencer à se fissurer…

— Je n'apprécie guère que vous planifiiez ma soirée à ma place, tempêta Chloé en entrant dans la salle à manger.

Elle portait une petite robe noire toute simple, pas particulièrement sexy. Mais la façon dont elle moulait ses courbes généreuses la rendait spectaculaire.

— Ne comptez pas sur moi pour vous présenter des excuses. Asseyez-vous.

Il respirait mieux, tout à coup — un effet du départ de Malik, sans doute.

— Si vous vouliez dîner avec moi, il suffisait de m'inviter tout à l'heure, maugréa Chloé en s'approchant de la table.

— Vous vous méprenez, répondit Sayid. Il y a certaines choses dont nous devons discuter. J'ai pensé que ce serait plus pratique autour d'un dîner.

— Oh…

Elle s'installa à l'autre bout de la table.

— Plus près.

Elle se décala d'une chaise.

— Non. En face de moi.

Roulant des yeux exaspérés, elle fit ce qu'il demandait.

— De quoi souhaitiez-vous parler ?

— Vous êtes officiellement la nourrice d'Aden. Par souci de crédibilité, vous serez donc rémunérée.

— Je ne veux pas de votre argent, grinça-t-elle.

— Vraiment ? C'est donc par choix que vous vivez dans un deux-pièces miteux ?

— Je…

— Vous avez besoin d'argent. Inutile de le nier, la coupa-t-il. Vous avez dit vous-même que c'était l'une des raisons qui vous avait poussée à accepter d'être mère porteuse.

— Peut-être. Mais si je suis venue à Attar, c'est uniquement pour Aden.

— Vos fonctions au palais vous interdisent d'occuper un autre emploi. Il est donc naturel que vous soyez payée pour vos services.

Ces mots parurent indigner la jeune femme. Décidément, il ne la comprenait pas. Elle n'était pas la mère d'Aden, ni ne se revendiquait comme telle. Pourtant, elle répugnait à se séparer du bébé. Et voilà qu'elle refusait un salaire pour s'occuper de lui !

— L'argent sera déposé sur un compte à votre nom, que vous le vouliez ou non.

C'était nécessaire, pour les apparences mais aussi pour lui. Il avait besoin de la ranger dans une case précise.

— Vous êtes toujours aussi autoritaire ? grommela-t-elle.

— C'est ma plus grande qualité.

— Je n'ose imaginer vos défauts...

— Je ne fais que mon devoir, Chloé.

— Très bien. Ouvrez-moi un compte.

— Vous n'avez aucune intention d'y toucher, n'est-ce pas ?

— Je hais les hommes comme vous, lâcha-t-elle. Vous vous imaginez que votre statut et vos muscles vous donnent tout pouvoir sur les femmes...

Elle se leva. Elle tremblait de la tête aux pieds. Sayid ignorait ce qui l'avait mise dans un tel état, mais il devinait une raison plus profonde que cette simple histoire de dîner et de salaire.

— Vous ne m'impressionnez pas, vous savez. Vous n'êtes qu'un...

— Un homme soucieux de protéger sa famille ? acheva-t-il, sarcastique.

— Un animal, gouverné par ses pulsions, corrigea-t-elle avec venin.

Une brusque colère envahit Sayid. Cette réaction ne lui ressemblait pas. Mais les mots de Chloé avaient touché un point sensible et le blessaient dans son orgueil. Lui, un animal ? Encore faudrait-il qu'il agisse par instinct, guidé par ses émotions. Or il ne possédait ni l'un, ni l'autre. Un vide immense l'habitait, que rien ne semblait pouvoir combler. Il chancelait au bord d'un précipice sans fond...

A son tour, il se leva.

— Un animal ? C'est ainsi que vous me voyez ?

— Vous m'avez attirée dans votre tanière !

— Vous êtes venue de votre plein gré.

Lentement, il contourna la table, effleurant chaque chaise sur son passage.

Chloé bouillait intérieurement. Depuis des semaines, elle vivait repliée sur elle-même, assommée par le choc. Aujourd'hui, le trop-plein d'émotions menaçait de la submerger. Impossible de contenir plus longtemps ce qu'elle avait sur le cœur. Et son exutoire était tout trouvé.

— Vous étiez prêt à m'arracher Aden des bras ! s'emporta-t-elle.

— Vous l'arracher des bras ? N'est-ce pas exagéré ?

Il n'aurait pas hésité une seconde. Elle en était convaincue.

— Je ne pouvais pas vous laisser faire...

— La place d'Aden est à Attar. Son avenir ne vous concerne pas. Vous n'étiez que le réceptacle, rien de plus.

Chloé détestait la violence. Il n'y avait qu'un homme qu'elle avait eu envie de frapper : son père. Elle s'était retenue, par peur des représailles. Aujourd'hui, elle se moquait des conséquences. Elle allait coller son poing dans la figure de Sayid ! Lui faire mal autant qu'il l'avait blessée par ses mots. Même s'il exprimait la stricte vérité...

Elle avait porté Aden dans son ventre. L'avait mis au monde. Mais à Attar, rien de cela ne comptait. Il était son neveu, pas son fils biologique. Elle n'avait aucun droit sur lui. Une réalité assez douloureuse comme cela sans l'entendre de la bouche de ce rustre de Sayid !

Instinctivement, elle brandit le poing. Mais, rapide comme l'éclair, il lui plia le bras dans le dos et la plaqua contre lui.

— Que pensiez-vous faire ? gronda-t-il.

Sa poigne était ferme sans lui faire mal. Il la tenait immobilisée sans paraître déployer la moindre force, ce qui redoubla la colère de Chloé.

— Je vous aurais cassé le nez !

— Il faut bien plus que cela pour me faire souffrir, rétorqua le cheikh. Vous ignorez ce que j'ai enduré...

Quand il chevilla son regard au sien, Chloé sentit une douce chaleur l'envahir. L'odeur de Sayid lui titillait les narines. Une odeur de bois de santal...

Pas vraiment celle qu'elle associait à la gent masculine. Son père sentait la sueur, l'alcool et le tabac. Le sang aussi, parfois. Adulte, les seuls hommes qu'elle avait approchés d'assez près étaient ceux avec qui elle partageait un microscope. Et ils sentaient généralement les produits chimiques.

— Si je vous libère, vous promettez de rentrer les griffes ?

— Seulement si vous surveillez vos paroles, rétorqua-t-elle.

— Dans ce cas, je crains que nous ne soyons dans une impasse.

— Vous faites un piètre diplomate…

— Il paraît, admit-il, la mine sombre.

— Je n'aime pas votre attitude. Pas du tout.

— Je ne cherche pas à vous blesser, Chloé. Mais ne comptez pas sur moi pour embellir la réalité. Cette situation n'est simple pour personne.

Il la libéra et recula d'un pas.

— Notre rôle est de veiller sur Aden. Son épanouissement est tout ce qui importe.

Le cœur de Chloé battait la chamade. Elle effleura son bras, là où les doigts de Sayid l'avaient enserré. Il lui semblait qu'un feu brûlait sous sa peau, au cœur même de sa chair. Comment était-ce possible ? Jamais encore elle n'avait éprouvé pareille sensation…

— Je suis d'accord, convint-elle, d'une voix qui masquait mal son trouble.

— Fini de monter sur vos grands chevaux ?

— Seulement si vous faites un effort de votre côté.

— Pardon ?

— Vous êtes un mufle. Non, pire. Un butor arrogant…

— Personne ne me parle ainsi, la coupa Sayid.

Son ton était ferme, mais pas menaçant. Il ne faisait qu'énoncer un fait, qui, d'ailleurs, n'étonnait nullement Chloé. Le défier lui procurait une grisante sensation de pouvoir. A moins qu'il ne s'agisse d'un mécanisme de défense ? La colère était une émotion plus sûre que l'étrange élan qui la poussait vers lui…

— Vos manières sont déplorables, attaqua-t-elle de plus belle. A croire que vous ne fréquentez jamais la société civilisée…

— Rarement.

Elle croisa les bras sur sa poitrine.

— Cela se voit.

— La discussion est close, déclara Sayid.

— Qu'en est-il du dîner ?

— Je prendrai le mien dans mes appartements. Ou dans une prison ennemie. Les deux sont préférables à votre compagnie.

— Espèce de…

— Votre compte sera ouvert dès demain, l'interrompit-il. Un salaire généreux y sera versé chaque mois. En ce qui concerne la conférence de presse de demain…

Une brusque tension lui noua les muscles.

— Seul un groupe restreint de journalistes munis d'accréditations spéciales sera autorisé à voir le prince. La rencontre aura lieu dans la salle de réunion du palais. Vous tiendrez Aden dans vos bras, mais ne parlerez pas.

— Je ne parlerai pas ? répéta Chloé, incrédule.

— Personne ne vous questionnera sur la théorie des cordes. Ce ne devrait donc pas être difficile. Vous pouvez disposer.

— Je peux… *disposer* ?

— Vous comptez répéter tout ce que je dis ?

— Vous venez de me renvoyer comme une domestique !

— Vous n'aviez aucune envie de dîner avec moi. De quoi vous plaignez-vous ?

— C'est incroyable…

Elle lui fit face, les poings sur les hanches.

— M'autorisez-vous au moins à dîner dans ma chambre ?

— Non. Au pain et à l'eau, répondit le cheikh, pince-sans-rire. Nous autres, gens du désert, sommes des barbares, c'est bien connu.

L'atmosphère était électrique. Il semblait à Chloé voir des étincelles crépiter autour eux. C'était comme si un courant les reliait et irradiait dans tout son être. Si au moins elle parvenait à détourner les yeux des siens…

— Soyez sérieux.

— Je suis *toujours* sérieux. Méfiez-vous, ou vous risquez de finir enchaînée à mon lit.

Cette image la glaça. Elle se vit menottée au lit, le corps musclé de Sayid penché au-dessus d'elle. L'incarnation du pouvoir absolu. Et elle, impuissante, à la merci de cet homme dépourvu de tendresse…

Un accès de terreur la tira de sa transe.

— Vous êtes ignoble.

— Peut-être, répondit-il, impassible. Vous ne seriez pas la première à m'insulter.

— Et cela ne vous fait rien ?

— Pourquoi m'en soucierais-je ? Mon rôle est de protéger mon peuple coûte que coûte, pas de gagner les faveurs de l'opinion publique. Mon image n'a aucune valeur.

— Mais vous êtes le souverain, désormais. Votre rôle a changé, objecta Chloé.

Le regard du cheikh se fit glacial.

— Je ne suis que régent. Sitôt Aden majeur, je lui rendrai son trône.

— Et lui, y avez-vous pensé ? Vous êtes son oncle. Le soutiendrez-vous ?

Une ombre passa sur le visage de Sayid.

— Le mieux pour lui est que je garde mes distances. Et c'est exactement mon intention.

4

— Comment pouviez-vous ignorer que le prince était en vie ?

Une sueur froide perlait au front de Sayid. Combien de fois avait-il regardé la mort en face ? Combien de soldats armés jusqu'aux dents, de champs de bataille truffés de mines, avait-il affrontés sans éprouver ni peur, ni hésitation ? Pourtant, face à cet océan de visages, il sentait son armure se craqueler dangereusement. Quelle ironie !

Il n'avait rien d'un orateur. L'éloquence n'était pas son fort. Mais ces reporters attendaient de lui une explication convaincante.

— La mort de mon frère et de son épouse a été un choc, annonça-t-il. Dans la confusion générale, nous n'avons appris que tardivement que la cheikha avait survécu assez longtemps pour accoucher.

— Cette jeune femme est-elle la nourrice ?

— En effet.

Il garda les yeux rivés devant lui. Pas question de se laisser distraire par Chloé, ni le bébé dans ses bras.

— Chloé James n'a fait que suivre les instructions : protéger l'héritier d'Attar.

— Une véritable héroïne ! s'exclama une journaliste avec enthousiasme.

Sayid hocha la tête, tandis que les rouages de son cerveau s'activaient à toute allure. Ce n'était pas dans son script. Que répondre ? Que voulaient-ils entendre ?

— Oui, Chloé a protégé l'enfant aux mépris de sa propre sécurité. C'est effectivement un acte héroïque.

— Quand le prince sera-t-il en mesure d'accéder au trône ? questionna un autre reporter.

Sayid sentit une bouffée d'hostilité l'envahir. Que n'aurait-il donné pour retrouver le désert, sa liberté, sa chaleur purificatrice ! Là-bas, on était seul face à soi-même, dépouillé de tout le superflu. Ici, les murs se refermaient sur lui et l'étouffaient...

— Le prince régnera à sa majorité.

— D'ici là, c'est donc vous qui assumerez la direction du pays ? demanda un journaliste connu pour ses positions anti-gouvernementales.

— Il n'y a personne d'autre, répondit-il d'un ton laconique.

Un silence pesant accueillit cette déclaration.

— S'il n'y a plus de questions, je propose d'en rester là.

Se levant aussitôt, il quitta l'estrade et entraîna Chloé et le bébé hors de la salle. Le calme de la jeune femme l'agaçait. Comment pouvait-elle être aussi sereine ? Pour sa part, cette maudite conférence de presse lui avait mis les nerfs à vif !

— L'équipe de sécurité retient les journalistes le temps que nous nous éclipsions. Personne ne doit savoir dans quelle aile du palais nous nous dirigeons.

— Vous vous y connaissez en mesure de protection, observa-t-elle.

— Et votre maîtrise des molécules est stupéfiante. Vous en avez beaucoup, des remarques pertinentes de ce genre ?

Elle parut froissée.

— C'était un compliment.

— Peu m'importent vos éloges ou vos insultes.

— Je... Vous...

L'étincelle de colère dans ses yeux bleus lui procura une vive satisfaction.

— Vous n'êtes qu'un pauvre type !

— Je vous l'ai dit, Chloé. Je me moque de vos insultes. Rien de ce que vous direz ne changera l'homme que je suis.

Une ombre indéfinissable passa dans son regard. Tout compte fait, il préférait son calme d'avant...

— Je retourne étudier, murmura-t-elle.

— Et Malik m'attend avec une pile de papiers à signer, dit Sayid. Mon embarras l'amuse, je crois.

— Nous revoyons-nous plus tard ?

— Négatif. J'ai un emploi du temps surchargé. Ma présence vous est-elle indispensable ?

— Négatif, ironisa-t-elle.

— Bien.

Il tourna les talons et s'éloigna, de Chloé et ses grands yeux limpides, du bébé qu'elle serrait dans ses bras. Retour au bureau — le tombeau des vivants. Le poids sur sa poitrine s'alourdissait à chaque pas qui l'en rapprochait. Le palais était préférable à une prison, avait-il déclaré.

Aujourd'hui, il n'en était plus si sûr.

— Déjà ? Mais vous m'aviez promis un répit !

Chloé était à son bureau, une paire de lunettes sur le nez, sa crinière rousse nouée en un chignon lâche.

Sayid fronça les sourcils.

— Un répit ?

— Sans vous. Je veux dire… Je travaille, là.

Elle reporta les yeux sur son écran. Mais son brusque fard n'avait pas échappé à Sayid. Son corps réagit au quart de tour. *Le traître…*

Chloé James avait beau être adorable quand elle rougissait, un seul de ses regards venimeux suffirait à calmer ses ardeurs s'il tentait une approche. Etrange, car son discours spirituel dénotait une vive intelligence doublée d'un indéniable sens de l'humour. Mais qu'il dépasse une certaine limite, et elle se muait en tigresse féroce ! Comme lorsqu'elle avait essayé de le frapper. Le souvenir de son corps doux pressé contre le sien lui revint à la mémoire…

Non. Il n'était pas censé ressentir quoi que ce soit pour elle. En fait, il n'était rien censé ressentir *du tout*. Mais l'épreuve de la conférence de presse avait affaibli ses défenses. Une armure impénétrable, un mental d'acier constituaient ses meilleures armes sur un champ de bataille. Mais pas face aux journalistes. Pas lorsqu'il s'adressait à son peuple. Les gros titres n'étaient pas tendres avec lui : il manquait d'empathie, de charisme.

Comment endosser son nouveau rôle sans renoncer à ce que son oncle lui avait appris ? A ces réflexes instillés en lui et qu'il tenait pour vitaux ?

— Désolé, dit-il d'un ton qui suggérait le contraire. Des célébrations ont lieu dans les rues en votre honneur et celui d'Aden.

Elle le regarda par-dessus ses lunettes.

— En *mon* honneur ?

— Oui.

Pas le sien. Chloé était l'héroïne qu'ils attendaient. Leur premier rayon d'espoir depuis la mort de Rashid et sa propre accession au trône.

— Vous avez protégé leur prince, et donc leur pays. Vous êtes leur sauveuse.

— Je ne suis la sauveuse de personne ! protesta la jeune femme. Ce n'est qu'une affabulation de votre cru !

— Vraiment ?

La colère dans ses yeux bleus s'était muée en vulnérabilité. Quelle femme étrange, songea-t-il. Il y avait chez elle un intrigant mélange de force et de douceur...

— Bien sûr ! s'exclama-t-elle. A vous entendre, j'aurais arraché Aden aux griffes de la mort. Et bien sûr, la presse vous a cru...

— Vous l'avez caché par crainte pour sa sécurité. Le fond de l'histoire reste le même.

— J'ai agi sous le choc plus qu'autre chose.

— Et par peur de moi.

Elle s'étira en cambrant les reins. L'attention de Sayid fut aussitôt distraite par ses seins ronds et fermes qui tendaient le tissu de son haut. Impossible d'en détacher les yeux. Il aimait les femmes, et plus encore le sexe. Mais il savait brider son désir, qu'il n'assouvissait qu'avec des partenaires appropriées. Ce que n'était pas Chloé James. Et pourtant, il peinait à s'arracher au spectacle des deux tétons visibles sous le coton léger.

La jeune femme déglutit, et il eut envie de poser les lèvres sur le point de sa gorge où battait son pouls. De goûter à sa peau délicate…

— Comment m'en blâmer ? rétorqua-t-elle, dissipant sa rêverie. La soif de pouvoir, vous l'avez dit vous-même, pousse aux pires atrocités.

— Peut-être. Mais ce pouvoir-là…

Il eut un geste vague englobant le palais.

— Ce n'est pas celui auquel j'aspire.

— Et à quoi aspirez-vous ?

— A rien. Je n'ai aucun désir.

Même si son corps affirmait le contraire…

— C'est impossible, objecta Chloé. Tout le monde désire quelque chose.

— Je suis au-dessus de cela.

De nouveau, son regard s'égara vers les courbes appétissantes de la jeune femme. Il y avait des mois qu'il n'avait plus été avec une femme, et les effets commençaient à s'en faire ressentir. Mais le moment autant que la personne étaient mal choisis pour y remédier. C'était comme si le soleil d'Attar s'était infiltré sous sa peau pour l'embraser de l'intérieur. Il devait à tout prix surmonter ce désir qui menaçait de prendre le contrôle de son corps.

— Vous avez une haute opinion de vous-même, commenta la jeune femme.

— Je suis un cheikh, répondit Sayid. Ma naissance et mon statut me confèrent un certain pouvoir. Ce que j'exige, je l'obtiens.

Un pur mensonge. Depuis toujours, ce qu'il exigeait se conformait aux attentes de son oncle. Tout le reste lui était impitoyablement nié ou arraché. Cette manœuvre avait pour but de le dépouiller de toute arrogance royale. Mis à nu, il n'était qu'un homme comme les autres, sans autres défenses que les siennes propres. Peu à peu, il avait érigé une forteresse autour de ses émotions. Les leçons de son oncle lui servaient de bouclier contre quiconque cherchait à le briser.

— J'incarne l'autorité suprême, conclut-il, d'un ton qui ne souffrait aucune contestation.

Le regard de Chloé se fit glacial.

— Je vois. Y a-t-il autre chose que je puisse faire pour vous ?

Il réprima une réaction purement masculine aux paroles de la jeune femme.

— Non. Considérez ma visite comme une invitation aux festivités.

Sans surprise, l'« invitation » équivalait à un ordre. Chloé confia donc Aden à ses deux nourrices, avant d'enfiler la seule robe qui lui allait encore.

En d'autres circonstances, un tour en limousine l'eût ravie. Mais elle n'appréciait guère d'y être contrainte, et l'espace confiné de l'habitacle la mettait mal à l'aise. Le fait qu'elle se sente à l'étroit dans cette voiture ultra-spacieuse en disait long sur le trouble dans lequel la plongeait Sayid. C'était tout ce pouvoir dont il jouissait sans vergogne. Il semblait si parfaitement à l'aise. Non...

Il en avait besoin.

Jusqu'où irait-il si ce pouvoir était menacé ?

Jusqu'à frapper plus faible que lui ?

Le puiserait-il dans les supplications d'une femme ? Dans la satisfaction de tenir sa vie entre ses mains ?

Bien sûr, tous les hommes n'étaient pas comme son père. Mais ceux qui affichaient leur goût du pouvoir et de la domination éveillaient sa méfiance. Sayid ne faisait pas exception. Elle avait l'estomac noué en sa présence et peinait à respirer. Son corps la mettait en garde, cela ne faisait aucun doute.

— Regardez : l'espoir de mon peuple..., murmura Sayid.

La douceur de son ton la surprit. Elle jeta un œil par la vitre. Une foule de gens se pressaient dans les rues, des fleurs dans les mains. A la mémoire du cheikh et de sa femme. En offrande au jeune prince. Sur leurs visages graves se reflétait un profond attachement à leur pays.

— Oui, souffla-t-elle, la gorge serrée.

Beaucoup agitaient la main à leur passage, sans que Sayid les salue en retour. Toutefois, il ne la réprimanda pas non plus lorsqu'elle baissa sa vitre. A peine passait-elle la main dehors qu'un tonnerre d'acclamations monta de la foule. Le peuple attari souriait et la saluait. A l'humeur solennelle succédait peu à peu une atmosphère de fête.

Chloé interrogea Sayid du regard.

— Ils vous aiment, expliqua-t-il. Vous avez sauvé leur futur souverain.

— Etrange d'être aimée pour quelque chose que l'on n'a pas fait…

— Vous l'avez mis au monde. Il vous doit la vie.

— Cela aurait tout aussi bien pu être quelqu'un d'autre…

— Mais c'était vous.

Oui, songea Chloé. Et ce choix la détruisait à petit feu.

Quelques mois plus tôt, son avenir semblait tout tracé. Etre appelée « professeur Chloé James » constituait pour elle le plus gratifiant des aboutissements. Elle s'imaginait devant sa classe, et cette image la comblait. C'est ainsi qu'elle envisageait sa vie : enseigner sa passion, continuer à étudier pour le plaisir, à démontrer ou infirmer de nouvelles théories. Une existence simple, tout entière dédiée à la science.

A présent, cette vie impliquait qu'elle renonce à Aden. Une perspective qui lui lacérait le cœur, tout comme celle d'abandonner son rêve. Elle était prise entre deux mondes, entre deux désirs inconciliables.

Bien sûr, elle ne pouvait vivre éternellement à Attar. Son rêve restait donc accessible. Un rêve auquel elle s'accrochait depuis ses treize ans, mais qui était désormais synonyme de sacrifice plus que d'épanouissement. Aden l'avait changée, et elle détestait cela. Non qu'elle gardât rancune à l'enfant. C'est à Sayid qu'elle en voulait.

— Les gens ont besoin d'un symbole, dit-il avec gravité. Je ne suis pas celui qu'ils attendent. Je ne leur apporte aucun espoir. Vous si.

— C'est plutôt Aden…

— Aden, oui. Mais vous aussi. C'est vous qui avez sauvé leur souverain. Vous qui avez risqué mon courroux légendaire.

— J'ignorais alors le prix à payer, murmura-t-elle.

Sayid la rabroua.

— N'en valait-il pas la peine ?

La colère envahit Chloé. De quel droit la jugeait-il, du haut de son piédestal ? Elle perdait rarement son sang-froid, mais il avait le don de l'excéder. Après des semaines de lutte solitaire, c'était la goutte d'eau qui faisait déborder le vase.

— Vous... Espèce de...

Elle remonta prestement sa vitre.

— Vous vous croyez si supérieur... Vous débarquez chez moi et faites votre loi. Vous nous manipulez, Aden et moi, comme des pions sur un échiquier. Mais sous vos airs tout-puissants, vous n'êtes qu'une coquille vide, incapable d'émotion. Alors bien sûr, c'est facile pour vous ! Mais moi, j'ai un cœur ! Tout est plus confus et mille fois plus douloureux pour moi. J'ignore ce que je veux. J'ignore même ce que je suis censée ressentir... Et vous prétendriez le savoir à ma place ?

Les larmes lui brûlaient les paupières. Bravement, elle les ravala. Pas question de pleurer devant lui.

Sayid se contentait de la fixer, le visage vide d'expression. On eût dit une statue plus qu'un homme de chair et de sang.

— Facile ? dit-il enfin. Vous croyez que c'est facile ? Regardez-les, Chloé. Quand ils ne me craignent pas, ils ont honte d'avoir un homme de guerre comme souverain. Qu'y a-t-il de facile là-dedans ?

— Vous semblez toujours si calme...

— Cela fait partie de mon entraînement.

Il y eut un bref silence.

— Vous vous trompez sur un autre point.

— Lequel ?

— Aden n'est pas un pion. Il est mon roi. Je ferai tout ce qui est en mon pouvoir pour le protéger.

— Et moi ? demanda Chloé.

— Sur l'échiquier, seul le roi doit survivre...

Son regard happa le sien, intense, effrayant.

— Quitte à sacrifier les autres pièces.

5

L'avertissement n'était pas tombé dans l'oreille d'une sourde. Par chance, Sayid parut se volatiliser du palais les semaines suivantes, au vif soulagement de Chloé.

Elle n'était qu'un pion, pour lui. Au moindre effluve de scandale, il la réexpédierait aussitôt à Portland. Or, elle n'était pas encore prête à se séparer d'Aden. Elle voulait profiter pleinement des quelques mois qu'il leur restait ensemble. En graver chaque instant dans sa mémoire pour les chérir, plus tard.

Toujours.

Elle ferma les yeux et s'imagina devant sa classe, remplie d'étudiants avides d'apprendre. Leur transmettre son savoir serait un bonheur de chaque jour. Mais un bonheur entaché par son inquiétude pour Aden. Qui s'occupait de lui ? Le berçait-on lorsqu'il pleurait ? Grandissait-il entouré d'amour ?

Délaissant son ordinateur, elle passa dans la chambre du bébé. Elle hésitait à le réveiller alors qu'il dormait si paisiblement. Mais la perspective d'être séparée de lui par des milliers de kilomètres était trop oppressante. Elle avait besoin de contact. De réaffirmer ce lien qui n'avait cessé de grandir depuis le jour où elle l'avait senti bouger dans son ventre pour la première fois.

Enceinte, jamais elle ne l'avait considéré comme son enfant. Ce qui la fascinait, c'était le processus biologique. Le développement du fœtus selon un schéma miraculeux de précision. Et ce miracle avait lieu dans son propre corps !

Puis Aden était né, et elle n'avait plus songé qu'à leur survie. Un lien forgé dans l'adversité…

Aujourd'hui, ce lien prenait encore une nouvelle forme. Il lui suffisait de penser à Aden pour qu'une émotion intense lui noue la gorge et gagne tous ses membres. Pourquoi ? Elle ne voyait aucune explication rationnelle. Biologiquement, rien ne la liait à Aden. Pourtant, son corps comme son cœur faisaient la sourde oreille…

Mais pas sa raison. Aden n'était pas son fils, c'était un fait. Cette parenthèse à Attar n'avait aucune raison d'être. Par conséquent, revenir à ses études et tenter d'atteindre son idéal professionnel ne constituait-il pas la meilleure décision ?

Elle prit Aden dans ses bras, et ses pleurs lui transpercèrent le cœur. C'est vrai, que savait-elle des relations mère-enfant ? Rien. Elle n'était même pas la mère d'Aden !

Et cependant la seule qu'il connaîtrait jamais…

Sayid ne remplacerait jamais une figure maternelle. De son oncle, Aden ne recevrait ni tendresse, ni réconfort. Le petit garçon grandirait sans famille, élevé par des employés payés pour cela. Cette pensée la glaça. Quelque chose céda en elle, dans ce repli secret de son être affranchi du royaume de la raison.

Cela n'arriverait pas.

Sacrifier ses rêves et sa vie à Portland lui déchirait le cœur. Mais elle en était capable.

Renoncer à Aden était au-dessus de ses forces.

— Il faut que nous parlions.

Sayid leva les yeux. Chloé se tenait dans l'encadrement de la porte, en pantalon noir et chemisier blanc complétés par une veste cintrée. Le chemisier menaçait de craquer au niveau du buste ; quant à la veste, elle était restée déboutonnée. Une nouvelle garde-robe s'imposait. Il avait été trop pris par son travail pour songer à lui envoyer son tailleur — quand il ne cherchait pas purement et simplement à l'éviter.

— N'avez-vous pas chaud dans cette tenue ?

— Si, dit-elle en s'essuyant le front. Mais elle est parfaite pour une entrevue.

— Vous ne manquez pas d'audace pour exiger une entrevue avec le cheikh. Manque de chance, je suis occupé.

— C'est au sujet du prince.

Son ton glacial aurait gelé le désert. Etrangement, cela l'excita. D'où lui venait cette attirance viscérale pour Chloé ? Il ne se l'expliquait pas. Il aimait les femmes dociles et malléables. Des femmes qui n'attendaient de lui que quelques heures de plaisir, rien de plus. Le sexe était une routine, pour lui. Un besoin parmi d'autres qu'il veillait à satisfaire. Pas ce feu lancinant qui s'insinuait entre ses défenses déjà fragilisées.

— Parlez, mais soyez brève.

— Le délai de six mois ne me convient plus, annonça-t-elle à brûle-pourpoint.

Le désir de Sayid se mua en colère, comme si le tumulte en lui cherchait une échappatoire. Pourquoi cette annonce le rendait-elle aussi furieux ? Tout était en place pour la prise en charge d'Aden. Chloé n'était qu'un ajout de dernière minute. Populaire auprès des sujets du royaume, certes, mais superflu. Aden n'avait pas besoin d'elle et lui non plus. Pourtant, l'idée qu'elle envisage d'abandonner son enfant…

Non. Celui de Rashid et Tamara. Chloé n'avait aucune raison de rester au palais. Il ferait mieux de ne pas l'oublier.

— Etudes et baby-sitting seraient-ils devenus inconciliables ? s'enquit-il avec un calme forcé.

— Pas du tout, répondit-elle.

Cette réponse le surprit.

— Je ne m'opposerai pas à votre volonté, Chloé. C'est vous qui avez souhaité venir à Attar. Libre à vous d'en repartir. Aden ne manquera de rien et ne tardera pas à vous oublier.

— C'est ce que vous pensez ?

— En effet. Dois-je faire préparer le jet privé ? ajouta-t-il en reportant son attention sur ses dossiers.

— Vous m'avez mal comprise. Je voulais dire que six mois n'étaient plus suffisants.

— Combien de temps vous faut-il ?

Il entendit la jeune femme prendre une profonde inspiration.

— Ce ne sera *jamais* assez. Peu importe combien de temps vous me donnez. Je croyais qu'en faisant traîner les choses, mes rêves d'avenir me manqueraient. J'y tiens toujours, bien sûr. Sauf que ce n'est pas le plus important, désormais…

Sayid releva les yeux. Sa patience commençait à s'émousser.

— Où voulez-vous en venir ?

— Aden. J'ignore ce que je ressens pour lui, mais une chose est sûre : je ne l'abandonnerai pas. Ni dans six mois, ni jamais. J'ai beau me raisonner, me dire qu'il n'est pas mon fils et que…

— Que suggérez-vous ? la coupa-t-il.

— J'aimerais rester.

— Combien de temps ?

— Hum… pour toujours ?

— Vous comptez rester au palais, à Attar, pour *toujours* ?

— Ce n'est pas l'idéal, je vous l'accorde. Je préfère le climat de Portland. Et puis, il y a l'université, mes amis… Et Dieu, ce que les arbres me manquent ! Mais pas autant qu'Aden si je partais. Donc je reste.

— C'est ce que vous voulez ?

Elle secoua la tête, les yeux baissés sur ses chaussures.

— Je ne sais plus ce que je veux. J'ai passé ma vie à poursuivre un rêve qui, soudain, ne me suffit plus. Tout ce que je sais, c'est que j'ai besoin d'Aden dans ma vie.

— Une nounou qui refuse de se séparer du prince. Comment suis-je censé expliquer cela au monde ? soupira Sayid.

— Oh ! vous savez, les femmes et leur sentimentalisme… Les cheikhs détestent cela, mais le peuple comprendra.

— Ou se méfiera. C'est non.

— Mais pourquoi ? insista Chloé d'une voix implorante.

Sayid contempla la jeune femme. Il lui serait si facile de la briser mentalement… Aussi facile que de briser sa nuque délicate. Elle était trop franche, trop transparente dans ses émotions. Avait-elle conscience du pouvoir que cela donnait à ses ennemis ? Elle venait de révéler sa vulnérabilité à un homme entraîné à exploiter les faiblesses d'autrui. De lui fournir sur un plateau d'argent l'arme qui lui permettrait de la manipuler à sa guise. Il s'en réjouissait autant qu'il craignait pour elle.

Qu'allait-il décider ?

— Vous savez très bien pourquoi, répondit-il d'un ton posé. Il ne s'agit pas seulement de respecter la mémoire de Rashid et Tamara. Le droit d'Aden au trône ne doit jamais être contesté. Pour cela, le test ADN ne suffit pas. A votre avis, que penseraient les citoyens les plus conservateurs s'ils découvraient que vous avez porté l'enfant de la cheikha ? Aden serait perçu comme illégitime ou comme le fruit d'un procédé contre nature. Sa position s'en trouverait irrémédiablement compromise. Je ne peux pas prendre ce risque.

— Protéger le roi coûte que coûte..., murmura la jeune femme.

— Quitte à sacrifier le reste.

Chloé se sentait vide, détachée de son corps, comme si elle flottait au-dessus de la scène au lieu de la vivre.

— Il doit bien y avoir une solution...

— Notre accord stipulait six mois, trancha Sayid. Au-delà, je ne peux rien garantir.

— Je comprends, s'entendit-elle répondre malgré sa gorge nouée.

— Mon intention n'est pas de vous blesser, Chloé. C'est à Aden, que je pense. A Attar.

— Moi aussi, je pense à Aden.

— Dans un sens, oui. Mais assurer son avenir en tant que souverain est plus essentiel que le border la nuit.

La mère de Chloé, trop accaparée par le mari qui la maltraitait, n'avait jamais pris le temps de s'occuper d'elle. Quant à son père, elle avait appris très tôt à l'éviter, guidée par son instinct de survie qui détectait le danger en lui. Son esprit était devenu son refuge, une source de réconfort plus sûre que son propre foyer. Mais l'attention de ses parents, un geste d'affection... Oui, c'était certainement essentiel pour un enfant. Merveilleux, même.

— La vie ne se résume pas à un devoir, fit-elle valoir.

— Pour le souverain, si. L'avenir de millions d'individus dépend de lui, *habibti*. Il est à la fois la personne la plus importante et la plus négligeable, car son bonheur passe après celui de son peuple.

Le ventre de Chloé se noua.

— Ce n'est pas ce que je veux pour Aden.

— C'est son destin et son devoir, l'interrompit Sayid.

— Je sais...

— Alors ne vous en mêlez pas.

Il se replongea dans ses dossiers. A l'évidence, la discussion était close. *Pour l'instant*, décida Chloé. Elle n'avait aucune intention de renoncer. Rester à Attar avec Aden était la bonne décision, elle en était convaincue. Le refus de Sayid ne faisait que la conforter dans cette certitude. Or, la persévérance était sa plus grande qualité.

Même au plus fort du chaos, elle gardait la tête froide. A l'école, ses notes étaient toujours restées excellentes malgré sa situation familiale instable. Elle avait appris à en faire abstraction, à développer son intellect de manière à contourner les obstacles. Les seules vérités absolues appartenaient à la science : le reste était ouvert à négociation.

Elle tourna les talons et quitta le bureau de Sayid. Oh ! elle n'en avait pas terminé avec lui. Un plan infaillible ne tarderait pas à germer dans son esprit. Un raisonnement à toute épreuve, que même le grand Sayid al-Kadar serait impuissant à contester.

Elle allait lui prouver qu'elle n'était pas une marionnette qu'on manipulait à sa guise.

Suite à sa confrontation avec Chloé, Sayid avait passé en revue tous les articles de presse parus autour d'Aden et des circonstances de sa naissance. Ceux le concernant, aussi, qui mettaient en question sa capacité à gouverner autrement que par la force. Chloé James, elle, était présentée comme une héroïne. Elle était celle qui avait risqué les foudres du cheikh pour protéger l'héritier miraculeux.

Sur l'éducation d'Aden, les spéculations allaient bon train. La rumeur — fondée — évoquait une armada d'employés chargés d'élever le prince. Le peuple s'inquiétait de l'influence de Sayid en tant qu'oncle et régent. Manifesterait-il à l'égard de son neveu la même froideur qu'il opposait aux médias ? Sayid représentait la puissance d'Attar, son insoumission à l'ennemi. Cette image était profondément ancrée dans l'imaginaire collectif, à tel point que son propre peuple le craignait. Pour leur prince bien-aimé, les médias rêvaient d'une famille. D'un foyer qui comblerait le vide laissé par Rashid et Tamara. Cela, Sayid n'était pas capable de le lui offrir.

Mais Chloé, si.

Oh ! elle n'avait guère la fibre maternelle, cela se voyait tout de suite. Une lacune compensée par un instinct protecteur farouche, tel qu'il n'en avait jamais rencontré chez quiconque. La nation, de surcroît, la considérait comme la sauveuse du prince et, par extension, la leur.

Pour Sayid, perdre son frère avait été un coup dur. Moins, cependant, qu'être propulsé sur le trône du jour au lendemain. Le bruit de son incompétence courait jusque dans les couloirs du palais. Il était trop sévère, chuchotait-on. Trop intransigeant. Ses années passées loin du palais, son vécu de prisonnier de guerre, avaient laissé trop de séquelles.

Le devoir du fils cadet était de servir le pays. En tant que soldat, mais aussi en tant que tacticien. On l'exilait afin qu'il cultive la force et la dureté nécessaires à sa fonction. Un fils cadet ne connaissait ni tendresse, ni affection. L'empathie, qualité indispensable à un souverain, était signe de faiblesse chez un guerrier.

C'était son oncle, lui-même fils cadet, qui avait élevé Sayid. Kalid avait traversé de nombreuses guerres, survécu à d'indicibles horreurs. D'autres que lui auraient perdu la raison. Mais pas Kalid, et il avait veillé à ce que son neveu marche dans ses traces.

« Tu es un symbole, Sayid. Un idéal. Le pays a foi en toi. Si tu échoues, tu l'entraînes dans ta chute. »

Alors il était devenu ce symbole, cet idéal, perdant au passage son humanité. Cela ne l'affectait plus. Et pour cause : il était incapable de sentiments. Kalid avait eu soin d'écraser cette ultime faiblesse, de la manière la plus cruelle qui soit. Mais ce faisant, il l'avait mis face à ses propres failles, l'obligeant à en affronter les conséquences.

« Vois comme ta vulnérabilité te trahit. »

Sayid s'était délesté de toute émotion. Là où pulsaient autrefois amour, empathie, douleur, ne subsistait plus qu'un vide qui les protégeait, lui et le peuple qu'il servait.

Mais Aden était né pour être souverain. Ses obligations, ses *besoins* étaient différents. S'il détestait s'avouer vaincu, Sayid n'était pas homme à se voiler la face : prodiguer amour et soutien émotionnel au futur héritier dépassait ses compétences.

C'est alors que ses yeux tombèrent sur la photo en une d'un journal : lui, Chloé et Aden lors de la conférence de presse. La jeune femme se tenait à sa droite, un peu en retrait, le bébé dans les bras. Exactement comme aurait été positionnée la famille royale. En fait, c'était tout à fait l'image qu'ils renvoyaient...

Celle d'une famille.

Il se mit à réfléchir à toute vitesse. Trouver la réponse à n'importe quel problème était sa façon de protéger son entourage. Il n'avait échoué qu'une fois, et s'était juré que cela ne se reproduirait jamais.

Un sourire flotta sur ses lèvres.

Quelques heures plus tôt, Chloé et son souhait de rester à Attar lui posait un problème.

A présent, elle était la solution.

6

Sayid examina la pièce avec satisfaction. Des livres de physique et autres sciences occupaient à présent les lourdes étagères de bois. Sur le bureau trônait un ordinateur portable flambant neuf, connecté à un large écran plat. L'espace avait été entièrement repensé et incluait désormais une grande table pour la consultation des volumes. Et, bien sûr, des tableaux blancs, qui étaient la clé de cette manœuvre tactique.

Dans une bataille, la stratégie primait sur la force — que l'ennemi fût un soldat surentraîné ou une jolie rousse à lunettes adepte de la théorie des cordes.

La pièce ainsi réaménagée tranchait avec le décor traditionnel du palais. Ce laboratoire d'études, moderne et pratique, plairait à coup sûr à Chloé. Un moyen de plus de faire pencher la balance de son côté… Car il savait déjà qu'elle accepterait sa proposition. Elle s'était trahie en se montrant prête à tout pour rester à Attar. Suivant la règle d'or du combat, il avait cerné son point faible et s'apprêtait maintenant à l'exploiter.

— Vous vouliez me voir ?

Chloé s'immobilisa sur le seuil et regarda autour d'elle avec méfiance. Son instinct était-il plus affûté qu'il ne l'avait cru ? Tant mieux. La cheikha d'Attar se devait d'être une femme prudente, toujours sur ses gardes — surtout si elle vivait dans le mensonge.

— En effet, dit-il.

— A quel sujet ?

— Votre requête de tout à l'heure.

— Celle que vous avez catégoriquement refusée ?

— J'ai réfléchi.

Elle joignit les mains, dans l'expectative. Elle paraissait pâle et fragile. Mais une détermination farouche brillait dans son regard. Il l'avait sous-estimée. Assimiler son émotivité à de la faiblesse était clairement une erreur. N'avait-elle pas protégé Aden au mépris de sa propre sécurité ? Néanmoins, son attachement au bébé la plaçait à sa merci, et il n'hésiterait pas à en profiter.

— Et... ? demanda-t-elle.

— J'ai changé d'avis.

La stupeur se peignit sur ses traits.

— Vous aviez raison, enchaîna-t-il. Aden a besoin de plus que ce que je puis lui apporter. Je ne changerai pas ses couches, ni ne jouerai au ballon avec lui dans le jardin. Ses gribouillis n'orneront jamais les murs de mon bureau. Je ne vous ferai pas l'injure de prétendre le contraire.

— Est-ce censé me rassurer ?

— Votre aide sera la bienvenue dans l'éducation d'Aden.

Chloé se raccrocha à la chaise la plus proche, les jambes en coton.

— Je... je pense aussi, bégaya-t-elle.

— Je me doutais que vous seriez d'accord.

— Evidemment. C'est moi qui ai suggéré l'idée.

Le regard sombre de Sayid croisa le sien.

— Si on veut. Il n'en reste pas moins que pour préserver le secret d'Aden, certaines mesures s'imposent.

— Quel genre de mesures ?

Le ton de sa voix ne lui inspirait aucune confiance. Quel danger couvait sous ses manières mielleuses ? Un frisson lui parcourut l'échine. De peur, mais pas seulement. Comme si la part d'ombre de Sayid l'attirait malgré elle... Toucher cette flamme noire, c'était risquer de se brûler. Elle le savait mieux que quiconque. C'est pourquoi elle avait toujours évité les hommes et les relations intimes.

— La presse me juge indigne d'élever Aden, continua Sayid.

Ni Rashid, ni moi n'avons grandi auprès de nos parents. C'est mon oncle qui m'a élevé, loin du palais. Mais Rashid a épousé une Occidentale. Une femme moderne qui n'a pas hésité à balayer certaines traditions millénaires sans que personne ne s'en attriste.

— Tamara ne se serait jamais séparée d'Aden, affirma Chloé. Elle aurait refusé qu'il soit élevé loin d'elle par de simples employés.

— Précisément.

— C'est aussi pour honorer son vœu que je souhaite rester à Attar...

— Malgré tout le respect et l'admiration que je vouais à ma belle-sœur, ce n'est pas vraiment ce qui me préoccupe.

— Quoi, alors ?

— Avez-vous lu ce qui se dit sur moi ?

— Où donc ?

— Dans la presse. Les informations d'Attar, du monde entier.

— Non.

— On me décrit comme un homme sans cœur, incapable de diplomatie. Un barbare sur le point de transformer ce pays en Etat militaire. Ils me haïssent, Chloé. Comment puis-je régner dans ces conditions ?

— Peut-être qu'en souriant davantage...

Un rictus déforma les lèvres de Sayid.

— Mieux ?

Elle fit la grimace.

— Non. Vous faites encore plus peur.

— Cela ne peut pas continuer ainsi.

— Je croyais que vous vous moquiez de votre image ?

— Mais pas de celle d'Attar. Nous devons à tout prix présenter un front uni à nos ennemis, répondit Sayid. Des dissensions internes affaibliraient le pays. Et croyez-moi, nos voisins n'hésiteront pas à en profiter, trop heureux d'assister à notre chute.

Il parlait avec férocité, ses yeux de jais rivés aux siens.

— Comment comptez-vous remédier au problème ? demanda-t-elle.

— En me mariant.

Un sourire sans joie ponctua cette déclaration.

— Oh... Et qui est l'heureuse élue ?

— Vous.

Chloé eut l'impression d'avoir reçu un coup de poing à l'estomac.

— Nous présenterons au peuple l'image d'une famille traditionnelle. Si j'élève Aden comme mon fils, la cheikha sera tenue de faire de même. C'est ce que vous souhaitiez, non ?

— Mais... vous voulez m'épouser ?

— Ce que je veux, c'est protéger Aden et rassurer mon peuple, corrigea Sayid.

Un vertige s'empara de Chloé. Elle, mariée ? Impossible. La dynamique conjugale n'avait aucun secret pour elle. Combien de fois avait-elle été témoin des brutalités infligées par l'homme à celle qu'il considérait comme sienne ? Bien sûr, tous les mariages n'étaient pas marqués par la violence. Mais, dans sa tête, les mots « mari et femme » n'évoquaient qu'une seule image : son père frappant sa mère déjà au sol, devant leur photo de mariage où la jeune mariée regardait avec amour l'homme à présent en train de la briser. Cette scène resterait à jamais gravée dans sa mémoire.

— Nous ne resterons mariés que pour une durée limitée, précisa Sayid.

— C'est-à-dire ?

— Jusqu'à la majorité d'Aden.

Chloé ouvrit des yeux incrédules.

— *Seize ans ?* Vous voulez que je reste mariée seize ans à un homme que je ne supporte pas ?

— Je suis moi-même lié pour seize ans à une fonction que je n'ai pas désirée, répliqua le cheikh avec cynisme. Chloé, je comprends votre position. Ce pays n'est pas le vôtre, vous ne lui devez rien. Mais vous tenez à Aden, n'est-ce pas ? C'est votre chance de lui offrir ce que Tamara aurait voulu pour lui.

Chloé était écartelée. Sa carrière scientifique s'envolerait en fumée, à moins qu'elle accepte de se séparer d'Aden et de reprendre sa vie comme si de rien n'était. Elle pourrait lui rendre visite de temps en temps...

Non. Sa décision était prise.

— Le mariage est-il indispensable ? demanda-t-elle. Je suis la demi-sœur de Tamara et la tante d'Aden. Cela me paraît une raison suffisante pour que je m'installe au palais.

— A court terme, oui. Mais pas jusqu'à sa majorité.

— Seize ans, n'est pas vraiment…

— A Attar, si, la coupa Sayid.

Chloé frissonna. Si elle partait, voilà toute la famille qui entourerait Aden. Le petit garçon ne recevrait aucune affection de la part de son oncle.

— Il ne s'agirait que d'un mariage de papier ? s'enquit-elle.

Il acquiesça d'un signe de tête.

— Je n'ai que faire d'une épouse. Et le couple royal a coutume de faire chambre à part.

— Pas Rashid et Tamara…

— Leur mariage était un mariage d'amour, influencé par la sensibilité américaine de Tamara, dit Sayid.

— Rashid ne semblait guère attaché aux traditions, remarqua Chloé.

— En effet. D'où son attirance pour votre sœur.

— Alors que nous…

— Nous formerons un couple traditionnel. Mon choix n'étonnera personne. En protégeant Aden, vous avez prouvé votre courage et votre loyauté. L'amour est loin d'être une condition *sine qua non* dans un mariage attari. Surtout un mariage royal.

Chloé eut une nouvelle vision de son père penché sur sa mère en sang.

— J'aimerais y réfléchir.

— Soit.

Il croisa les bras, comme s'il attendait une réponse dans la minute.

— Je voulais dire… à tête reposée.

— Il n'y a pas à tergiverser, Chloé. L'engagement affectif que vous associez à l'idée de mariage n'a pas lieu d'être. Pas avec moi.

— Je m'en doute. Mais il ne s'agit pas que de cela…

Le regard de Sayid happa le sien, si intense qu'elle en perdit ses mots.

— Achever votre doctorat ne sera pas un problème, continua-t-il. J'ai contacté le président de l'université. Il est d'accord pour que vous poursuiviez vos études depuis Attar.

La colère vint au secours de Chloé, plus forte que sa peur et l'étrange attirance qui la poussait vers Sayid.

— Vous avez fait *quoi* ?

— Inutile de me remercier.

— Aucun risque ! Vous avez tout arrangé sans même m'en parler ?

— Je croyais que vous vouliez rester à Attar...

— Vous vous y êtes opposé !

— J'ai changé d'avis une fois la solution trouvée.

Chloé avait l'impression que sa tête allait exploser.

— Je n'ai encore rien accepté, je vous signale.

— Mais nous savons tous les deux quelle sera votre réponse, pas vrai, Chloé ? Ce mariage est le meilleur moyen pour vous de rester auprès d'Aden, et pour moi de préserver l'unité du pays jusqu'à son accession au trône.

— Vous êtes bien sûr de vous...

— Naturellement, susurra Sayid. Quand j'ai annoncé au président de l'université que vous étiez sur le point de devenir la nouvelle cheikha d'Attar, il s'est montré très compréhensif.

— Vous lui avez dit que j'allais vous *épouser* ?

Elle porta les mains à sa poitrine.

— Je crois que je vais avoir une attaque...

— Mais non.

— Bien sûr, vous savez toujours mieux que moi comment je vais réagir ! s'emporta-t-elle, excédée. Pitié, ô grand cheikh, révélez à la pauvre ignorante que je suis ses désirs les plus profonds !

— Inutile d'en faire trop, Chloé. Pour vous, rien ne change. Vous continuerez à vivre au palais, à la seule différence que vous posséderez un titre et un papier faisant de vous ma femme.

— Le mariage ne signifie donc rien, pour vous ?

— Que voulez-vous qu'il signifie ? rétorqua Sayid. Ce n'est qu'une construction sociale, en l'occurrence sans amour ni obligation d'être fidèle. Soyons clairs : votre rôle n'est pas de me servir d'épouse, mais d'être là pour Aden. Et, bien sûr, d'apparaître à mes côtés lors des événements publics. Je n'attends pas de vous que vous m'accueilliez dans votre lit ou portiez mes enfants.

Un frisson parcourut Chloé à cette évocation.

— Heureusement ! s'exclama-t-elle, les joues en feu. Non, mais quelle arrogance !

— Efficacité, vous voulez dire. Vous souhaitiez rester ? Je vous offre la solution idéale, une qui nous arrange tous les deux. Et au lieu de me remercier, vous m'insultez.

— Votre ego s'en remettra.

— Je n'ai pas d'ego, Chloé. Je connais ma place et remplis mes obligations. Je le fais pour Aden, et le ferai pour vous quand vous serez ma femme.

Quand elle serait sa femme. Pas *si*, nota Chloé, qui sentit quelque chose se briser en elle. Le monde qu'elle connaissait s'effondrait, et toutes ses certitudes avec lui. Elle tâtonnait dans le noir sans savoir où aller. Seuls deux chemins s'ouvraient à elle : l'un la ramenait à Portland, l'autre l'enracinait à Attar. Le premier, en lui rendant la vie dont elle rêvait depuis l'adolescence, l'éloignait à jamais d'Aden. Quant au second, il la jetait droit dans la fosse aux lions, face à sa plus grande peur…

Mais au moins, elle serait avec son enfant.

Soudain, la lumière se fit dans les ténèbres. *Aden*. Aden était son port d'attache. Le lien qui les unissait était immuable. Ses aspirations professionnelles, elles, évolueraient. Sa carrière aussi. Son doctorat en poche, elle poursuivrait de nouveaux objectifs, plus stimulants. Elle déménagerait, les rencontres se succéderaient dans sa vie. Au milieu de tous ces changements, Aden serait l'unique constante. Son amour pour lui ne faiblirait jamais. Tout comme ses regrets si elle partait…

Non. Elle ne sacrifierait pas ce lien qu'elle chérissait plus que tout au profit de quelques satisfactions éphémères. Aden était sa famille. Plus que cela, il était son fils, quoi qu'en dise la génétique. Ce qu'elle ressentait valait toutes les vérités scientifiques.

— Très bien, dit-elle, la gorge nouée. J'accepte de vous épouser.

Sayid hocha la tête. Pas d'éclat triomphant dans ses yeux.

Pas de rictus victorieux. Son expression était aussi froide et impénétrable qu'à l'ordinaire.

— Je me charge d'organiser le mariage. Le plus tôt sera le mieux.

Il quitta la pièce, la laissant seule avec ses livres et ses tableaux blancs. Au moins, ils étaient un réconfort.

Une part d'elle-même avait toujours craint le mariage. Craint d'être faible et de s'accrocher au tyran qu'elle appelait mari. Comme sa mère. Mais Chloé était différente. Sa *vie* serait différente. Pour qu'un homme exerce ce genre d'emprise sur elle, il faudrait d'abord qu'elle en soit amoureuse. Or, elle n'aimait pas Sayid, ni maintenant, ni jamais. Et c'était réciproque. Sayid était un bloc de glace, incapable de sentiments.

Sans passion, pas de danger.

Là était son salut.

7

Sayid courait, courait…

Le sable lui brûlait les pieds à travers ses chaussures. Le soleil du désert était sa punition, insinuant ses rayons de feu sous sa peau pour le consumer de l'intérieur.

Il s'immobilisa et regarda autour de lui. Une dune cachait le palais à sa vue. Partout ailleurs… il n'y avait rien. Ni murs, ni barreaux. Rien d'autre qu'un océan de sable sous un ciel aveuglant.

Pourtant, il sentait les chaînes à ses poignets, autour de sa gorge. Il en rêvait la nuit. Dans ses cauchemars, il faisait toujours noir. Il était entravé, incapable de bouger, et attendait. Le claquement du fouet, la morsure du couteau dans sa chair. Attendait une souffrance qu'il n'avait pas le droit d'extérioriser. Alors il l'étouffait en lui. Surtout, ne rien montrer.

Il se pencha en avant, les mains sur les cuisses, et inspira profondément. D'ordinaire, le désert l'aidait à vaincre sa claustrophobie. L'espace, la sensation d'infini repoussaient pour un temps les murs invisibles qui le cernaient. Mais pas aujourd'hui.

Il s'assit, oublieux du sable cuisant sur ses mollets. Il avait envie de hurler sa rage et sa frustration, sur le point d'exploser sous la pression de toute cette tension accumulée. Ici seulement, dans la solitude du désert, il maudissait son fardeau. Ces chaînes imposées par sa famille et son statut de fils cadet, forgées au feu de tout ce à quoi il avait dû renoncer. Des chaînes qu'il avait fini par faire siennes…

Dans ce cachot qui lui avait volé un an de sa vie, il avait souffert mille indignités. Il avait vécu dans la crasse, nu comme un ver, dépouillé de tout insigne de pouvoir. Son corps avait été brisé, lacéré, déchiqueté. Mais plus on le torturait, plus il enfouissait sa souffrance. Il était le symbole de sa nation : rien ne devait fissurer les remparts qui entouraient son cœur. Son oncle l'avait préparé à cette captivité. Par sa cruauté, il lui avait donné les moyens de survivre.

Puis Rashid était mort, et de nouvelles chaînes s'étaient ajoutées aux premières. L'humain en lui s'était enfoncé un peu plus profondément dans l'ombre. Mais ce qui avait été un refuge aux mains de l'ennemi ou de son oncle menaçait à présent de l'engloutir. Et voilà qu'il allait avoir une femme, un enfant ! Comment était-ce possible ?

Car il y avait eu un autre temps. Un autre enfant et une autre femme... Son amour pour Sura avait été jugé inacceptable par son oncle. Une faiblesse qu'il fallait éradiquer. Ce dernier avait donc fait en sorte que la jeune fille dont était épris son neveu, alors à peine âgé de seize ans, soit donnée à un autre. Sayid revoyait la voiture blindée qui l'emportait loin de lui, vers son futur mari...

— *Mais elle est enceinte ! Le bébé...*

— *Il n'y a plus de bébé, son père y a veillé. Sura va se marier.*

— *A qui ? Où ?*

— *Tu n'as pas à le savoir. Elle n'était pas pour toi, Sayid. Un autre destin t'attend.*

Que ne s'était-il arraché le cœur sur place ! La douleur eût été préférable au gouffre qui s'était ouvert en lui.

Il était tombé à genoux, brisé.

— *Tu vois, Sayid, l'emprise qu'elle avait sur toi ? Le pouvoir qu'elle donnait à tes ennemis ? Ils n'auraient pas hésité une seconde à en profiter. Aimer, c'est être vulnérable.*

Kalid avait raison, bien sûr. Ce jour-là, Sayid s'était purgé de ses dernières émotions, réduit à l'idéal qu'il était né pour incarner. Intouchable. Immuable. Il avait abandonné à jamais l'idée d'avoir une famille.

Mais Chloé ne serait pas vraiment sa femme, n'est-ce pas ? Ni Aden son fils. Rien n'avait changé. Rien ne changerait jamais.

Il se leva, muselant une fois de plus tout ce qu'il venait de confier au désert. Les chaînes autour de son âme cédèrent la place à une apathie bienvenue.

De retour au palais, il n'éprouvait plus rien.

— En raison du deuil national, notre mariage sera célébré en toute discrétion, annonça Sayid, les yeux dans les siens.

Un frisson parcourut Chloé. Un peu plus tôt, il l'avait *priée* de se joindre à lui pour le dîner — priée et non *contrainte*. Tout son être s'était rebellé contre l'idée. Mais quel choix avait-elle ? S'ils n'étaient pas tenus de feindre le grand amour, elle ne pouvait décemment pas laisser croire qu'elle avait peur de lui. Et puis, elle avait mieux à faire que de jouer à cache-cache.

— Tant mieux, approuva-t-elle.

Même si elle aurait préféré que le mariage ne soit pas célébré du tout.

— Vous n'avez pas touché à votre dîner, observa Sayid.

— Je n'ai pas faim.

— Mangez. Je n'aime pas les femmes maigres.

Elle baissa les yeux sur sa silhouette arrondie.

— Je ne serais pas contre perdre quelques kilos de grossesse...

— Vous êtes très bien ainsi.

Elle prit soudain conscience de son regard braqué sur ses seins, et sentit une vague de chaleur la submerger. Curieusement, elle était plus intriguée qu'offusquée. Aucun homme n'avait jamais lorgné sa poitrine. Ceux de son entourage étaient comme elle, absorbés par leurs équations, et laissaient leurs histoires personnelles en dehors de la salle de cours. Chloé, elle, avait choisi d'étendre cette exclusion au reste de sa vie, aussi ne s'était-elle jamais souciée de savoir si l'on admirait ou non ses seins. L'expérience était... intéressante. Quant à Sayid, il ne faisait pas mine de détourner le regard.

Elle s'éclaircit la gorge.

— Ce n'est pas la question, dit-elle. En quelques jours, ma vie a été totalement chamboulée…

Cette fois, il daigna lever les yeux.

— Le changement a commencé il y a près d'un an. Notre mariage n'en est que la continuité.

Chloé se mordit la lèvre. C'est vrai, sa vie avait pris un nouveau tournant à la seconde où elle était tombée enceinte d'Aden. La grossesse l'avait changée, tant physiquement que mentalement. Et elle s'était persuadée que tout redeviendrait comme avant après l'accouchement. Quelle naïveté !

— Qui sait comment les choses se seraient passées avec Rashid et Tamara ? murmura-t-elle. Aurais-je eu moins de mal à me séparer d'Aden ?

Sayid haussa les épaules.

— Le passé est le passé. Inutile de vous flageller avec des « si ».

— Oui, vous avez raison.

— Evidemment.

Elle leva les yeux au ciel.

— Ce que vous pouvez être arrogant !

— Pas plus que vous, répliqua Sayid. Votre confiance en vos compétences scientifiques est absolue. Pourquoi n'afficherais-je pas la même confiance dans mon domaine ?

— Parce que *rien* n'échappe à votre domaine, grinça Chloé.

— Je n'y connais rien en théorie des cordes.

— Dans ce cas, je me retire au royaume des sciences où je règne en souveraine.

Ces mots la réconfortèrent. Etre mariée à Sayid ne serait peut-être pas si terrible, tout compte fait. Elle n'aurait qu'à diviser son temps entre Aden et ses recherches dans le formidable laboratoire d'études qu'il avait aménagé pour elle.

— Je vous le cède volontiers, repartit Sayid.

— Sa Majesté est généreuse…

Le visage du cheikh se rembrunit.

— Je suis loin de tout maîtriser, Chloé. Il vous suffit de lire les journaux pour vous en convaincre.

— Image publique et réalité sont deux choses différentes, assura-t-elle.

— Peu après la mort de Rashid, un diplomate d'un pays voisin a sollicité une entrevue au sujet d'un match de rugby entre nos deux nations...

— Et?

— Je lui ai expliqué, en termes succincts, que le sport était le cadet de mes soucis. Lorsqu'il s'est vexé, ma réponse a été de l'envoyer paître.

— Je vois.

— La presse n'a pas été tendre. Après cet épisode, Malik m'a gourmandé comme un enfant en me reprochant mon acrimonie.

Il eut un rire dénué d'humour.

— Vous n'êtes pas si mauvais, Sayid, affirma Chloé. Prenez un scientifique. Son but est de chercher objectivement la vérité, au mépris de ses convictions. De même, un souverain se doit d'être toujours avenant, quelle que soit son humeur. Ce n'est pas toujours facile.

— Qu'auriez-vous fait, Chloé, si rien de tout cela n'était arrivé?

La curiosité sincère qui perçait dans sa question la surprit.

— Eh bien, j'étais censée donner des cours à la rentrée, tout en terminant mon doctorat. Après quoi, j'espérais décrocher un poste à l'université ou dans un institut de recherche.

— Vous aimez vous triturer les méninges entre quatre murs, commenta Sayid avec une grimace.

— Bien sûr! Un scientifique consacre sa vie entière à étudier. Apprendre, enrichir ses connaissances, décortiquer le fonctionnement de toute chose... J'adore cela.

— La plus grande qualité d'un scientifique est donc la curiosité?

Les yeux de Sayid s'attachèrent à ses lèvres. Aussitôt, l'air se chargea d'électricité. Chloé se sentait à l'étroit dans son corsage, languide et fiévreuse à la fois, ce qui, bien sûr, était impossible. Sauf en présence de Sayid...

— Etes-vous curieuse, Chloé?

Elle s'éclaircit la gorge.

— Oui, je suppose. Et vous?

Une lueur brûlante s'alluma dans les yeux de Sayid. Seigneur, que lui avait-il pris de dire cela ? Elle s'aventurait en terrain glissant !

— Sur certaines choses, oui, dit-il d'une voix rauque, sensuelle.

Envoûtante. Elle se leva précipitamment et sa chaise heurta la chaise voisine avec fracas.

— Désolée, bafouilla-t-elle. Je dois y aller...

Sayid fut plus rapide qu'elle. En une fraction de seconde, il avait contourné la table et lui agrippait le bras.

— Pourquoi me fuyez-vous, Chloé ?

— Je ne fuis pas. J'ai assez mangé.

— Vous avez à peine touché à votre dîner.

De sa main libre, il écarta une mèche de son front.

Elle s'affola.

— Je n'ai pas faim. Le stress, sans doute. A propos, saviez-vous que le stress pouvait obstruer les pores...

— Je me fiche des effets secondaires du stress, Chloé. Pourquoi me fuyez-vous ? répéta-t-il, son visage tout près du sien. Est-ce parce que vous la sentez, vous aussi ?

— Quoi ?

— Cette alchimie entre nous. Mon corps brûle de vous posséder, et vous n'attendez que cela.

— Je ne vois pas de quoi vous voulez parler...

— Je crois que si.

Il traça du doigt la ligne de son épaule, puis remonta vers son cou. Elle se dégagea vivement.

— Non, mentit-elle. Je ne vois pas.

Chloé était désemparée. Pourquoi son corps la trahissait-il ? Jamais elle n'avait éprouvé pareille attirance. Elle s'était imaginé que si cela arrivait un jour, ce serait pour un gentil scientifique en blouse blanche, accro aux tableaux blancs. Pas pour une brute assoiffée de pouvoir qui s'imaginait la mener à la baguette ! Hélas, son corps, lui, semblait d'un autre avis. Les preuves étaient là : rythme cardiaque accéléré, lèvres gonflées, mamelons durcis et, oh Seigneur... cette moiteur entre ses cuisses !

L'attirance était un phénomène purement physique, se persuada-t-elle. Son corps avait beau être esclave de ses pulsions, elle n'en restait pas moins une femme rationnelle, dont les choix se fondaient sur autre chose que la proximité d'un mâle alpha débordant de testostérone.

— Notre mariage n'est pas un mariage d'amour, mais il doit avoir l'air réel, l'avertit-il. A l'avenir, évitez de fuir les dîners protocolaires.

— Je ne fuyais pas ! protesta Chloé.

Le pouce de Sayid se fit caressant sur son bras.

— Je ne vous crois pas.

— Peu importe ce que vous croyez. Je regagnais simplement ma chambre. J'ai du travail.

— Restez, dit-il. Parlez-moi.

Son intonation ne sonnait guère comme une invitation à bavarder. Elle n'avait aucune expérience de ce genre de situation. A son grand désarroi aujourd'hui. Elle se sentait démunie, à mille lieues de l'image sophistiquée qu'elle aurait aimé renvoyer. Non seulement elle manquait d'expérience, mais le côté dominateur et ultra-viril de Sayid la rebutait. Etrange, car ce qui l'effrayait le plus chez lui était aussi ce qui mettait son corps en émoi. *Raison de plus pour ne pas lui laisser le contrôle.*

— Soit. A condition que vous cessiez de me malmener comme le dernier des *Ardipithecus ramidus*.

— Des quoi ?

— *Ardipithecus ramidus*. Vous savez, l'un des stades de l'évolution humaine.

— Vous me traitez d'homme de Neandertal ?

— Vous confondez les époques...

— Si vous insinuez que je ne suis pas quelqu'un de civilisé, vous avez raison, dit-il en lui lâchant le bras. Je n'ai d'ailleurs jamais prétendu le contraire.

— J'avais remarqué.

— Nous devons à tout prix présenter un front uni en public. Ce genre de joute verbale est à proscrire de nos sorties officielles.

— Je comprends.

— Mieux vaut également éviter d'assimiler certains chefs d'Etat à une espèce plus proche du singe que de l'homme.

— Même ceux qui envoient promener les diplomates ?

Cette pique lui valut une œillade assassine.

— D’accord, promis, je réserverai mes insultes pour vous. Et seulement en privé.

Curieux, avec quelle facilité elle lui parlait à présent. A peine quelques minutes plus tôt, sa virilité la paralysait. Sans doute parce qu’elle avait appris très jeune à craindre la force des hommes. Mais elle avait eu beau l’insulter et le provoquer, Sayid n’avait jamais riposté. Et il ne le ferait pas, elle en était convaincue. Alors de quoi avait-elle peur ?

— Surveillez vos paroles, Chloé. A moins que ce ne soit une invitation ?

Soudain, elle comprit ce qui l’effrayait. Son attirance et sa peur ne faisaient qu’un ! Pour la première fois, elle s’intéressait au sexe — et pas d’un point de vue scientifique. Une curiosité dangereuse au vu de sa situation. Elle devait à tout prix garder ses distances.

— En aucun cas, siffla-t-elle.

Elle recula, moins par peur de lui que d’elle-même. N’avait-elle pas, l’espace d’une seconde, été tentée de répondre par l’affirmative ? Quelle aurait été sa réaction ? Elle avait trop peu d’expérience en matière de sexe pour prendre l’initiative. Surtout avec un homme comme Sayid.

— Tant mieux, car je la déclinerais, riposta-t-il.

L’orgueil de Chloé en prit un coup. Evidemment, les hommes comme lui se fichaient bien d’une petite rousse bien en chair préférant la compagnie d’un bec Bunsen à celle des garçons.

— Ce n’en est pas une, répéta-t-elle.

— Bien.

Une réponse sèche. Cinglante. Chloé était mortifiée. Il ne voulait pas coucher avec elle ? Et alors ? C’était réciproque ! Peut-être... oui, peut-être avait-elle envie de l’embrasser. De savoir ce que cela ferait de presser les lèvres sur cette bouche bien dessinée. Simple curiosité. Quelle femme ne serait pas tentée par l’expérience ? Ce qui prouvait bien sa théorie d’une attirance purement physique. Ce n’était certes pas sa personnalité pétillante qui séduisait la gent féminine...

— Je retourne dans ma chambre, annonça-t-elle. Et *non*, je

ne fuis pas. Aucune raison, puisque vous n'en avez pas après mon corps, n'est-ce pas ?

Sayid pinça les lèvres.

— Bonne soirée, Chloé.

— Merci. Vous aussi.

Seule dans le couloir, elle s'appuya contre le mur, le cœur battant. Lentement, elle inspira, puis expira. Elle devait se ressaisir, et vite ! Les plaisirs physiques ne l'avaient jamais intéressée. Ce n'était pas aujourd'hui que cela allait commencer.

Sayid avait besoin d'une douche froide. Mais d'abord, un coup de fil s'imposait. Décrochant son téléphone, il appuya sur le numéro abrégé d'Alik Vasin.

— *Da ?*

— Vasin ?

Il aurait reconnu la voix de son ami entre mille, mais attendit confirmation. Une précaution nécessaire étant donné la profession d'Alik. Même si, officiellement, l'ex-mercenaire avait raccroché sa veste. Sayid l'avait recruté pour sa dernière mission, et les deux hommes étaient devenus amis. Ce lien s'était encore renforcé lorsque Alik l'avait fait évader du camp ennemi. C'était lui qui l'avait retrouvé. Lui seul avait continué les recherches quand tout le monde avait abandonné.

— *Da.*

De la musique lui parvenait en fond sonore. Une voix de femme parlant une langue inconnue. Une porte claqua et le bruit cessa.

— Merci de l'avoir retrouvé.

— Pas de quoi, dit Alik. C'était un jeu d'enfant.

— Pour toi, peut-être.

Alik était le meilleur ami de Sayid. Un frère comme Rashid ne l'avait jamais été.

— Pour n'importe qui. C'est tout juste si son nom n'était pas dans l'annuaire.

— Elle veut rester. Pour le bébé...

Alik émit un grognement qui pouvait signifier son approbation comme tout autre chose.

— Je me doute que ce n'est pas pour toi. Que lui as-tu répondu ?

— Sa présence au palais risque de compromettre le secret de Rashid.

— Tu éludes ma question...

— Je lui ai demandé de devenir ma femme.

Alik éclata de rire. Sayid enviait cela à son ami, cette capacité à être invincible tout en restant humain. Malgré tout ce qu'il avait vécu, tout ce qu'il avait vu et fait, l'ex-mercenaire brûlait la vie par les deux bouts. L'honneur, dans sa liste de priorités, figurait loin derrière le plaisir.

— Mauvaise idée, camarade. Il n'y a rien de pire que le mariage.

— As-tu déjà été marié ?

— Jamais.

— Alors comment le sais-tu ?

— Ce soir, une blonde m'attend dans mon lit. Le week-end dernier, c'était une brune. Et demain, qui sait ? Le mariage sonne le glas de cette liberté.

— Pas pour tout le monde.

— Dans ce cas, à quoi bon prononcer des vœux ? Quand je fais une promesse, je la tiens.

— Tu en fais rarement...

Alik s'esclaffa de nouveau.

— C'est vrai.

— Tu m'en as fait une, à moi, lui rappela Sayid.

— Et pas à la légère, confirma son ami. Ma loyauté t'est tout acquise. Si tu as besoin de quoi que ce soit, je suis ton homme.

— Ce sera un mariage discret, par respect pour la mémoire de Rashid.

— Tu me veux comme garde du corps ?

— Qui d'autre ?

— Serais-tu en train de me demander d'être ton témoin ?

Sayid ébaucha un sourire. Le premier depuis longtemps.

— Un témoin armé.

Il y eut un bruit de porte qui s'ouvre à l'autre bout du fil. La femme et la musique, de nouveau. Puis la réponse d'Alik :

— Compte sur moi.

Chloé écoutait, incrédule, la présentatrice parler d'elle, l'œil rivé à la caméra. Une expérience pour le moins surréaliste...

« L'ombrageux régent d'Attar a annoncé ses fiançailles avec l'héroïne du peuple, Chloé James, nourrice à temps partiel et étudiante en sciences originaire de Portland, Oregon. Le mariage sera célébré la semaine prochaine. »

Des images d'elle et Sayid défilaient à l'écran, elle engoncée dans la seule robe qui lui allait encore. Elle fit la grimace. Décidément, elle ne s'habituait pas à sa nouvelle silhouette.

Eteignant la télévision, elle reporta son attention sur son tableau blanc et sur l'équation qui lui donnait du fil à retordre depuis le début de la matinée. Hélas, impossible de chasser de son esprit ce qu'elle venait d'entendre. Avec un soupir, elle retira ses lunettes et se tourna vers Aden, allongé sur une couverture à même le sol.

— Dans quelle galère me suis-je embarquée ? Mmh ?

Pour toute réponse, le bébé agita les pieds en ouvrant grand les yeux.

— Non ? Aucun conseil à me donner ?

— Quel genre de conseil ?

Chloé fit volte-face. Sayid s'avançait vers elle, avec cet air sûr de lui qui l'exaspérait.

— Je viens d'apprendre grâce à la télévision que notre mariage aurait lieu dans moins d'une semaine. Imaginez ma surprise.

— Pourquoi attendre ? répliqua le cheikh.

Il sortit de sa poche un écrin qu'il lui tendit.

— J'ai fait monter un joyau de la couronne en bague.

— Un joyau de la couronne ?

Elle ouvrit l'écrin et resta bouche bée devant le splendide grenat d'un rouge profond, serti dans un anneau d'or ciselé pareil à la tige d'une fleur. C'était la première fois qu'on lui offrait un présent. Et pas n'importe quel présent ! Un objet unique et magnifique. Ses parents n'avaient jamais eu ce genre d'attention. Ils se souciaient trop peu d'elle pour cela. A sa grande honte, elle brûlait de passer la bague à son doigt. Juste une seconde, elle avait envie de croire qu'elle était assez spéciale aux yeux de Sayid pour mériter un tel cadeau...

Elle s'efforça de dissimuler cette faiblesse. Aden était le seul être dont elle avait besoin.

— C'est un peu trop, vous ne croyez pas ?

— Toutes les femmes entrant dans le clan Al-Kadar se voient offrir un joyau de la couronne. Vous ne ferez pas exception.

— Il ne s'agit pas d'un vrai mariage, rappela-t-elle.

— Dans ce cas, rendez-le-moi le jour du divorce.

— C'est-à-dire ?

— Quand serez-vous capable de vous séparer d'Aden ?

— Pas avant sa majorité.

— Alors nous resterons mariés jusque-là.

Il la dévisagea avec une attention soutenue.

— C'est un engagement de taille pour quelqu'un de votre âge, sans attache avec Attar.

— Avoir un enfant est toujours un engagement de taille, répondit-elle. Toutes les futures mères voient leur avenir bouleversé. Bien sûr, mon cas est un peu plus complexe. Mais je suis prête à changer radicalement de vie pour Aden.

— Vous serez une bonne mère, déclara Sayid. Celle que Tamara aurait voulue pour son fils.

Une vague d'émotion enfla dans la poitrine de Chloé. Plus que jamais, elle ressentait un vide en elle. Elle aurait aimé que Sayid la serre dans ses bras et lui murmure que tout irait bien. Elle aurait aimé, l'espace d'un instant, ne plus dépendre de ses seules forces pour avancer. Mais Aden avait besoin d'elle. Et tant que ce serait le cas, elle n'avait pas le droit d'être vulnérable.

— Merci, murmura-t-elle.

— A présent, passons à la question des relations extraconjugales, reprit Sayid.

L'enchaînement était si brutal que Chloé en eut le vertige.

— Pardon ?

— De nos amants et maîtresses, si vous préférez.

— J'avais compris, merci. Où voulez-vous en venir au juste ?

— Si je ne fréquente pas votre lit, ce sera celui d'autres femmes. Je suis prêt à sacrifier beaucoup de choses pour Aden, mais pas à renoncer au sexe pendant seize ans.

Chloé cilla. Evidemment, ce serait déraisonnable d'exiger cela de lui. Alors pourquoi cette soudaine jalousie ? Parce qu'elle refusait de le partager ? Non. Plutôt parce qu'une part d'elle-même brûlait de profiter aussi de son expérience d'amant. La perspective de voir défiler ses maîtresses en nuisette affriolante lui donnait la nausée.

— Je n'exigerai qu'une chose, dit-elle. La discrétion. Rien ne sort de votre chambre. Pour moi, vous pourrez aussi bien être seul qu'accompagné. Une liaison de Schrödinger, en somme.

— Parce que rien n'est prouvé tant que la porte reste fermée ?

— Exactement ! Vous avez saisi la plaisanterie.

— Pensez à cultiver un humour plus accessible...

— Cette blague aurait eu un succès fou dans mon cours de théorie quantique des champs.

— Quoi qu'il en soit, j'exige la même discrétion de vous, reprit Sayid. Aucun scandale ne doit éclater.

— Bien sûr.

Elle, créer un scandale ? Aucun risque. Porte ouverte ou fermée, elle vivrait dans l'abstinence. Mais plutôt mourir que de l'avouer. Pire que savoir Sayid en pleins ébats avec une beauté attarie était de savoir qu'elle-même ne bénéficierait pas des attentions d'un séduisant amant.

— Je suis sérieux, insista Sayid. A Attar, on pardonne ce genre d'écart à un homme, mais pas à une femme. Si le peuple l'apprenait, je serais contraint de vous répudier. Or, ce mariage est avant tout une question d'image.

— Je serai la discrétion incarnée, assura Chloé. Pas d'étreinte sauvage sur la table de salle à manger, promis.

Elle rougit. Son petit discours de femme libérée n'était guère convaincant. Et pour cause : parler de sexe avec Sayid la plongeait dans le plus grand embarras.

— La table de salle à manger ? répéta-t-il. Je doute que ce soit très confortable.

— Vous ne savez pas ce que vous perdez.

— Vous non plus…

Les mots avaient échappé à Sayid. Des fantasmes brûlants prenaient vie dans son esprit. La table de salle à manger n'y figurait pas, mais… Contre un mur ? Les jambes de Chloé nouées autour de sa taille ? L'idée était excitante. Il la dénuderait, la débarrasserait de ses inhibitions, lui ferait oublier tout ce en quoi elle croyait tandis qu'elle crierait son nom. Puis, à son tour, il prendrait son plaisir en elle…

La réaction de son corps ne se fit pas attendre. Il crispa les poings, réprimant le tumulte de son cœur. Assouvir sa frustration sexuelle avec Chloé était hors de question. Aucune passion n'était permise entre eux. Il devait impérativement garder le contrôle de lui-même. Surtout en présence de la jeune femme, qui avait le don de le lui faire perdre…

De plus en plus gênée, Chloé se hâta de prendre Aden dans ses bras, se réfugiant derrière lui comme derrière un bouclier.

— Vous savez ce qu'on dit : « Heureux sont les ignorants… », répliqua-t-elle.

— Comme vous voulez, dit Sayid.

— Oui, c'est ce que je veux.

— Il me reste quelques affaires à régler avant le mariage. Rendez-vous au palais côtier, où aura lieu la cérémonie.

— Vous avez tout prévu, n'est-ce pas ?

Il eut un rire sans joie, qui étreignit le cœur de Chloé.

— Au contraire, Chloé James. Avec vous, ma vie n'est plus qu'une suite d'imprévus.

8

Le palais côtier était très différent de celui de la capitale. Ici, tout était blanchi par le soleil. Une brise salée venue de la mer rafraîchissait agréablement l'air. Une atmosphère qui changeait de l'aride chaleur régnant à l'intérieur des terres. En grandissant, Sayid avait passé beaucoup de temps dans ce palais, qui lui servait de refuge lorsqu'il n'apprenait pas à survivre dans les rudes conditions du désert. La fraîcheur accueillante de ses murs de pierres ne manquait jamais de l'apaiser. Sauf aujourd'hui.

Dans moins de vingt-quatre heures, il serait marié.

Une épouse...

Il y avait renoncé depuis longtemps. Ce mariage le ramenait en arrière, à une adolescente aux yeux ambrés et au sourire éblouissant. A cette même adolescente, pâle de terreur tandis qu'on l'arrachait à lui. A ces hommes qui l'avaient retenu de la secourir. De sauver la seule personne qui ait jamais compté pour lui...

Il posa la main sur l'un des piliers, le regard perdu vers l'océan. La pierre était dure et froide sous sa paume. Aussi dure et froide que son cœur depuis le jour où il avait perdu Sura...

— Elle est en haut, sur le balcon. En pleine séance de henné.

La voix d'Alik le tira de ses pensées. Il descendait l'escalier d'un pas nonchalant, les mains dans les poches.

— Depuis combien de temps es-tu ici ? demanda Sayid.

Alik et lui avaient traversé l'enfer ensemble. L'ex-mercenaire était son unique ami. Lui seul savait ce qu'était *réellement* sa vie. Ce qu'elle lui coûtait. Mais en cet instant, sa joie de le revoir était assombrie par une jalousie aussi viscérale qu'inexplicable.

— Au palais ? sourit Alik. Assez pour prendre cette beauté rousse une fois sur le balcon, deux fois contre le mur de la chambre et...

— Alik.

— En théorie, précisa-t-il. Les femmes se battent pour partager mon lit. Pourquoi séduirais-je la tienne ?

— Chloé n'est pas ma femme, gronda Sayid.

— Elle le sera demain.

— Uniquement sur le papier.

— Pas sous la couette ? Quel gâchis...

Sayid dépassa son ami et s'engagea dans l'escalier.

— Je me passerai de ton avis, Vasin.

— Alors je te laisse avec ta fiancée. Il me reste certaines mesures de sécurité à peaufiner, répondit Alik avant de s'éclipser.

Sayid serra les poings. Pourquoi était-il aussi furieux ? Cela n'avait aucun sens ! N'avait-il pas lui-même autorisé Chloé à prendre des amants ? Ni lui, ni elle ne pratiquerait l'abstinence pendant seize ans. Si elle jetait son dévolu sur Alik, quel droit avait-il d'apposer son veto ?

Non...

Il y avait des limites à ne pas franchir. Et il veillerait à ce qu'Alik ne l'oublie pas.

A l'étage, il se dirigea droit vers le balcon. Chloé était assise dans un fauteuil, en robe très courte, Aden endormi à ses côtés dans un couffin. A genoux devant elle, une vieille femme traçait sur ses pieds les traditionnels entrelacs au henné.

Chloé releva la tête, et ses cheveux s'embrasèrent dans la lumière du soleil couchant. La mer en toile de fond rehaussait encore le bleu de ses yeux. Comme à son habitude, elle ne portait aucun maquillage. Il y avait pourtant quelque chose de différent chez elle. Son teint paraissait plus frais, ses joues plus roses. Ses cernes s'étaient estompés.

Elle rayonnait, réalisa-t-il.

— Sayid ? Je ne vous attendais pas si tôt...

La vieille femme interrompit ses arabesques pour s'incliner très bas devant lui, son front touchant le sol. Pareille marque de servilité le laissait de marbre ; elle lui était due. Ce soir, néanmoins, il y voyait le signe qu'il commençait à être accepté dans sa fonction de régent. Son mariage avec Chloé avait donc l'effet escompté.

— Quand pensiez-vous que j'arriverais ? Au moment des vœux ?

— Quelque chose comme cela, admit-elle.

— Non. Je tenais à revoir la sécurité avec Alik.

Il la scruta en prononçant le nom de son ami.

— Vous l'avez rencontré, n'est-ce pas ?

— Oui. Nous avons sympathisé, répondit Chloé.

— Sympathisé comment ?

— Eh bien, il...

Elle s'interrompit.

— Etes-vous fâché ?

— Non.

— Si, je le vois bien. Cela vous ennuie ?

Sayid eut un rire dédaigneux.

— J'ose espérer qu'il s'est montré amical. C'est la moindre des politesses envers la future cheikha.

Elle plissa les yeux, comme si elle examinait un spécimen au microscope.

— Seriez-vous jaloux ?

— Je ne le suis pas avec mes maîtresses. Pourquoi le serais-je avec vous ? répondit-il, cinglant.

— Parce que dès demain, je serai votre femme. Le mariage est une invention humaine, mais la possessivité du mâle envers sa femelle se retrouve dans de nombreuses espèces. Une façon pour lui de s'assurer qu'il est bien le géniteur de sa descendance...

— Ce problème ne me concerne pas. Aden n'est pas mon fils, et vous...

Il s'interrompit, conscient de la présence de la femme aux pieds de Chloé.

— Comme vous le savez, notre situation est différente, termina-t-il.

— Cet instinct est profondément enraciné en l'homme, insista la jeune femme. Ce que votre cerveau sait, votre corps peut très bien l'ignorer.

— Peut-être…

L'espace d'une seconde, il s'abandonna au désir qui l'envahissait chaque fois qu'il la regardait. Ses fantasmes prenaient vie dans sa tête, les mêmes qui le hantaient depuis plus d'une semaine. Chloé penchée en avant, agrippée à la tête du lit… Lui, les mains sur ses hanches, l'empalant d'un seul coup de reins… Son corps souple et chaud s'arquant contre le sien comme il jouissait en elle…

Oh oui, il la désirait plus que tout. Mais pas question de céder aux sirènes de la tentation. Car ce désir n'était pas simplement charnel. Il puisait sa source dans ce repli secret de son être dont il avait appris à nier l'existence — la faille derrière le mur, le cœur de sa vulnérabilité.

— Vous croyez savoir ce que mon corps veut ? dit-il d'une voix éraillée.

La jeune femme s'empourpra.

— Eh bien… en termes de préoccupations d'ordre… euh, reproductif… Oui.

Sayid sourit en se remémorant ses fantasmes.

— Non, Chloé. Vous ignorez tout de ce que mon corps veut. Tout comme vous ignorez les désirs du vôtre.

Elle fronça les sourcils.

— C'est ridicule. Bien sûr que je sais ce que mon corps veut.

— Et moi, non ?

— Je pense que votre raisonnement est en contradiction avec ce que votre corps désire, nuance…

— Et votre corps, Chloé ? Que désire-t-il ?

Il vit ses yeux bleus s'agrandir.

— Pas… pas cela, balbutia-t-elle, cramoisie.

S'apercevait-elle tout juste de la charge érotique de leur conversation ? Difficile à croire. Une femme de son âge, et aussi jolie qu'elle, savait certainement déceler le non-dit dans un échange entre un homme et une femme. Et pourtant, elle semblait prise de court, presque désarmante de candeur.

— Alik est à rayer de votre liste d'amants potentiels, dit-il, optant pour une approche plus directe.

— Vous pensiez que lui et moi, nous...

Elle fit la grimace. A ses pieds, la vieille femme apportait la dernière touche à un délicat motif de fleur. Le tatouage terminé, Sayid lui donna congé en arabe. Elle inclina la tête et rassembla ses affaires, avant de s'éclipser les yeux baissés.

— Que lui avez-vous dit ? demanda Chloé.

— De nous laisser.

— Elle ne nous a pas regardés...

— Par respect pour le cheikh et sa future épouse.

— Je n'ai pas besoin de ce genre de respect ! protesta la jeune femme.

Il haussa les épaules.

— Pour ma part, j'accepte volontiers toute marque de déférence. C'est le signe que personne ne s'oppose à moi.

— Mmh...

Elle croisa les bras sous sa poitrine, le regard perdu dans les arabesques ornant ses chevilles.

— Vous désapprouvez ?

— Quelle importance ?

— Aucune. Je suis curieux.

— N'est-ce pas un autre moyen pour les hommes de renforcer leur domination ? reprit-elle en relevant les yeux. Pas le pire, je vous l'accorde, mais...

— Le monde compte aussi des reines qui n'hésitent pas à écraser leurs subordonnés, pointa Sayid. La soif de domination n'est pas l'apanage des hommes.

— Eh bien, votre attitude ne plaide guère en faveur de votre sexe.

Elle souleva Aden dans ses bras, et il nota qu'elle était beaucoup plus à l'aise avec le bébé qu'à leur première rencontre.

— Vous croyez pouvoir jouer au chef de meute avec moi ? Me traiter comme... comme une carcasse de caribou, dont vous n'avez même pas envie ?

— Vous vous comparez à une carcasse de caribou ?

— L'analogie est certes douteuse, mais le message reste valide.

— Je n'ai jamais dit que je n'avais pas envie de vous.

Les mots flottèrent entre eux, l'air soudain chargé de tension. Une tension qui l'étreignait depuis la seconde où il l'avait vue. Il fit un pas vers elle, et son odeur, douce, féminine — une odeur de chèvrefeuille — lui emplit les narines. Une vague de désir le submergea.

Elle se fourvoyait en le croyant ignorant de ce que son corps voulait. Il le savait parfaitement : elle, nue contre lui, criant son nom sous l'effet du plaisir...

— Je... vous avez évoqué vos futures maîtresses et donc, j'en déduis que...

— Je ne suis pas prêt à seize ans de fidélité conjugale, termina-t-il. Mieux vaut donc que rien ne se passe entre nous.

— Mais cela pourrait arriver ? Etes... êtes-vous attiré par moi ?

L'innocence avec laquelle elle avait prononcé ces mots, l'absence totale de ruse et de calcul, le stupéfia. Ne percevait-elle pas l'électricité qui crépitait entre eux ? Si, il en était convaincu. Mais elle s'imaginait sans doute être la seule à la ressentir. Alors qu'il n'avait qu'une envie, la plaquer contre lui ! D'abord, il l'embrasserait dans le cou, suivrait de la langue le pli de sa gorge, avant de s'aventurer dans la vallée de ses seins...

— Si je suis attiré par vous ? répéta-t-il, avançant encore d'un pas. Quand j'ai vu Alik, la simple idée qu'il pourrait vous séduire m'a donné envie de lui attacher une pierre autour du cou et de le jeter dans l'océan !

Chloé frémit sous son regard pénétrant. Elle se sentait comme un spécimen observé au microscope, ses secrets les plus intimes exposés au grand jour. La voix de Sayid était basse et rauque, vibrante d'intensité. D'instinct, elle resserra son étreinte autour d'Aden. Et soudain, elle comprit la raison de son pouls erratique, de l'étrange tension dans son ventre...

Elle le désirait.

La sensation était si intense, si inconnue, qu'elle lui donnait le vertige.

— En vous voyant, j'ai eu une autre envie, continua-t-il, tournant autour d'elle comme un prédateur autour de sa proie.

Celle de vous prendre là, sur ce balcon, encore et encore, en savourant vos cris de plaisir.

Elle détourna les yeux, troublée par les images que lui évoquaient ses mots. Son corps était en feu, sa respiration saccadée. Pas besoin d'expérience pour comprendre son manège : il cherchait à la dominer. A resserrer son emprise sur elle en la comblant sexuellement. Oh ! il n'userait d'aucune violence, non. Son pouvoir était d'une autre nature, et il n'hésiterait pas à s'en servir. N'avait-elle pas vu de ses yeux ce que sa mère avait enduré pour l'homme qui la possédait ? Jamais elle ne se laisserait soumettre de la sorte.

Elle s'écarta de lui.

— Aussi charmant que soit ce programme, je préfère décliner.

— Vous n'êtes pas attirée par moi ? demanda Sayid.

Elle n'avait jamais su mentir, mais une insulte ferait aussi bien l'affaire.

— Vos manières d'homme de Neandertal ne m'impressionnent pas, cracha-t-elle. Le fantasme du mâle dominant, ce n'est pas mon truc.

— Vraiment ?

— Si j'accepte de vous épouser, c'est uniquement pour Aden. Trouvez-vous une maîtresse avec qui apaiser votre frustration sexuelle !

— Je croyais que vous exigiez la discrétion ?

— Prenez qui vous voulez sur ce balcon, je m'en fiche !

Elle rentra dans le palais, au bord des larmes. De retour dans sa chambre, elle s'assit sur le lit et dégrafa son chemisier, puis son soutien-gorge d'allaitement, et guida Aden vers son sein. Peu à peu, elle s'habituait à cet aspect de la maternité. D'un autre côté… jamais elle ne s'était sentie aussi perdue, ni effrayée par son propre corps.

Et le responsable était l'homme qu'elle épousait dans moins de vingt-quatre heures.

Seule une poignée d'invités étaient présents sur la plage. Ni les trois jours de festivités, ni les traditionnelles danses en groupe n'avaient été observés avant la cérémonie. Quant à la séance de henné, d'ordinaire l'occasion d'un bruyant rassemblement, seule une vieille femme y avait participé.

Chloé en était soulagée, mais le mariage en lui-même la rendait nerveuse. Surtout après son altercation avec Sayid. Elle ne l'avait pas revu depuis la veille, où elle lui avait conseillé de se chercher une autre partenaire pour leur nuit de noces. Non que leur nuit de noces revêtît une quelconque importance…

Pas plus que leur mariage, d'ailleurs. L'essentiel des invités se composait de journalistes triés sur le volet, chargés de narrer un conte de fées supposé rendre l'espoir à toute une nation. Si son union avec Sayid avait effectivement un tel pouvoir, il comptait parmi les mensonges les plus magiques de l'histoire, songea Chloé. Auquel cas, quel droit avait-elle d'être aussi abattue ?

Pense à Aden, pas à ce que tu laisses derrière toi…

Le sable glissait entre ses orteils, comme si le sol lui-même se dérobait sous ses pieds. La musique changea, signal de son entrée en scène.

Le cœur battant, elle émergea de derrière la tente dressée pour le banquet, en soulevant sa robe pour ne pas trébucher. C'était une robe fluide toute simple dans les tons crème, qui caressait le sable à chacun de ses pas. Un foulard de soie blanche lui couvrait les cheveux et la protégeait du soleil. Elle n'avait pas de fleurs dans les mains. Pas de demoiselle d'honneur. Personne pour la mener vers son futur époux…

De grands mâts jalonnaient l'allée, ornés de bannières de soie blanche flottant au vent. Cette décoration discrète, en harmonie avec la beauté naturelle de la crique, frôlait la perfection. Même la musique s'était tue, remplacée par le roulis des vagues.

Chloé aperçut furtivement Sayid entre deux draperies chahutées par le vent. L'espace d'une demi-seconde, leurs regards se croisèrent. Quelque chose passa entre eux, sombre, intense. Elle baissa les yeux. N'était-ce pas ce qu'exigeait la tradition attarie ? Ne pas sourire. Ne pas paraître trop empressée. Cela, au moins, elle n'avait aucun mal à s'y conformer.

Elle remonta lentement l'allée, jusqu'à voir apparaître dans son champ de vision les pieds de Sayid. Alors seulement, elle releva la tête. Comme elle, il était vêtu avec simplicité, à mi-chemin entre les styles attari et occidental : une chemise et un pantalon blancs, lâches sur sa carrure athlétique ; des chaussures blanches également, brodées de fil d'or. Seigneur... Après ses propos ignobles de la veille, elle n'aurait dû avoir que mépris pour lui. Et voilà qu'elle vacillait, éblouie par sa beauté ! Une part d'elle-même était d'ailleurs plus intriguée que choquée par ce qu'il lui avait dit. Cette part-là n'attendait qu'une chose : qu'il joigne le geste à la parole...

Bon sang, le moment était mal choisi pour avoir ce genre de pensée ! se tança-t-elle.

Sayid lui faisait face, sans toutefois la toucher, ce dont elle remerciait le ciel. Un répit de courte durée...

Comme la cérémonie débutait en arabe, il se pencha à son oreille. Le cœur de Chloé s'affola quand il se mit à lui traduire les mots de l'officiant, d'une intonation douce, caressante, sans rien de commun avec la façon dont il s'était adressé à elle la veille — mais tout aussi troublante. Les mots qu'il murmurait parlaient de tendresse, d'engagement ; pas de sexe, ni de domination. Ils décrivaient un lien profond, inaltérable, un lien dont elle ressentait chaque jour plus douloureusement l'absence dans sa vie.

Lorsque vint le moment des vœux, elle répéta les siens, dans un arabe inintelligible. Elle n'avait aucune idée de ce qu'elle promettait, et c'est avec soulagement qu'elle prononça le dernier mot. Sayid, lui, choisit de prononcer ses vœux en anglais.

— Je ne te quitterai, ni ne t'abandonnerai, énonça-t-il d'une voix forte, le regard fixé sur un point derrière elle.

Une chance, car le regarder dans les yeux était au-dessus de ses forces.

— Ta maison sera la mienne, car sans toi, je ne connais nul foyer. Ton peuple est mien, et mon peuple est tien. Là où tu meurs, je meurs avec toi, et là je repose. Que Dieu me punisse si autre chose que la mort nous sépare.

L'air manquait à Chloé. Un étau se resserrait autour de sa poitrine à chaque mot que prononçait Sayid. Elle aurait préféré que leurs vœux restent un mystère. Hermétiques, ils n'avaient aucun poids, aucune réalité. Leur sens éclairci, ils devenaient une chaîne invisible qui s'enroulait autour d'elle et Sayid, inexorablement. Et plus ce lien se renforçait, plus se déliait celui qui la rattachait à son ancienne vie. Que lui restait-il, désormais ? Attar, Aden...

Et Sayid.

Rien de tout cela n'est réel ! se rappela-t-elle avec l'énergie du désespoir. Ce n'était qu'un mariage de papier. Une imposture destinée à lui assurer une place dans la vie d'Aden. Rien de plus.

L'officiant reprit la parole, un bol rempli de miel à la main. Sayid traduisit pour son seul bénéfice :

— A Attar, la tradition veut que la première chose que goûtent les mariés soit sucrée, afin que le mariage leur soit doux.

Attrapant son poignet, il lui plongea le petit doigt dans le miel, puis l'aspira dans sa bouche. Ses lèvres étaient chaudes, sa langue voluptueuse tandis qu'il suçait le liquide sucré. Ce contact intime fit courir mille frissons le long de son échine. Il répéta l'opération avec son propre doigt qu'il pressa contre la barrière de ses lèvres Elle obéit et ouvrit la bouche pour lui.

Le goût du miel explosa sur son palais, délicieusement sucré. Puis sa douceur fondit dans l'âpreté salée de la peau de Sayid. Le contraste la grisa. Sans réfléchir, elle glissa la langue le long de son doigt, là où il n'y avait pas de miel ; une dose de Sayid pur, plus enivrante que le plus fort des alcools. Presque à contrecœur, elle le libéra.

Ils étaient officiellement mariés.

Sous les acclamations des invités et les flashs des photographes, Sayid lui prit la main. Un geste protocolaire — la raideur de ses doigts autour des siens le prouvait. Mais son corps ne semblait pas avoir compris le message. Une chaleur brûlante fusa dans ses veines. Elle avait beau le nier, ces choses qu'il lui avait dites la veille l'avaient excitée, tout comme le goût de sa peau à l'instant. Elle se sentait tout près de faire une découverte majeure. Et n'était-ce pas la démarche de tout scientifique d'aller au bout de sa curiosité ?

Sauf que ce problème-là ne se résolvait pas sur un tableau blanc. Sayid n'obéissait à aucune équation logique. La sensation de ses lèvres sur elle, ce déchaînement de passion qu'il lui offrait, sans retenue ni pudeur... Aucun protocole théorique ne les lui expliquerait.

Et toute autre approche était tout bonnement inenvisageable.

9

Une somptueuse tente en tissu abritait le banquet. Suspendues aux montants, des lanternes en fer forgé projetaient leurs motifs étoilés sur les tapis qui couvraient le sol. Des coussins de soie accueillaient les invités devant de longues tables basses. Tous les clans d'Attar étaient représentés : leurs chefs présidaient chacune des tables, entourés de diplomates et d'officiers. Les serviteurs du palais étaient également présents, conviés à célébrer le futur aux côtés de leur cheikh. Après une cérémonie sobre et solennelle, les festivités débutaient enfin.

Hélas, Chloé n'était pas d'humeur à faire la fête. Elle et Sayid occupaient la place d'honneur, sur une estrade qui faisait d'eux le point de mire de l'assemblée. Une musique joyeuse se mêlait au brouhaha des rires et des conversations. Chloé avait l'impression que son crâne allait exploser. Sous l'effet de la tension, et plus encore des vœux qui tournaient en boucle dans sa tête...

Si autre chose que la mort nous sépare.

En l'occurrence, la majorité d'Aden. Elle et Sayid n'étaient pas vraiment mariés. Pas par ce lien spirituel profond évoqué lors de la cérémonie.

Seize ans! Seize ans auprès de l'homme assis à ses côtés. Seize ans loin de chez elle. Sauf que Portland n'était plus tout à fait chez elle. Ni son ciel pluvieux, ni ses paysages verdoyants ne lui manquaient, et rien ne l'y rattachait plus. Lorsque Aden accéderait au trône, sonnant le glas de son mariage, comment y retourner ? Ce serait prétendre que sa vie avec lui, avec Sayid, n'avait jamais existé. Que ce à quoi elle aspirait avant pouvait encore la rendre heureuse. C'était impossible.

Restait Attar... S'y sentirait-elle chez elle un jour ? Et auprès de Sayid ?

Elle l'observa à la dérobée. Il était vraiment beau à se damner avec ses yeux d'ébène frangés de longs cils, ses pommettes hautes, son teint bronzé à la perfection. Et cette bouche... Sculptée. Sensuelle. Capable de prononcer les mots les plus cruels, mais aussi, devinait-elle, de donner les baisers les plus enflammés...

Ça suffit, se sermonna-t-elle. Penser à lui de cette façon était pure folie ! Et pourtant, elle mourait d'envie de se rapprocher de lui. De sentir ce corps musclé contre le sien et de goûter à ses lèvres qu'elle imaginait douces comme le miel.

Un roulement de djembé la tira de sa contemplation. Peu à peu, le brouhaha s'estompa et l'un des chefs de clan prit la parole.

— Il nous souhaite une longue vie de bonheur et beaucoup d'enfants, traduisit Sayid, rien que pour elle.

L'estomac de Chloé se noua.

— Aucune chance.

— A présent, il annonce que le moment est venu pour nous d'officialiser notre union.

— Comment cela ?

Sans répondre, Sayid lui offrit sa main pour l'aider à se relever et l'entraîna hors de la tente, sous les acclamations joyeuses des invités.

— Que voulait-il dire ? insista Chloé.

— Les vœux, le banquet font partie de la cérémonie. Mais le mariage n'est valide qu'une fois la mariée possédée par son époux.

— Pardon ?

Ses mots étaient délibérément provocateurs, elle le savait. Il n'ignorait rien de la fièvre qu'ils déclenchaient en elle.

— Aux Etats-Unis, un mariage est légal quand les deux époux ont signé un contrat en présence de témoins. Ne me dites pas qu'à Attar, nous devons...

— C'est la coutume.

— Et vous le saviez ! l'accusa-t-elle avec colère. Vous m'aviez pourtant assuré que... que nous n'aurions pas à...

— Inutile de dramatiser, répliqua calmement Sayid.

Ses mots résonnèrent dans le vestibule vide. Le palais, d'ordinaire bourdonnant d'activité, était silencieux.

— Où est passé tout le monde ?

— Ils profitent de la fête, pendant que nous profitons de notre nuit de noces, susurra-t-il en s'avançant vers elle.

D'instinct, elle recula, jusqu'à se retrouver acculée au mur.

— Vous ne me forcerez pas à coucher avec vous...

— En aucun cas.

Il appuya une main contre le mur, tout près de son visage, et se pencha vers elle.

— Car nous savons tous les deux que vous en avez envie.

— C'est faux ! cracha-t-elle avec mépris.

— Menteuse. Je le lis dans vos yeux.

— Vous croyez peut-être que toutes les femmes se pâment devant vous ?

— Non, je crois ce que je vois. Vous me désirez autant que je vous désire, Chloé. Ne le niez pas.

— C'est faux, répéta-t-elle avec entêtement.

Une dénégation qui avait tout d'un défi. Un défi qu'elle avait lancé en toute connaissance de cause, car il avait raison : elle avait envie de lui, de goûter à ce dont elle s'était toujours privée par peur d'en devenir esclave.

Sayid posa une main sur sa hanche, caressant le fin tissu de sa robe. Sa chaleur la pénétrait comme une brûlure au fer rouge, allumant un brasier dans ses veines. Ses yeux ne quittaient pas les siens tandis qu'il remontait lentement vers sa taille, jusqu'à lui frôler la poitrine.

— Alors fuyez, murmura-t-il, les lèvres à quelques millimètres de son cou.

— Je... je...

Il glissa son autre main sur sa taille. Ses deux pouces étaient si proches, à présent ! Si proches de ses seins douloureusement tendus ! Elle brûlait qu'il s'en empare et lui prodigue enfin les caresses qu'elle attendait...

— Mais vous ne le ferez pas, chuchota-t-il, son souffle ardent sur sa peau. Comme moi, vous êtes consumée de désir.

Chloé déglutit avec peine. Son cœur battait si fort qu'il semblait sur le point d'éclater.

— Il y a une chose que je regrette...

— Quoi ? demanda-t-elle, la voix hachée.

— Que dans un mariage attari, les époux ne s'embrassent pas.

— Eh bien, moi, je ne le regrette pas.

De nouveau, elle le défiait. Et de nouveau, elle anticipait avec fièvre les conséquences.

— Vous n'êtes guère convaincante, décréta Sayid.

— C'est parce que je mens.

Il eut un petit rire et pressa les lèvres sur sa gorge.

— Oui...

Son doigt errait nonchalamment le long de son épaule, de son cou, s'approchant de sa bouche dont il traça le contour.

— C'est bien ce qu'il me semblait.

Ses lèvres effleurèrent les siennes, légères comme une aile de papillon.

— Dites-moi que vous en avez envie.

Chloé frémit. Il l'obligeait à le supplier. A trahir sa fierté et se présenter sans défense devant lui. Hélas, elle était déjà trop faible pour résister.

— J'en ai envie.

Il n'en fallut pas plus pour que sa bouche capture la sienne dans un baiser dévorant. Elle s'était souvent demandé quel effet cela ferait d'être embrassée...

Aujourd'hui, elle avait sa réponse. C'était merveilleux. Très sexy. Quand la langue de Sayid réclama le passage, ses lèvres s'entrouvrirent d'elles-mêmes.

Elle lui rendit son baiser, consciente de son inexpérience. Lorsqu'à son tour, elle glissa la langue dans sa bouche, ce n'était pas avec l'assurance sensuelle qu'il avait lui-même déployée. Mais en sentant ses bras se resserrer autour d'elle, elle oublia tous ses complexes. Elle s'accrocha à son cou, les doigts perdus dans ses cheveux, tandis qu'elle approfondissait son baiser. Le gémissement approbateur de Sayid se répercuta dans tout son être. Elle se sentit plaquée contre le mur, prisonnière entre ce corps viril et la surface dure et froide dans son dos. Mais elle s'en moquait. Du moment qu'il l'embrassait, la touchait, il pouvait bien faire d'elle ce qu'il lui plaisait...

Une sonnette d'alarme retentit en elle. Dans sa tête émergeait un souvenir confus. Un souvenir qu'elle n'aurait jamais dû laisser s'estomper.

— *Pourquoi restes-tu avec lui, maman ?*

— *Parce que même s'il me fait mal, parfois, lui seul sait m'emmener au paradis...*

Elle repoussa violemment Sayid. La panique la submergeait, plus forte que le plaisir qui lui avait fait perdre la tête jusqu'à agir comme sa mère.

— Stop, bégaya-t-elle, le souffle court.

Elle avait la nausée et les larmes lui brûlaient les yeux.

— Que se passe-t-il ? demanda Sayid.

— Ce qui se passe ? s'écria Chloé, se raccrochant désespérément à sa colère. Vous essayez de me dominer ! De me soumettre par le sexe ! Mais cela ne marchera pas !

— Ce n'était qu'un baiser, Chloé. Et je vous ai donné une chance de dire non.

— J'étais acculée contre le mur !

— Vous auriez pu me repousser, comme vous venez de le faire. Ne déformez pas la vérité parce que vous êtes prise de remords.

— Considérez notre mariage officialisé, car les choses n'iront pas plus loin, cracha-t-elle en le bousculant pour gagner l'escalier.

— Oh ! que non, répliqua Sayid. Il ne le sera que lorsque je vous aurai prise.

Elle fit volte-face.

— Ne parlez pas ainsi.

— Pourquoi ? Parce que cela vous excite ?

— Parce que c'est dégoûtant ! s'exclama-t-elle, une larme roulant sur sa joue. Vous avez tout pouvoir sur moi. Je ne vous laisserai pas prendre la seule chose qui m'appartienne encore !

Elle se rua dans l'escalier et courut s'enfermer dans sa chambre. La pièce était vide : Aden était déjà couché dans la nursery. Impossible de lui rendre visite puisqu'elle était censée passer la nuit avec son mari. Avec un soupir, elle se laissa tomber sur le tabouret, devant la coiffeuse. La nuit s'annonçait longue. Elle était bien trop agitée pour fermer l'œil... Mais tout l'or du monde ne la pousserait pas vers la chambre de Sayid.

Qu'est-ce qui avait provoqué la réaction de Chloé ? Sayid l'ignorait. Mais il devinait une souffrance secrète, semblable à la sienne. Dans son cas, la blessure était si douloureuse qu'il l'avait cautérisée à vif, au point de perdre toute sensibilité. Celle de Chloé, elle, était toujours béante et continuait à la tourmenter. Qu'était-il censé faire ? La rattraper ? En rester là ?

Il décida de la rejoindre. Parce qu'elle était sa femme et qu'elle souffrait. Parce que pour la première fois depuis longtemps, il avait envie de faire ce qui était juste. D'agir dans l'intérêt d'une personne et non de tout un peuple.

A la porte de sa chambre, il frappa. Aucune réponse. Peut-être craignait-elle d'avoir affaire à un domestique du palais ?

— C'est moi, dit-il à voix basse.

— Que voulez-vous ?

— Il faut qu'on parle.

— Eh bien, entrez, avant qu'on vous surprenne dans le couloir.

Il poussa la porte. Chloé était assise devant sa coiffeuse, les bras autour de ses genoux repliés, sa robe ivoire flottant autour d'elle. Il en eut un pincement au cœur.

— Que se passe-t-il ? demanda-t-il.

— Je vous l'ai déjà dit...

— Non, Chloé. Vous m'accusez de me comporter en brute. De chercher à vous dominer. Si c'était le cas, vous le sauriez.

Le rouge monta aux joues de la jeune femme.

— Mais vous en avez le pouvoir...

— L'attirance va dans les deux sens, décréta-t-il. Vous aussi avez le pouvoir de me faire perdre la tête. Comme tout à l'heure.

— Je... Non...

Il s'agenouilla devant elle et lui prit le menton entre le pouce et l'index.

— Si.

Pour prouver ses dires, il déposa un baiser sur ses lèvres. Son cœur battait à tout rompre lorsqu'il s'écarta. Son souffle était court, irrégulier. Depuis quand un simple baiser le mettait-il dans cet état ?

Le sexe avait toujours été facile pour lui. Les femmes aimaient sa virilité et le pouvoir dont il jouissait, aussi ne manquait-il jamais de partenaires pour assouvir ses pulsions. Un baiser n'était pour lui qu'un prélude à l'acte sexuel. Avec Chloé, pourtant, c'était différent. Il avait envie de l'embrasser lentement, sensuellement, jusqu'à ce qu'elle le supplie d'aller plus loin. Ce n'était plus seulement son propre plaisir qui comptait. Comment songer à la dominer alors qu'elle se tenait recroquevillée devant lui, si fragile qu'il craignait presque de la briser en la touchant ?

Une vague de tendresse le submergea. Que lui arrivait-il ? Sura seule avait su éveiller cette émotion en lui. Plus jamais il ne l'avait ressentie depuis. Il attendit que le souvenir de la femme et de l'enfant perdus étouffe cette faiblesse dans l'œuf. Qu'il lui rappelle pourquoi il n'avait pas le droit d'être un homme comme les autres. En vain.

— Regardez-moi, intima-t-il.

Chloé obéit.

— Pourquoi avez-vous peur de moi ?

— Je n'ai pas peur, protesta-t-elle. Pas de vous...

Sa voix se mua en murmure.

— J'ai peur des hommes.

Cette confession fit à Sayid l'effet d'un coup de poing.

— De *tous* les hommes ?

— Certains, seulement. Ceux qui aiment le pouvoir.

— Tous les hommes aiment le pouvoir. Qui choisirait d'être vulnérable ?

— C'est différent, expliqua Chloé. Il y a ceux qui veulent avoir le contrôle de leur vie. Comme moi quand c'était encore le cas...

— Vous avez l'impression de ne plus rien contrôler ?

— Nous savons tous les deux que c'est le cas, Sayid.

Il hocha la tête et elle continua :

— Et puis, il y a ceux qui aiment dominer. Ceux qui utilisent leur pouvoir pour contrôler les autres. Et certaines personnes se laissent faire, aveuglées par la passion…

Sayid connaissait ce genre d'hommes. Il avait passé une année entière entre les mains de tels salauds, qui aimaient faire mal et regarder les autres souffrir. Que Chloé le mît dans le même panier lui donnait la nausée.

— Qui vous a fait du mal, Chloé ?

Sa rage perçait dans sa voix. Tant mieux. Qu'elle l'entende. Il voulait qu'elle sache que l'homme qui l'avait blessée ne s'en sortirait pas indemne si leurs chemins venaient à se croiser. Sa fureur échappait à tout contrôle, aussi incongrue que l'élan de tendresse qui l'avait assailli plus tôt.

— Il ne m'a jamais touchée, assura Chloé. Je me suis toujours demandé pourquoi. Sans doute qu'ils se fichaient tous les deux que je sois là ou non…

— Qui ça, « ils » ? répéta Sayid.

— Mes parents. Mon père…

Elle prit une profonde inspiration.

— C'est l'un de mes premiers souvenirs. Je devais être très jeune, car je n'arrivais pas à attraper ce que je voulais dans le frigo. Quand je suis allée chercher ma mère dans sa chambre, j'ai vu mon père l'agripper par les épaules et la jeter violemment contre la commode. Elle s'est cogné la tête contre le coin en tombant. J'ai des centaines d'autres souvenirs similaires. Ma mère en sang, mon père la battant jusqu'à l'inconscience… Et autant d'eux s'embrassant et faisant l'amour contre le mur du couloir, comme si je n'existais pas.

Elle poussa un soupir.

— Je détestais cela. L'emprise qu'il avait sur elle. Sa faiblesse devant lui. Je détestais leur passion.

— Est-ce ce qui vous a incitée à devenir scientifique ?

— La science se fonde sur des faits. Son but est de décrypter l'univers et les règles qui le régissent.

— Vous espériez comprendre ?

— Plus maintenant. Il n'y a aucune réponse, car il s'agit d'émotion. Et l'émotion…

— … défie toute logique, compléta Sayid. Je suis d'accord.

— J'ai renoncé à tout pour Aden, murmura-t-elle, la voix empreinte de douceur. C'est normal, il a besoin de moi. Mais ma mère… Jamais je ne comprendrai ce qui la pousse à s'accrocher à ce monstre au mépris de sa dignité.

— Les gens sont irrationnels. Vous et moi avons vu la noirceur qui ronge le cœur humain.

— Oui. Et maintenant, je la vois partout.

Il hocha la tête.

— Il y a une certaine sagesse dans vos propos.

— Mais ?

— Mais je n'envisage pas les choses ainsi. Spéculer et s'inquiéter ne sert à rien. Quand je suis confronté à la violence, je l'élimine, point.

— J'aimerais être aussi forte. Combien de fois ai-je rêvé d'arrêter mon père ! Jusqu'au jour où j'ai demandé à ma mère pourquoi elle restait. Elle m'a dit que le plaisir qu'il lui donnait compensait sa brutalité. J'ai alors compris qu'elle n'avait aucune envie de le quitter.

— Sont-ils toujours ensemble ?

— Oui. Mais j'ai coupé les ponts depuis longtemps.

— Je comprends.

Regarder quelqu'un se faire torturer était un enfer. Il le savait mieux que quiconque. C'est pour cette raison qu'il avait toujours retenu ses cris en prison. L'éducation de son oncle l'y avait préparé. Quant à sa capture, elle résultait de sa seule faiblesse. La première depuis Sura, aux conséquences tout aussi tragiques. En déviant du plan visant à secourir ses hommes, il avait causé la perte d'innombrables autres…

— Tous les hommes ne sont pas comme votre père, dit-il. Moi, par exemple…

— Je sais.

Elle leva les yeux vers lui.

— Je… C'est difficile d'avoir confiance. Ce que ma raison me souffle…

— Votre corps le contredit ?

Elle acquiesça d'un signe de tête.

— Je vois très bien ce que vous voulez dire.

— N'avez-vous aucune émotion, Sayid ? Aucun désir ?

— Nous naissons tous avec des sentiments. Avec des besoins. La capacité à les ressentir m'a été arrachée très jeune, répondit-il spontanément.

Il eut une vision de Sura en robe blanche, un voile sur le visage. Sura, poussée de force dans une voiture, ses cris dispersés par le vent...

— Parfois, l'envie de retrouver cette capacité devient si forte qu'elle me consume de l'intérieur. Ne rien éprouver, même lorsqu'on le souhaite, est le pire des fardeaux.

Cet aveu bouleversa Chloé.

— Rien n'est irréversible. Peut-être...

— Je suis un soldat, Chloé, né pour porter les rêves des autres. Il n'y a pas de place dans mon cœur pour les miens. Un homme dans ma position ne saurait aimer, ni avoir de désirs propres. J'ai été éduqué dans ce sens.

— Comment ?

— Quand je cédais à un désir, on me battait. Si je réagissais à la douleur, les coups redoublaient. Avec le temps, j'ai appris à ne rien extérioriser.

— Non... Vos parents n'ont pas pu laisser faire une chose pareille, balbutia Chloé, horrifiée.

— Ce ne sont pas mes parents qui m'ont élevé, mais mon oncle, expliqua Sayid. Aussi choquante que soit sa méthode, elle m'a sauvé la vie. C'est grâce à cet entraînement que j'ai survécu en prison. S'il avait été plus strict encore, je n'aurais même pas été capturé...

— Racontez-moi.

Pour la première fois, il eut envie de le faire.

— Nous traversions une forêt, en chemin vers le camp ennemi où étaient retenus plusieurs de mes hommes. Il s'agissait d'une mission d'infiltration. Le mot d'ordre était : pas de victimes, ni d'un côté ni de l'autre, sauf en cas de légitime défense. Alik Vasin était le cerveau de l'opération. Ses stratégies n'ont aucune faille.

— Que s'est-il passé ?

— J'ai quitté ma position pour secourir une femme sur le point d'être violée par deux soldats.

— Les avez-vous arrêtés ?

— Ils n'auront jamais l'occasion de recommencer, répondit-il sombrement.

Et il ne regrettait pas son geste.

— Qu'est-il arrivé ensuite ?

— Nous avons été repérés. Beaucoup de mes hommes ont été tués. D'autres capturés, dont moi.

— Et la femme ? demanda Chloé. S'en est-elle sortie ?

— Oui.

— Vous avez fait ce qu'il fallait, affirma-t-elle. Ce que n'importe quel homme décent aurait fait...

— Je suis un soldat, *habibti*. Pas un homme décent. Je sers l'intérêt général, tout en essayant de limiter les pertes. Ce jour-là, j'ai agi sous le coup de l'émotion. C'était une erreur.

— La femme que vous avez sauvée ne serait pas d'accord.

— Que faites-vous de celles dont les maris ne reviendront jamais à cause de ce même choix ?

Chloé baissa les yeux sans répondre.

— Voilà ce qu'est ma vie, Chloé. C'est parce que je dois prendre ce genre de décision que je n'ai pas droit à la moindre faiblesse.

— Et vous, dans tout cela ? Que voulez-vous ? insista la jeune femme.

— Ce que je veux ?

— Oui. Vous avez bien un but, des rêves d'avenir...

— J'ai toujours pensé que je mourrais au combat. C'est moi qui aurais dû partir le premier. Pas Rashid.

— Mais vous aussi, vous êtes une personne !

— Je suis un symbole. Comme mon frère, et comme Aden. Mais ce que je symbolise est différent. Je ne suis pas le cœur, mais la main armée. Je représente la force, la protection, le châtiment. C'est ce que je *suis*. Si j'échoue, le pays sombre avec moi.

Chloé sonda son regard et trembla. Ce qu'il affirmait avec une telle conviction, c'est qu'il n'y avait rien de plus derrière l'homme qu'elle connaissait. Il n'était qu'une machine, l'instrument de la volonté de son peuple. Et pour la première fois, elle le croyait. Car aucune flamme n'éclairait ses yeux, aucune vie. Pourtant...

Ce baiser dans le couloir… Cette chaleur qui l'avait envahie… Et toute cette colère en lui, elle ne l'avait pourtant pas rêvée !

— Quel avantage y a-t-il à ressentir ? poursuivit-il. Bien sûr, se couper de ses émotions, c'est renoncer à la beauté. A la passion. Mais regardez où la passion a mené vos parents ?

Elle hocha lentement la tête.

— Je sais…

— Lors de cette mission, il y a six ans, j'ai été fait prisonnier. Ils m'ont gardé un an avant qu'Alik ne me retrouve et parvienne à me faire évader. Pendant un an, ils m'ont torturé chaque jour. Pour me briser. Pour me soutirer des secrets d'Etat. Ce qui m'a sauvé, c'est ce vide en moi, là où auraient dû se trouver mes émotions.

Et aujourd'hui, ce vide le tuait à petit feu, songea Chloé, sentant presque sur sa poitrine ce poids qui l'écrasait. Comme lui, elle s'était détachée de ses émotions. En se réfugiant dans les livres, dans la science. En gardant ses distances avec les hommes et le sexe. Malgré cela, elle n'avait jamais perdu le désir d'aimer et d'être aimée — et elle en remerciait le ciel.

— Je suis désolée, Sayid.

— Je n'ai pas besoin de votre pitié.

Pourtant, c'était la vérité. Elle était désolée, même s'il refusait de l'entendre. L'imaginer aux mains de ses bourreaux lui vrillait le cœur. Toutes ces émotions qu'il refoulait, elle les ressentait à sa place, et leur violence la paralysait. Pas étonnant qu'il préférât le vide…

— Que désirez-vous ? l'encouragea-t-elle doucement.

Il ferma les yeux un instant.

— Je ne sais pas.

— Comment pouvez-vous l'ignorer ?

— Cela n'a jamais eu d'importance.

Un mensonge, pensa-t-elle. Cela en avait certainement eu, autrefois.

— Il y a bien quelque chose… Quelqu'un… Des maîtresses ?

— Des maîtresses, oui, j'en ai eu. Mais les désirais-je vraiment ? Vous, en revanche…

Il tendit la main et lui caressa la joue avec une étonnante douceur.

— Un homme pourrait se perdre en vous.

— Un homme ?

— Oui.

— Mais pas vous ?

Elle plongea les yeux dans les siens. C'était comme glisser dans des ténèbres abyssales.

— Parlez-moi de vous, dit-il, changeant de sujet. Comment se fait-il que Tamara et vous ayez eu une enfance si différente ?

— La mère de Tamara a quitté mon père, expliqua-t-elle. Tamara avait presque dix ans de plus que moi. Elle n'a jamais connu la violence, car sa mère est partie dès la première gifle. La mienne est restée. Elle laisse mon père la maltraiter en échange du plaisir qu'il lui offre.

— C'est pour cela que vous avez peur quand je vous touche ?

Sayid bouillait de colère. La brutalité de sa propre éducation se justifiait. Mais Chloé n'était qu'une enfant innocente. Elle n'avait pas mérité de voir ce qu'elle avait vu.

— J'ai peur de moi-même, souffla-t-elle. Car ce pourrait être moi, n'est-ce pas ? Moi offrant tout pouvoir à un homme sur mon corps...

Sa voix se brisa.

— Peut-être est-ce vrai qu'il vaut mieux ne rien ressentir. Je n'en suis jamais arrivée à cette extrémité, mais...

— Mais quoi ? l'encouragea Sayid.

— Mais j'ai toujours fait en sorte de garder le contrôle de mon corps. De ne pas me laisser gouverner par la passion.

Un feu s'embrasa dans les veines de Sayid. Il brûlait de goûter à cette passion. De s'y soumettre corps et âme. Pour une fois, il avait envie d'être forcé de *ressentir* et non l'inverse. Ses défenses s'effritaient une à une sous la puissance de ce désir.

Il contempla le foulard couvrant les cheveux de Chloé, et une idée lui vint.

— Cela vous tenterait-il de contrôler votre passion ?

10

— Que voulez-vous dire ?

Le cœur de Chloé battait à tout rompre sous l'intensité du regard de Sayid.

— Vous avez autant de pouvoir sur moi que moi sur vous, Chloé. Sachez-le.

Sa voix avait une intonation étrange, agitée, qui la rendait nerveuse.

— Je vais vous donner quelque chose.

— Quoi ?

Il tira sur le foulard qui couvrait ses cheveux et le fit glisser entre ses doigts.

— Le contrôle.

— Mais... je croyais que vous en aviez besoin ?

— Je ne le cède jamais de mon plein gré. Sauf ce soir.

Lentement, il enroula le carré de soie autour de son poignet.

— A partir de demain, nous n'aurons plus à partager la même chambre. Mais ce soir, nous n'avons pas le choix.

Elle hocha la tête sans répondre. Elle n'avait pas envie de parler. Seulement d'écouter ce qu'il avait à dire, captivée par ses mots, incapable de résister.

Il ouvrit l'armoire, qui renfermait ses vêtements ainsi que plusieurs tenues traditionnelles attaries, et en sortit un long foulard rouge.

— Cette nuit, rien d'autre n'arrivera que ce que vous aurez

décidé. Je vous en fais le serment, Chloé. Le pouvoir vous appartient.

Il étala les deux écharpes de soie sur le lit, puis retira sa chemise. Le cœur de Chloé manqua un battement. Musclé et large d'épaules, il possédait un véritable corps d'athlète. Un duvet noir courait sur son torse bronzé, ses abdominaux d'acier, accentuant son côté viril. Rien à voir avec ses collègues scientifiques, chétifs ou empâtés, tous blancs comme des cachets d'aspirine. Sayid, lui, était la perfection masculine incarnée. Et il l'attirait irrésistiblement...

— Pourquoi avez-vous enlevé votre chemise ?

— Parce que si vous avez envie de le faire plus tard, ce sera compliqué.

Il s'assit sur le bord du lit et lui tendit les deux foulards, qu'elle prit d'un geste machinal.

— Je veux que vous m'attachiez les poignets.

Le choc la laissa sans voix.

— Je... je ne peux pas ! Pourquoi ferais-je une chose pareille ?

Elle l'imagina captif aux mains de ses tortionnaires. Et voilà qu'il lui demandait de l'attacher ! La confiance qu'il plaçait en elle força son admiration. Il l'obligeait à faire un choix, à prendre sa vie en main au lieu de se laisser porter. Et elle avait très envie de répondre à l'invitation...

Il se plaça au milieu du lit, d'un mouvement souple qui fit jouer ses muscles.

— Attachez-moi. Après quoi, à vous de voir.

La peur s'empara de Chloé. Une peur mêlée du désir de faire ce qu'il demandait, de le réduire à sa merci pour le toucher et l'explorer à sa guise.

— Voyez cela comme une expérience scientifique, l'encouragea-t-il, la voix rauque.

— Je suis physicienne théoricienne. Je... je ne pratique pas d'expériences. Mon rôle consiste à imaginer leur déroulement et à le traduire sous forme d'équation. Par exemple, vous plus moi, plus ces écharpes égalent... un moment potentiellement agréable. Ensuite, je... je rédige mes conclusions.

— Pas très excitant...

— Mais sûr à cent pour cent.

— Rien n'est jamais sûr à cent pour cent, Chloé. Notre situation actuelle en est la preuve.

Elle baissa les yeux sur les foulards dans sa main. C'est vrai, rien n'était jamais sûr. Des plans infaillibles échouaient. Des gens mouraient. Un an plus tôt, elle était une étudiante ordinaire, résolue à n'avoir ni relations, ni enfants. Aujourd'hui, elle était là, avec Sayid. Mariée. Une mère pour Aden. Rien ne s'était passé comme prévu. Elle avait vécu dans la peur, sans prendre aucun risque. Mais était-ce vraiment vivre ?

Ces dernières semaines avec Aden avaient été éprouvantes, mais aussi les plus merveilleuses de sa vie. L'amour qu'elle avait trouvé auprès de lui dépassait les mots. Et puis, il y avait Sayid. Les sentiments qu'il faisait naître en elle. Ce désir qui la consumait au mépris de ses inhibitions, un désir brûlant, impérieux, qui la faisait se sentir plus vivante que jamais. Le choix lui appartenait : vivre comme elle avait toujours vécu avant Aden…

Ou plonger dans l'inconnu.

Elle saisit un foulard, tout en dévorant Sayid des yeux. Ses seins lui faisaient mal sous l'effet du désir qui pulsait entre ses cuisses. Oh ! elle savait ce qu'était le sexe. Elle avait vu ses parents en pleine action dans leurs instants de passion. Mais en pratique… C'était bien une expérience scientifique, pensa-t-elle. Un moyen de posséder Sayid, de goûter à son pouvoir, sans tomber sous son joug.

— Allongez-vous et placez vos mains sous votre tête, intima-t-elle, d'une voix qu'elle ne se connaissait pas.

Il obéit, les yeux rivés aux siens. Son corps, dans cette position, était encore plus spectaculaire, le contour de ses muscles parfaitement dessiné.

— Etes-vous sûr de vouloir faire cela ?

— Je suis à votre merci, dit-il, le regard insondable.

— Je vous promets de ne rien faire contre votre gré.

Elle se sentait un peu ridicule de dire cela à cet homme cent fois plus fort qu'elle. Mais elle tenait à ce qu'il le sache. Il hocha la tête, toujours sans la quitter des yeux. Avec une légère inspiration, elle s'agenouilla sur le bord du lit et se pencha sur lui.

— Embrassez-moi...

Il s'exécuta, levant son visage vers le sien. Sa langue s'insinua entre ses lèvres, et elle lui rendit son baiser en y mettant sa colère, sa peur, sa passion, tous les sentiments qu'elle gardait enfouis en elle depuis trop longtemps. Lorsque leurs bouches se séparèrent, elle appuya le front contre le sien, le souffle court. Son cœur battait follement. Alors elle prit le foulard de soie blanc et l'attacha à la colonne du lit, avant d'enrouler l'autre extrémité autour du poignet de Sayid.

— Ça va, comme ça ? demanda-t-elle.

Il testa la solidité du lien.

— Oui. L'autre, maintenant.

Elle répéta l'opération avec le foulard rouge et son autre poignet. De nouveau, il tira sur l'entrave, qui résista.

— Est-ce trop serré ?

— Non.

Chloé en éprouva un certain soulagement. C'était important pour elle qu'il puisse se libérer s'il le souhaitait. Elle cherchait le pouvoir, mais pas la domination absolue. Jamais elle n'incarnerait ce qu'elle méprisait par-dessus tout.

— Et maintenant ?

— A vous de décider.

C'est à cet instant qu'elle comprit : Sayid avait besoin de cela autant qu'elle. Il avait besoin qu'elle allège son fardeau en prenant le contrôle. Qu'elle l'attache pour lui offrir autre chose que la douleur qu'il avait toujours connue.

— Je ne sais pas par où commencer...

Elle posa la main sur son torse. Sa peau était brûlante sous sa paume. C'était la première fois qu'elle touchait un homme de cette façon. Elle entreprit d'explorer sa musculature, promenant un doigt tremblant le long de ses pectoraux. Une expérience... Oui, c'était tout à fait cela. Une chance de se familiariser avec l'anatomie masculine. La science ne connaissait ni peur, ni émotion. Elle se contentait de satisfaire sa curiosité scientifique, rien d'autre. Le tout était de rester détachée de son sujet.

— Vous êtes en excellente condition physique, observa-t-elle, éprouvant la dureté de ses abdominaux.

Ses doigts rencontrèrent un sillon rugueux.

— Oh ! Sayid, vous avez des cicatrices...

— Beaucoup.

Elle devina qu'il ne parlait pas seulement des cicatrices visibles.

— Elles ont bien guéri. Si elles étaient aussi profondes qu'elles en ont l'air...

— C'est le cas. Vous comptez écrire tout cela sur votre tableau blanc ?

— Peut-être.

— Pourquoi parlez-vous autant ?

— Parce que je ne sais pas quoi faire d'autre, avoua-t-elle avec un rire nerveux. C'est la première fois que je me retrouve dans cette situation.

Un aveu délibérément évasif. Il comprendrait qu'elle n'avait jamais attaché un homme à un lit, pas qu'elle était vierge. Avant leur baiser dans le vestibule, elle n'avait même jamais été embrassée ! Au moins, à présent, les choses évolueraient à son rythme. C'était à elle de décider jusqu'où ils iraient ce soir. Et elle n'était pas sûre de savoir s'arrêter...

Elle l'embrassa de nouveau, puis délaissa sa bouche pour son cou, son torse, chacun de ses muscles se raidissant sous ses baisers.

— Vous aimez ? s'enquit-elle.

Il émit un son guttural qu'elle prit pour un oui. Comme elle traçait du bout de la langue la ligne de ses abdominaux, elle le sentit tressaillir.

— Si j'avais les mains libres...

— Mais ce n'est pas le cas.

Elle entrait peu à peu dans son rôle. Et Dieu que c'était bon ! Prendre le contrôle d'elle-même, de sa vie. Libérer Sayid de son fardeau.

— Cette nuit, vous m'appartenez.

Elle approcha la main de sa boucle de ceinture. Mais, face à l'impressionnante érection qui tendait le pantalon, elle hésita.

Non, elle n'était pas encore prête. Elle voulait d'abord sentir sa peau nue contre la sienne. Glissant une main dans son dos, elle descendit la fermeture de sa robe qu'elle laissa tomber sur ses hanches, puis dégrafa son soutien-gorge.

Sa nudité la complexa, tout à coup. C'était moins le fait d'être exposée que l'imperfection de son corps. Les marques de sa grossesse récente. La peur d'une montée de lait intempestive.

— A quoi pensez-vous ? demanda Sayid.

— Et vous ? éluda-t-elle.

— Je suis trop distrait par vos seins pour penser. Ils sont magnifiques.

— Vous n'êtes pas difficile…

— Sur certaines choses.

— Tant mieux.

Car elle n'avait aucune idée de la manière de satisfaire un homme. Or, elle avait très envie de le satisfaire.

Elle se pencha et, quand elle pressa ses seins sensibles contre son torse, une onde de plaisir la traversa.

— Seigneur, c'est si bon !

— Pour moi aussi, susurra Sayid.

Elle cambra les reins, accentuant ses va-et-vient sensuels. Le désir s'embrasa d'un coup entre ses cuisses. Elle était moite, tourmentée par une soif que lui seul avait le pouvoir d'étancher.

Et elle était prête, à présent.

Intéressant, comme l'excitation atténuait la nervosité, nota-t-elle distraitement, les doigts sur la ceinture de son pantalon. En un éclair, elle le lui retira. Les battements de son cœur s'accélérèrent. C'était la première fois qu'elle contemplait un homme nu en érection. Et le spectacle était à couper le souffle ! Elle le savoura un moment, puis tendit la main vers le sexe érigé. Il était chaud au toucher, tout en puissance et en douceur. Un grognement franchit les lèvres de Sayid. Il brûlait d'être libéré, mais n'en fit pas la demande, et elle ne le lui proposa pas.

Enhardie, elle enveloppa sa virilité de ses doigts et serra, doucement d'abord, puis en appliquant une pression accrue. Sayid inspira brusquement, les muscles tendus à l'extrême.

— Vous aimez cela ?

— Oui, gémit-il avec effort.

— Je n'ai pas une grande expérience, s'excusa-t-elle, optant pour un nouvel euphémisme.

— Vous vous en sortez très bien…

Elle serra encore.

— Mieux que cela, même.

Une idée osée lui traversa l'esprit.

— Aimez-vous qu'on vous embrasse là avec la bouche ?

— Quoi ?

— Aimez-vous les fellations ?

Il eut un petit rire.

— Quel homme n'aime pas cela ?

— Je ne sais pas. Je vous l'ai dit, je n'ai pas beaucoup d'expérience. D'ailleurs, je ne l'ai jamais fait.

— Chloé…

Elle posa la langue à l'extrémité de son sexe. Un goût salé se répandit sur sa langue, qu'elle savoura. La sensation était agréable, presque autant que celle de sa peau contre la sienne. Après l'avoir caressé ainsi un moment, elle l'aspira entre ses lèvres. Quand Sayid tressaillit, elle devina à quel point il lui en coûtait d'être entravé.

— Chloé, lâcha-t-il, la voix éraillée. Il vaudrait mieux arrêter…

— Seulement si j'en ai envie, rétorqua-t-elle. Vous êtes à ma merci.

— Chloé, j'atteins mes limites…

Message reçu. Elle n'avait aucune envie d'en finir si vite. Mais l'étape suivante, le grand bond dans l'inconnu, la rendait nerveuse.

— Embrassez-moi, Chloé, dit Sayid d'un ton implorant.

Elle décida de lui accorder cette faveur et prit sa bouche avec fougue.

— Penchez-vous sur moi…

De nouveau, elle obéit et frissonna de plaisir lorsqu'il referma les lèvres sur un de ses tétons, qu'il se mit à sucer langoureusement.

— Attention, dit-elle en se dégageant. Ce geste pourrait avoir des conséquences indésirables…

Elle enleva sa robe. En culotte de dentelle blanche, ses complexes la rattrapèrent, et elle plaqua les mains sur son ventre.

— Non, réagit vivement Sayid. Ne vous cachez pas de moi. Enlevez votre culotte.

— C'est moi qui suis censée avoir le contrôle, lui rappela-t-elle.

— S'il vous plaît...

Ses doutes cédèrent la place à l'excitation. Il se fichait bien de son léger surpoids. Le regard admirateur dont il la couvait, son érection persistante, prouvaient bien qu'il avait hâte qu'elle passe à la suite. Justement, elle aussi.

— Puisque c'est demandé si gentiment...

Avec lenteur, elle fit glisser sa culotte le long de ses jambes. Enfin, elle fut nue devant lui, offerte à son regard. Son corps tout entier était comme parcouru de lave en fusion. De nouveau, l'anticipation supplantait la peur, et elle se plaça à califourchon sur lui, hésitant sur sa prochaine action.

— Vous réfléchissez trop.

— Il y a tant de choix, soupira-t-elle. Je veux être sûre de faire le bon.

— Pourquoi ne pas les faire tous ?

— Excellente idée !

Une main de chaque côté de ses jambes, elle embrassa l'intérieur de ses cuisses, en contournant son érection, cette fois. Cette caresse lui valut un grognement de frustration qui l'excita. Jamais avant elle n'avait joui d'un tel pouvoir. Elle n'avait pas su protéger sa mère autrefois, ni arrêter son père. Malgré sa volonté, son corps était faible. Mais ce soir, son corps et son esprit étaient à l'unisson. Pour la première fois, elle se sentait... *entière*.

Elle déposa une pluie de baisers sur son ventre, son torse, s'immobilisant à quelques millimètres de ses lèvres qu'elle taquina de son souffle. Qu'il s'arque pour capturer sa bouche, et elle reculait, hors d'atteinte. Dans un ultime effort, il parvint à se redresser et lui voler un langoureux baiser, avant de retomber, pantelant, sur le matelas.

— Avez-vous idée de ce que vous me faites ? murmura-t-il, la voix hachée.

— Non, quoi ?

Elle butina son menton, faisant courir sa langue le long de sa mâchoire.

— Chloé, s'il vous plaît.

C'était le désir qui parlait. Un désir primitif, presque désespéré. Malgré son inexpérience, elle savait exactement ce qu'il voulait. Une onde de plaisir fusa en elle au contact de son érection contre son clitoris. Seigneur, elle était si dure, si vigoureuse ! Mais c'était moins la douleur que l'inconnu qui l'effrayait. Une fois de plus, son univers s'apprêtait à basculer, comme un an auparavant, lorsqu'elle avait mis Aden au monde. Mais cette fois, c'était elle et elle seule qui l'avait décidé.

— Je vous veux, Sayid.

L'exprimer rendait son désir plus réel encore. Oui, elle le voulait. Elle voulait goûter au plaisir sans la peur, sans ces images de violence qui la suivaient depuis toujours. Désir, contact, intimité... Tout cela était enfin à sa portée.

— Prenez-moi, souffla Sayid.

Elle roula des hanches et, mains dans le dos, le guida en elle. La douleur lui arracha une grimace comme il s'enfonçait au cœur de sa féminité. Mais elle était prête pour lui — tellement prête ! Il souleva le bassin et elle s'accrocha à ses épaules, les ongles enfoncés dans sa chair, pour mieux s'offrir à sa possession. La douleur s'estompait, chassée par un plaisir grandissant. Lorsque enfin, il l'emplit tout entière, une merveilleuse sensation de plénitude l'envahit, d'une intensité inouïe.

— Oh oui ! C'est si bon !

De nouveau, il vint à sa rencontre. La caresse contre son bourgeon sensible lui procura une sensation délicieuse qui irradia dans tout son corps. Elle se mit à bouger sur lui, en quête d'une autre vague de bonheur...

— Soulevez les hanches, intima Sayid.

Elle obéit, son plaisir décuplé par le contact de sa chair gorgée de sève contre son clitoris. Ses reins s'embrasaient tandis qu'elle répétait le mouvement à l'infini. Le désir montait, enflait... C'était plus qu'elle ne pouvait endurer. Il lui fallait plus, *maintenant*.

Elle accéléra le rythme, mue par un sentiment d'urgence.

Que cherchait-elle ? Elle n'aurait su dire, sinon que ce qui l'attendait à l'issu de cet exquis crescendo lui était plus vital que l'air qu'elle respirait. Soudain, sa tension explosa dans un feu d'artifice qui l'irradia tout entière. Elle s'accrocha à Sayid, emportée par l'extase, incapable de la moindre pensée rationnelle. Plus rien n'existait que le flot de sensations physiques qui déferlait en elle.

Comme dans un brouillard, elle sentit les muscles de Sayid se contracter sous ses doigts. D'un puissant coup de reins, il la rejoignit dans la jouissance, avec un cri guttural qu'elle recueillit sur ses lèvres. Le dernier écho d'une passion brute, débridée.

Loin d'en avoir peur, elle s'y offrit corps et âme.

11

Sayid s'efforçait de reprendre son souffle, le cœur battant. Les muscles de ses bras et de son dos commençaient à lui faire mal. Il s'était déjà retrouvé en position d'impuissance avant. Enchaîné à un mur, conscient des tourments qui l'attendaient sans pouvoir s'y soustraire. Prisonnier de lui-même, incapable d'extérioriser sa douleur quand la femme qu'il aimait lui était enlevée, quand ses hommes tombaient autour de lui.

Qu'est-ce qui l'avait poussé à revivre l'expérience ? Difficile à dire. Un désir sombre de goûter une fois de plus à la captivité. Mais une captivité différente, source de plaisir. L'espace d'une nuit, il avait cédé à l'envie d'oublier tout ce qu'il avait appris et de voir ce qui arrivait s'il laissait libre cours à ses sensations.

Il avait sa réponse. Dans ses rêves où il se voyait attaché, ce ne serait plus le claquement du fouet qu'il attendrait désormais, mais la douceur des baisers de Chloé. Ce soir, il ne souhaitait qu'une chose : lui donner tout pouvoir sur lui. La serrer dans ses bras et s'abandonner à la chaleur des siens. Ses poignets liés l'en empêchaient.

— Chloé, appela-t-il doucement. Vous voulez bien me libérer ?

— Je croyais que je pouvais vous garder attaché toute la nuit, se plaignit-elle.

— Avez-vous toujours peur de moi ?

Il retint son souffle et attendit sa réponse.

— Non. Mais j'aime vous voir ainsi.

— C'est que... mon épaule droite commence à s'engourdir.

— Oh !

Elle s'empressa de dénouer ses liens. Sitôt libre, il dut lutter contre l'impulsion de rouler sur elle et presser ces courbes plantureuses contre lui.

— Je peux ?

Elle acquiesça d'un signe de tête. Il l'enlaça étroitement, caressant du bout des doigts le creux de sa taille, l'arrondi harmonieux de ses fesses.

— Qu'en dites-vous, professeur James ? L'expérience est-elle un succès ?

— Impossible à dire, répondit-elle en riant. Elle doit être répétée afin de comparer les résultats.

— Répétée ?

L'idée le séduisait. Mais les murs autour de son cœur supporteraient-ils un second assaut ? Jamais la jouissance n'avait été aussi intense. Une communion spirituelle autant que charnelle. L'espace d'un instant, il avait eu un aperçu de l'homme qu'il aurait été s'il n'avait pas été conditionné, vidé de toute émotion. Alors qu'il pliait sous le poids de tout ce qu'il réprimait depuis toujours, Chloé lui avait offert un répit. Et, pour la première fois de sa vie, il s'était senti léger comme l'air.

— Dans l'intérêt de la science, précisa-t-elle, avec un sérieux presque comique.

— Vous êtes très dévouée à votre travail.

— C'est vrai.

Elle promena un doigt paresseux sur son torse.

— Je suppose que nous avons légalisé notre union...

— Sans aucun doute possible.

Elle se redressa brusquement, aux aguets.

— Qu'y a-t-il ?

— Je reviens.

Elle enfila un peignoir et quitta précipitamment la chambre, pour réapparaître quelques minutes plus tard, Aden dans les bras.

— Désolée. Je l'ai entendu pleurer.

S'asseyant devant la coiffeuse, elle écarta un pan de son peignoir et offrit son sein au bébé. En la contemplant ainsi,

Sayid comprit pourquoi elle avait tout quitté : elle était la mère d'Aden, quoi qu'en dise la génétique. Tandis que lui...

Lui ne serait jamais son père. Ni le mari de Chloé. Pas vraiment.

Un désir douloureux lui déchira la poitrine. Même s'il venait de le toucher du doigt, le bonheur lui demeurait interdit. Le désespoir de voir celle qu'il aimait mariée à un autre n'était rien à côté de celui qui l'accablait en cet instant. Passé et présent se mélangeaient sous ses yeux. Sura. Leur enfant qui n'avait jamais vu le jour... La nouvelle de sa grossesse l'avait rendu fou de joie. Il s'était imaginé cette même scène : Sura donnant le sein à leur bébé. Une image de bonheur absolu, devenue le symbole de ce à quoi il n'aurait jamais droit.

Il avait commis une erreur en baissant sa garde.

Ce qui était arrivé ce soir ne devait en aucun cas se reproduire.

Chloé déambulait dans les couloirs du palais comme une âme en peine. Une attitude typiquement féminine. Pathétique...

Sayid s'était montré si tendre, la veille, après leur étreinte. Mais à son retour de la nursery, où elle avait recouché Aden après lui avoir donné le sein, tout avait changé. Le mur entre eux était de nouveau en place, plus infranchissable que jamais, et ils s'étaient contentés de dormir, elle réduite à coller un pied contre son mollet pour recréer un semblant d'intimité.

Ils avaient fait l'amour. Cela signifiait-il quelque chose pour Sayid ? Avait-ce été aussi bon pour lui que pour elle ? Recommenceraient-ils ? Sans doute se serait-elle posé moins de questions si elle n'avait pas été vierge. Le souvenir de la nuit précédente lui revint : Sayid enfoui dans sa chair, les mains liées, le regard incandescent... Un frisson la parcourut. Elle brûlait de le sentir de nouveau en elle, encore, et encore. Eviter les relations physiques avait été son choix ; le meilleur possible à ses yeux. Mais comment s'y tenir maintenant qu'elle avait goûté à Sayid ?

Elle avait vu le gouffre dans son âme, et ce puits sans fond l'avait terrifiée. A son contact, elle se sentait comme au bord d'un précipice. Une part d'elle craignait de tomber. L'autre avait envie de sauter à pieds joints.

Depuis qu'il avait quitté sa chambre à l'aube, elle l'évitait. A présent, le soleil de l'après-midi pailletait d'or la mer et incendiait les murs du palais.

— Cheikha...

Elle leva les yeux et découvrit Sayid, dont l'imposante carrure emplissait toute la largeur du couloir.

— Cheikh, répondit-elle, d'un ton qu'elle espérait aussi courtois et détaché que le sien, alors que son cœur battait la chamade.

— J'espère que vous êtes bien reposée.

Aucun sous-entendu dans sa voix. Aucun regard complice. Ainsi, il comptait faire comme si rien ne s'était passé. Etait-ce donc tout ce qu'elle méritait ?

— Parfaitement reposée, merci. Et vous ? Pas de brûlure aux poignets ?

Il arqua un sourcil.

— Je suis intact.

— Ravie de l'entendre.

— Chloé, ce qui s'est passé cette nuit ne doit pas se reproduire.

— Pourquoi ? s'écria-t-elle, incapable de retenir les mots qui se bousculaient sur ses lèvres. Vous n'avez pas aimé coucher avec moi ? Est-ce à cause de mon corps ? Ou parce que j'étais vierge et sans expérience ? C'est très intimidant, vous savez, d'avoir un homme nu à sa merci lorsqu'on n'a jamais...

— Vierge ? répéta Sayid avec froideur.

— Oui.

— Mais... vous avez mis au monde un enfant !

— Et alors ? Vous savez très bien comment il a été conçu.

— Et vous n'avez pas songé à me prévenir ?

— Donc *c'est* un problème.

— Evidemment ! rugit-il. Enfin, non. Ce n'est pas la raison pour laquelle nous devons en rester là.

— Alors pourquoi ?

— Bon sang, Chloé, vous n'êtes pas ma femme !

Elle cilla.

— Je le suis, Sayid. Nous sommes mariés…

— Uniquement sur le papier, dit-il d'une voix radoucie. Je refuse de rendre notre relation plus confuse qu'elle ne l'est déjà.

— Oh ! je vois. Et vous allez prétendre que je vous ai forcé à me faire l'amour en vous attachant ? A d'autres, Sayid. Vous avez eu mille fois l'occasion de dire non.

— J'aurais dû. Les choses n'étaient pas censées aller aussi loin entre nous. Et vous étiez vierge…

Il lâcha un juron.

— Ça suffit, grogna Chloé, agacée. Combien de fois comptez-vous le répéter ?

— Vous auriez dû m'en avertir.

— Que se serait-il passé si vous l'aviez su ? Rien ? Alors je suis contente de m'être tue, car j'avais besoin de cette expérience. Vous m'avez donné le pouvoir, Sayid. Pour la première fois, j'ai eu le sentiment de contrôler ma vie…

— C'est ridicule, la coupa-t-il, comme pour minimiser ce qu'ils avaient vécu. Vous êtes sur le point d'obtenir un doctorat. Ce n'est pas ce que j'appelle être inactif.

— Ma réussite universitaire n'est pas tout. A côté de cela, je vivais dans ma tête, Sayid. Et Aden… Aden m'a obligée à reprendre contact avec mon corps. A accepter que j'étais une femme, et non un cerveau ambulant. Hier soir, vous m'avez forcée à faire un choix au lieu de me laisser gouverner par la peur. Ce choix, je ne le regrette pas une seconde.

— Tant mieux.

— Mais vous, vous le regrettez, n'est-ce pas ?

— Je devrais, murmura-t-il.

— Pourquoi ?

— Parce que je ne suis pas l'homme pour lequel vous vous êtes préservée, Chloé…

— Oh ! par pitié, Sayid, je ne suis pas si naïve ! s'emporta-t-elle. Si je suis restée vierge, c'est par choix. J'ai mis un enfant au monde. J'ai vu mon père frapper ma mère jusqu'au sang, perdu ma demi-sœur avant même de la connaître. Comme si cela ne suffisait pas, j'ai dû me battre pour garder l'enfant que je considère comme mon fils. Alors cessez de me traiter en petite chose fragile qu'il faut protéger ! Vous avez grandi dans la violence ? Moi aussi. Il n'y a rien d'innocent en moi.

Elle prit une brève inspiration.

— C'est vrai, je n'avais jamais couché avec un homme. Je ne vous considère pas comme le prince charmant pour autant. Notre mariage ne me réjouit pas plus que vous, et ce n'est pas un peu de sexe qui va changer la donne.

— En êtes-vous sûre ?

— Certaine.

— Donc, vous me voulez chaque nuit dans votre lit ?

— Tant que cela nous convient à tous les deux.

Ces mots venaient-ils vraiment d'elle ? Elle ne se reconnaissait plus. Alors qu'elle aurait dû être d'accord avec lui et refuser qu'il la touche de nouveau, c'était tout l'inverse qui se produisait.

— Et avec les mains détachées ? dit-il en lui effleurant la joue. Si je suis libre de vous renverser sur le lit, comme dans mes fantasmes ? De vous agripper les hanches pour vous pénétrer d'un coup ? Est-ce toujours ce que vous voulez ?

Elle déglutit avec peine.

— Oui.

Qu'est-ce qui la rendait si courageuse, tout à coup ? Pourquoi ses mots ne l'effrayaient-ils pas ? Elle plongea les yeux dans ceux de Sayid et trouva sa réponse. Il avait beau prétendre ne rien ressentir, c'était faux. Un mensonge qu'il se racontait à lui-même et auquel il croyait dur comme fer. Mais elle n'était pas dupe. Le vrai Sayid était là, prisonnier de ces remparts dont il s'était entouré. Et elle avait confiance en lui.

— Je sais que vous ne me ferez aucun mal, affirma-t-elle. Jamais vous ne retournerez mon désir contre moi, pas plus que vous ne chercherez à me soumettre par la violence. Ai-je tort ?

— Chloé...

— Je n'ai pas peur de vous, Sayid. Tout simplement parce que je n'ai aucune raison d'avoir peur, conclut-elle, une main posée sur son torse.

— Jamais je ne lèverais la main sur vous, Chloé. Mais il y a d'autres façons de blesser quelqu'un. Vous savez que je ne pourrai jamais vous aimer...

— Est-ce que je le demande ? l'interrompit-elle. Non. Au diable les contes de fées ! Je ne veux que ce feu entre nous, aussi longtemps qu'il brûlera. Avant, j'avais trop peur. Seule ma vie professionnelle comptait, aussi n'ai-je jamais cultivé la moindre relation...

— Sauf avec Aden.

— Aden est la première personne à qui je me sois sentie liée.

Après Tamara. Hélas, elle n'avait pas eu l'occasion d'approfondir ce lien. Aujourd'hui, elle éprouvait la même chose avec Sayid. Un effet secondaire du sexe, peut-être ? *Non*. Elle l'avait déjà ressenti lorsqu'ils avaient prononcé leurs vœux...

Peu importait. Elle n'avait pas envie de réfléchir. Seulement de s'abandonner au plaisir physique, d'embrasser cette part d'elle-même refoulée depuis trop longtemps. La sensation était libératrice.

— J'ai envie de vous, Sayid. Etes-vous prêt à faire face ?

Il eut un petit rire sans joie.

— *Habibti*, ce n'est pas de moi que vous devriez vous préoccuper.

— On ne sait jamais.

— Vous cherchez en moi quelque chose qui n'existe pas.

— Peut-être, admit-elle, frappée par cette vérité.

— Chloé, ce n'est pas ma captivité qui m'a rendu insensible. Je l'étais déjà avant d'être capturé, et c'est ce qui m'a sauvé. Je suis prêt à me jeter sur une bombe pour protéger une vie. Pas par bravoure, ni par héroïsme, mais parce que je n'ai aucun avenir, parce que rien n'a d'importance pour moi.

Cette confession l'horrifia. Elle refusait d'y croire. La vie avait plus que cela à lui offrir. Il *méritait* plus que cela. Se hissant sur la pointe des pieds, elle prit ses lèvres en un baiser possessif. Il l'embrassa avec la même fièvre, les mains plantées sur ses hanches. Lorsqu'ils se séparèrent, ils haletaient tous les deux.

Elle appuya son front contre le sien et ferma les yeux, envahie par une émotion qu'elle ne s'expliquait pas.

— Faites-moi une faveur, Sayid.

— Laquelle ?

— Ne vous jetez pas sur une bombe. Vous vous en fichez peut-être, mais pas moi.

Il resta un moment silencieux.

— Faites-moi une faveur, Chloé.

— Oui ?

— Ne vous attachez pas à moi.

Trop tard, songea-t-elle, mais elle n'en dit rien.

— Je vais essayer.

12

Sayid était un stratège. Les risques qu'il prenait étaient toujours calculés. Sauf avec Chloé. Il avait été imprudent, aveugle aux signes de son innocence. Non parce qu'ils étaient invisibles : il avait *choisi* de ne pas les voir, mû par le besoin de se perdre en elle. De reprendre son souffle en profitant de la brèche ouverte dans ses défenses.

Il n'avait défloré qu'une seule femme avant, et s'était juré de ne jamais recommencer. Il n'était pas le partenaire adéquat pour cela. Sura… c'était différent. Il l'aimait. Il n'était qu'un adolescent, alors, pas encore brisé par l'éducation de son oncle. Leur amour était pur, la rencontre de deux cœurs autant que de deux corps. Mais cet adolescent était mort avec sa capacité à aimer. Ce n'était pas son cœur qui l'avait poussé vers Chloé. Il l'avait manipulée pour se libérer de ses démons. En lui donnant le contrôle dont elle avait besoin, oui. Mais la satisfaction qu'elle en avait retirée ne diminuait pas l'égoïsme de son acte.

Un acte qu'il ne parvenait pourtant pas à regretter. Tout comme il ne parvenait pas à oublier son offre de rester auprès de lui, aussi longtemps que tous deux le désireraient…

D'un geste las, il se passa la main dans les cheveux. Il ne se reconnaissait plus. Il avait l'impression d'habiter le corps d'un autre, un corps qui vibrait, palpitait, recouvrait peu à peu ses sensations. Cet éveil le terrifiait, autant qu'il lui rendait espoir.

As-tu oublié ? lui souffla une voix insidieuse. Les coups de Kalid, la perte de son seul amour. Cette vie volée avant même

d'avoir éclos. Pour toutes ces raisons, il n'avait pas le droit de ressentir quoi que ce soit. *Jamais.*

Les murs de son bureau se refermaient sur lui — une fois de plus. Une prison dorée qui l'obligeait à disparaître en lui-même. Jour après jour, la couronne écrasait ses défenses, et Chloé accélérait la destruction.

Il ôta sa veste longue, symbole de son rang, se débarrassa de sa chemise bleu sombre frangée d'or, attribut de la royauté, et quitta le palais. Dehors, une brise légère atténuait la brûlure des rayons du soleil couchant. La mer étalait son immensité grise, dans un roulis incessant de vagues qui semblaient chasser l'horizon. Même face à ce spectacle, même hors de son bureau, dépouillé de ses habits royaux, il se sentait pris au piège. Captif de lui-même.

Il traversa la plage, s'appuya contre les rochers déchiquetés qui émergeaient du sable. La douleur était familière. Elle lui rappelait la prison ennemie. C'était rassurant d'attribuer son incessante impression de suffoquer à sa captivité au lieu d'admettre que son propre corps le tuait à petit feu...

— Sayid ?

Chloé s'avançait vers lui, cheveux de feu au vent, sa robe légère flottant autour de ses genoux.

— Que faites-vous ici, Chloé ?

— Je vous ai vu sur la plage...

— Et vous m'avez suivi. Où est Aden ?

— Il dort. La nourrice est avec lui.

— Je croyais pourtant vous avoir assez découragée, cet après-midi...

Elle le rejoignit près des rochers, à l'abri du vent, et sa crinière retomba en cascade cuivrée sur ses épaules.

— N'avons-nous pas déjà eu cette discussion ? répliqua-t-elle.

— Vous ignorez dans quoi vous vous engagez. Vous étiez vierge...

— Plus maintenant. Et être vierge ne fait pas de moi une idiote, Sayid. Je suis une scientifique. Faire l'amour n'a pas chamboulé mon monde.

— Vraiment ?

Il lui caressa la joue. Il aimait la toucher — une façon de retrouver la douceur de sa peau sous ses doigts, comme lorsqu'il avait serré son corps nu contre le sien.

— D'accord, peut-être un peu, admit-elle en rougissant.

— Chloé, vous devriez rentrer…

— Non. Ecoutez-moi bien, Sayid al-Kadar. Vous êtes peut-être déconnecté de vos émotions, mais pas moi. Je sais ce que je veux.

— C'est-à-dire moi ?

— Ne suis-je pas votre femme ?

— Non, Chloé. Vous ne l'êtes pas, assena-t-il froidement. Cette position vous met en danger, ne le comprenez-vous pas ?

— Je ne me sens pas en danger, objecta-t-elle. Vous êtes le seul homme que je n'aie pas craint de laisser m'approcher.

— Aux yeux du monde, vous êtes ma femme. Cela fait de vous la cible privilégiée d'attaques me visant en personne.

— Avec vous, je n'ai pas peur. Au contraire, je ne me suis jamais sentie aussi forte.

Elle s'approcha d'un pas, et il étouffa un peu moins.

— Vous ne feriez pas le poids face aux hommes que j'ai affrontés…

— Attar est-il en guerre, en ce moment ? demanda-t-elle.

— Non.

— Des menaces planent-elles sur le pays ?

— Tout est calme depuis mon retour. Le message d'Alik a eu un impact indéniable.

— Ce n'est donc pas cela qui vous inquiète.

— J'ai rencontré la pire engeance de l'humanité. Je sais de quoi elle est capable, insista-t-il. Imaginez ce que ces monstres auraient fait s'ils m'avaient découvert une faiblesse. Une femme, par exemple…

— Donc votre solution, c'est de vivre sans vous attacher à qui que ce soit ?

— C'est tout ce dont je suis capable, Chloé. J'ai été conditionné à devenir une machine. Il est trop tard pour revenir en arrière.

A peine finissait-il sa phrase qu'elle l'embrassa comme elle seule savait le faire, maladroitement, mais avec passion, sans rien retenir.

— Une autre expérience ? murmura-t-il lorsque leurs bouches se désunirent.

— Non, dit-elle. Cette fois, ce n'est pas de la science.

— Je croyais que votre but était de tout expliquer ?

— Je ne veux pas expliquer ce qu'il y a entre nous. Seulement le vivre.

Elle noua les bras autour de son cou, et il l'écrasa contre lui. Déjà, ses mains cherchaient la douceur de ses courbes. Il sentait ses chaînes tomber une à une, ses murs s'écrouler. Une bouffée d'air frais s'engouffra dans son âme. Enfin, il respirait !

— Chloé, souffla-t-il, mêlant les doigts à ses cheveux.

Il lui inclina la tête pour prendre pleinement possession de sa bouche et goûter à l'essence même de Chloé. Ce n'était pas encore assez.

— Ne t'arrête pas, implora-t-elle comme il reprenait sa respiration.

— Aucun risque, *habibti*.

Il fit glisser les bretelles de sa robe sur ses épaules, dénudant ses seins généreux. Un désir primitif s'empara de lui, presque animal. Un désir tel qu'il ne s'était jamais permis d'éprouver.

— Derrière ces rochers, personne ne nous verra, fit-il, la bouche sur un mamelon rose.

Dieu, que cela lui avait manqué ! La caresser, goûter sa peau. Le gouffre en lui réclamait d'être comblé, par ce désir, par Chloé et Chloé seule.

— Sayid..., haleta-t-elle.

— Ne pas te toucher, c'était cela, la vraie torture, dit-il, effleurant du pouce un téton dressé.

Il leva les yeux et lut le désir sur son visage en feu.

— Pour moi aussi, souffla-t-elle.

De sa main libre, il moula l'arrondi de ses fesses, avant de la glisser sous la robe et la culotte de dentelle. Le contact satiné sous sa paume l'électrisa. Il aimait ce corps sensuel, tout en courbes, aimait sa féminité exacerbée. Chloé était tout ce qu'un homme pouvait désirer. Il s'empara de ses lèvres tremblantes, en même temps que ses doigts effleuraient le triangle secret entre ses cuisses.

— Tu as envie de moi, susurra-t-il.
— Oui...
— Dis-moi à quel point.
Il avait besoin de l'entendre. De laisser les mots pénétrer son âme.
— Tellement que c'en est un supplice, chuchota-t-elle en l'embrassant au creux de la gorge.
— Dis-moi ce que tu veux, insista-t-il, la paume sur son sexe brûlant.
— Toi. Je te veux en moi...
— Comme cela ?
Il glissa un doigt dans sa moiteur intime.
— Plus...
— Et là ?
Il introduisit un second doigt, qu'il fit aller et venir en elle. Elle s'arqua en gémissant, et le frottement de ses seins sur son torse mit ses sens en ébullition. Le seul spectacle de son plaisir menaçait de lui faire perdre le contrôle...
Non. Pas encore.
— Oh ! soupira-t-elle comme il retirait ses doigts.
— Ce n'est pas fini.
Inversant leurs places, il la plaqua contre les rochers et s'agenouilla devant elle. La position idéale pour donner à son corps toute l'attention qu'il méritait. Avec douceur, il tira sur la robe, qui tomba sur le sable, et déposa un baiser sur son ventre. Elle frémit sous ses lèvres, agrippée à ses cheveux tandis qu'il lui enlevait sa petite culotte. Nue devant lui, elle était absolument...
— Magnifique, souffla-t-il, effleurant du doigt les fines vergetures qui striaient son ventre. Tu es bel et bien la mère d'Aden. Tu l'as porté en toi, avec tout ce que cela implique. Je suis admiratif.
— Mon ventre est horrible...
— Pas du tout.
Il ponctua ses mots d'un autre baiser.
— Tu es sublime.
Ses lèvres s'égarèrent plus bas, vers le bouton sensible entre ses cuisses. Déjà, sa langue s'insinuait là où ses doigts

s'étaient aventurés plus tôt. La poigne de Chloé se resserra sur ses cheveux. Des sons incohérents s'échappaient de sa gorge en écho au plaisir qu'il lui prodiguait. Lui se gorgeait de son essence, s'en imprégnait, mais ce n'était toujours pas assez. Son corps durci lui faisait mal, et plus encore le vide dans son âme.

— J'ai besoin de toi, Chloé. Maintenant.

— Prends-moi.

Il ne se le fit pas répéter. Son pantalon tomba sur le sable. L'instant d'après, il enroulait sa jambe autour de la taille avant de la pénétrer d'un puissant coup de reins.

— Je t'ai fait mal ? s'inquiéta-t-il.

Elle fit non de la tête, et il plongea de nouveau en elle, inlassablement. Les yeux fermés, il recherchait son plaisir, mais aussi ce sentiment de complétude auquel aspirait son être. Il voulait Chloé corps et âme, sans aucune barrière. Chacun de ses mouvements effritait un peu plus le mur érigé autour de son cœur, le rapprochant de sa libération.

— Oh oui ! cria Chloé, les ongles enfoncés dans sa chair.

Ses muscles intimes se resserrèrent autour de lui. L'orgasme la submergea, emportant avec lui ce qu'il lui restait de son sang-froid. Alors il lâcha prise à son tour. Et, dans l'extase qui l'envahissait, il sentit les pièces du puzzle de sa vie se mettre en place.

Il était enfin lui-même, tel qu'il aurait dû être. Esprit, corps et âme réunis. Un torrent d'émotions le submergeait, sans digue pour en contenir le flot.

Il entraîna Chloé sur le sable, toujours enfoui en elle. Embrassa ses cheveux, son visage, son cou. C'était tout ce qu'il pouvait faire : profiter de l'instant, le prolonger autant que possible.

Savourer ce bonheur qu'il savait éphémère.

Il faisait noir lorsque Chloé se réveilla. Elle s'était endormie sur la plage, nue dans les bras de Sayid. C'était si nouveau pour elle ! Peut-être parce que tout était différent, ici. La beauté sauvage du désert, l'immensité du ciel lui donnaient envie de se mettre au diapason et d'embrasser la vie comme jamais elle ne l'avait fait auparavant. Pour la première fois, elle se sentait chez elle à Attar, le corps chaud de Sayid pressé contre le sien.

— Sayid ?

— Tu te réveilles enfin.

— Hum... oui, bredouilla-t-elle. C'est normal, je suppose, d'être fatiguée après avoir pris tant de plaisir. De là à m'endormir sur la plage...

— Chloé... Toujours à raisonner.

— Sauf avec toi.

— Même chose pour moi.

Un silence tomba entre eux.

— Que s'est-il passé, Sayid ?

— Quand ?

— Avant la prison. Tu m'as dit y être entré tel que tu es maintenant. Que t'est-il arrivé ?

— J'ai été élevé par un homme de guerre, répondit-il. J'ai grandi sans affection.

— Moi aussi, j'ai grandi dans l'indifférence de mes parents, mais...

— Mais tu n'es pas comme moi ?

— Non. J'ai eu beau essayer de me détacher de mes émotions, de tout rationaliser... C'est impossible. Et je n'en ai plus envie.

— Parce que tu aimes Aden.

Il avait parlé très vite, avec fermeté, comme s'il craignait qu'elle ne lui confesse ses sentiments. Et n'était-elle pas tentée de le faire ? Tant pis s'il lui brisait le cœur. Accepter ce qu'elle ressentait était *sa* décision, motivée par le désir et non la peur.

— Oui, je l'aime. Et j'aimerais comprendre pourquoi toi, tu ne peux pas.

Il resta un long moment silencieux.

— Je n'en ai jamais parlé à personne, dit-il enfin.

— Moi non plus, je ne parlais jamais de mes parents. Mais depuis que je me suis confiée à toi, mes blessures commencent à cicatriser.

— Certaines blessures ne guérissent jamais, Chloé.

— S'il te plaît...

Ses bras se resserrèrent autour d'elle.

— Comme tu le sais, c'est mon oncle qui m'a élevé à partir de mes sept ans. Il m'a préparé à ma future fonction en me battant, en me séparant des autres enfants, en me volant mes photos de famille. Puis il m'a emmené vivre dans le désert avec les Bédouins. Une existence rude qui endurcit un homme. C'est là-bas que j'ai rencontré Sura.

Un éclair de jalousie vrilla le cœur de Chloé. Elle avait envie de se boucher les oreilles. Elle ne voulait rien savoir de cette femme qui avait volé le cœur de Sayid. Qui avait fait de lui l'homme qu'il était aujourd'hui, incapable de lui rendre ses sentiments. Elle se força pourtant à écouter. A comprendre.

— J'avais douze ans quand nous nous sommes rencontrés. J'avais envie de la protéger et de rester avec elle pour toujours. Elle est devenue ma meilleure amie. C'est elle qui me consolait après les mauvais traitements de mon oncle. Elle qui continuait à faire battre mon cœur. Elle était si jolie... A seize ans, j'ai compris que je l'aimais.

Il déglutit péniblement.

— Mais mon oncle n'était pas dupe. Ni son père à elle. Lorsqu'elle est tombée enceinte, notre relation a été découverte.

Chloé retint son souffle, la poitrine serrée. La fin de cette histoire ne s'annonçait pas heureuse...

— Quand j'ai appris pour le bébé, j'étais fou de joie, poursuivit Sayid. Nous étions jeunes, bien sûr, mais... Je croyais avoir trouvé une faille dans le système. Une porte de sortie à l'enfer qu'on m'imposait. Hélas, on n'échappe pas à son destin.

— Que s'est-il passé ? demanda-t-elle, la gorge nouée.

— Quand son père a découvert la vérité, il l'a fait avorter dans une clinique en ville, avant de la marier de force à un chef de clan voisin qui se fichait d'avoir une femme impure, du moment qu'elle était jeune et jolie.

Elle sentit Sayid se raidir.

— Elle m'a appelé au secours, Chloé. Elle a hurlé mon nom... Mais ils m'ont immobilisé. Quand j'ai réussi à me dégager, l'un d'eux m'a assommé avec la crosse de son pistolet.

Une larme roula sur la joue de Chloé.

— Non...

— Le père de Sura ne voulait pas de moi pour sa fille. Mon oncle n'était donc pas l'unique responsable. Mais je sais qu'il a pris un malin plaisir à m'enseigner cette leçon. Après cela, je n'avais plus rien à perdre.

— Sayid, je suis désolée…

— Dans cette histoire, c'est Sura qui a le plus souffert. A la mort de Kalid, ma priorité a été d'envoyer mes hommes la secourir.

— Pourquoi ne pas y être allé toi-même ?

— Je n'avais plus rien à lui offrir. D'ailleurs, le premier mari de Sura était décédé. Depuis, elle vivait heureuse en ville avec un autre homme. Mais toutes ces années de souffrance, tout ce qu'elle a enduré à cause de son amour pour moi, la perte de notre enfant… Jamais je ne le pardonnerai à ces hommes.

Il secoua tristement la tête.

— J'étais si naïf, à seize ans. Malgré le rôle qui m'attendait, je croyais avoir droit à l'amour, à une famille. Quand j'ai appris que Sura allait être mariée à un autre…

Sa voix se brisa.

— C'est ma faute, Chloé. Kalid me l'a dit. J'ai fait d'elle une cible. Ce jour-là, je me suis juré de ne plus jamais trahir la moindre faiblesse. Et le plus simple était encore de n'en avoir aucune.

— Plus simple que de faire ton deuil…

— Plus simple que de voir un jour la femme que j'aime torturée par mes ennemis. Crois-moi, Chloé, ils n'hésiteraient pas une seconde. Comment combattre sur le champ de bataille lorsqu'on tient plus à sa famille qu'au peuple qu'on est censé protéger ?

— En étant un homme, pas une machine, répliqua-t-elle avec amertume.

— Je n'en ai pas le droit.

— Et cette vie, que t'apporte-t-elle ?

— C'est mon devoir, Chloé…

— Au diable le devoir ! s'emporta Chloé en se dégageant de ses bras. Qu'est-ce que tu veux, *toi* ?

— Cela n'a aucune importance.

— Bien sûr que si ! Ton oncle n'était qu'un pauvre type aigri et à côté de la plaque ! Je suis bien plus forte depuis que j'ai Aden. Avant, je me fichais de tout, la tête toujours fourrée dans mes livres. Mon travail était ma seule passion. Mon amour pour Aden est mille fois plus fort et a apporté une nouvelle dimension à ma vie !

— Ma situation est différente, Chloé.

Elle secoua la tête et entreprit de rassembler ses vêtements.

— Chloé, ton dos...

— Quoi ?

Elle se tâta le dos, surprise de sentir des zébrures sous ses doigts.

— Je t'ai fait mal...

— Mais non, protesta-t-elle. C'est à cause des rochers. Ce n'est rien.

— Ce n'est pas rien ! s'écria-t-il. Est-ce ce que tu es prête à accepter de moi ? Peut-être es-tu vraiment comme ta mère, et moi bel et bien un monstre.

Il se rhabilla et se leva.

— Ne dis pas cela, implora Chloé. C'est dégradant, pour toi comme pour moi.

— Mais proche de la vérité...

— Non. Tu ne m'as pas fait mal intentionnellement, Sayid.

— Un jour ou l'autre, tu souffriras par ma faute, prédit-il, la mine sombre. C'est inévitable. Un peu de sexe en échange n'en vaut pas la peine.

— Ce n'était pas que du sexe...

— Ecoute-toi, Chloé ! Tu ne sais rien des hommes ! Rien des relations ! Tu ne connais que tes livres et tes théories. Je n'ai rien à t'offrir. Rien de plus que cela...

Il désigna les marques sur son dos.

— C'est faux, affirma Chloé. Nous le savons tous les deux. Ce n'est pas moi que tu cherches à protéger, mais toi-même.

— Et toi, tu t'accroches à quelque chose qui n'existe pas.

Il lui saisit la main et la plaqua contre son torse.

— Rien ne bat, ici. Ni pour toi, ni pour personne.

Elle le regarda s'éloigner, sa robe serrée contre sa poitrine. Sans doute se serait-elle effondrée de désespoir...

Si elle l'avait cru.

Si elle n'avait lu la détresse dans ses yeux, reflet d'une émotion bien réelle. Ou plutôt, d'un trop-plein d'émotions sur le point de l'engloutir.

Elle avait vu un homme en train de sombrer. Si elle ne le sauvait pas, personne d'autre ne le ferait.

13

Si Chloé avait appris une chose ces dernières semaines, c'était l'importance de la stratégie. Celle de Sayid consistait à mentir, au monde et à lui-même. La sienne serait de l'en empêcher. Après quelques jours de répit, elle était prête à passer à l'attaque, tant que sa garde était encore baissée. Et elle l'était. Pourquoi, sinon, aurait-il mis tant d'énergie à la repousser ?

— Bonsoir, Sayid, dit-elle en entrant dans la salle à manger, Aden dans les bras.

Elle le trouva assis à table, son ordinateur portable ouvert devant lui, son dîner à peine entamé.

— Chloé. Je ne m'attendais pas à te voir.

— Compréhensible, après m'avoir fait l'amour sur la plage pour ensuite m'accuser d'être comme ma mère. Mais je ne t'en tiens pas rigueur. Une chance, non ?

— Si l'on veut.

— Attends que je te fasse part de ma dernière découverte. Un débouché intéressant à la mécanique quantique...

Elle prit place à table, Aden sur les genoux.

— Vois-tu un inconvénient à ce que je dîne avec toi ?

Il haussa un sourcil, mais n'émit aucune objection, se contentant d'appuyer sur un bouton situé sous la table. Un domestique se matérialisa presque aussitôt, à qui il ordonna d'installer un second couvert. L'employé inclina la tête et s'éclipsa comme il était venu.

— Merci, dit Chloé avec son plus beau sourire.

— De rien, répondit Sayid d'un ton égal.

— Pour quelqu'un qui se prétend dénué d'émotions, tu sembles passablement dérangé par ma présence.

— Pas du tout.

— Oh. J'aurais cru...

Son dîner — un plat de faisan sur lit de quinoa et de légumes — arriva quelques minutes plus tard. Elle remercia le domestique, avant de reporter son attention sur Sayid.

— Comment s'est passée ta journée ? s'enquit-elle poliment.

Il fronça les sourcils.

— Depuis quand parlons-nous de la pluie et du beau temps ?

— N'est-ce pas ainsi que deux personnes font connaissance ?

— Un peu de sexe torride fonctionne tout aussi bien.

Le sang monta aux joues de Chloé.

— Epargne-moi ton numéro de macho. Cela ne m'intimide pas.

— Je ne cherche pas à t'intimider. Je me contente d'appeler un chat un chat.

Elle baissa les yeux sur son assiette et fit ostensiblement mine d'être gênée par Aden pour manier sa fourchette.

— Tu veux bien le tenir, le temps que je mange ?

— Appelle la nourrice, répondit Sayid.

— Je lui ai donné sa journée. Tout le monde a besoin de vacances.

Surtout quand cela servait ses plans...

— Qu'est-ce que cela te fait de le porter ? insista-t-elle, le regard planté dans le sien.

Le défi était lancé. S'il ne ressentait rien comme il le prétendait, tenir Aden le laisserait de marbre. Mais elle savait qu'il n'en serait rien. Et sans doute le soupçonnait-il aussi.

— Donne-le-moi, grogna Sayid.

Aden était toute sa vie, comprit Chloé. Elle avait tout quitté par amour pour lui. Le lui confier représentait donc la plus belle marque de confiance qu'elle puisse lui accorder. Il le comprendrait certainement. Le moment était venu de refermer la blessure causée par la terrible perte qu'il avait subie autrefois.

Elle contourna la table avec Aden.

— Soutiens-lui la tête, préconisa-t-elle en le déposant dans ses bras.

Il leva le visage vers elle. Un visage dur, fermé. Il se cachait derrière ses murs, acculé par l'émotion qui le submergeait. Elle en était convaincue, à présent.

— Tu vois ? Il ne pleure même pas. Il a reconnu son oncle.

Le malaise de Sayid était palpable, mais ses gestes doux avec le bébé, qu'il serrait contre lui. Elle regagna sa place, un œil sur eux tandis qu'elle mangeait. Elle gardait volontairement le silence afin que Sayid vive pleinement l'expérience. Une stratégie payante : une expression farouche se peignit sur ses traits, mélange de vulnérabilité et d'instinct de protection. Cela ne dura qu'un instant. Déjà, sa dureté habituelle reprenait le dessus, et il détourna les yeux d'Aden.

— As-tu fini ? s'enquit-il, la voix tendue.

— Presque.

— J'ai du travail, Chloé.

— Et moi, un repas à terminer.

— Je suis le cheikh. Considère que les affaires du royaume priment sur ta capacité à finir seule ton assiette.

Il se leva, déposa d'autorité Aden dans ses bras et quitta la salle à manger. Et Chloé, impuissante, ne put que regarder son dos qui s'éloignait.

Sayid étouffait. Que lui avait-elle fait ? Il tenait Aden dans ses bras et tout allait bien. Jusqu'au moment où il s'était perdu dans ses yeux bleus. Quelque chose lui avait vrillé l'âme. Une brusque panique l'avait envahi, dont il sentait encore les doigts glacés autour de sa gorge. A la douleur du passé s'était mêlée une détresse plus vive encore, face à ce bonheur si proche et pourtant hors d'atteinte.

Depuis cette nuit sur la plage, il évitait Chloé. Depuis qu'il s'était mis à nu en lui parlant de Sura. Qu'il l'avait meurtrie, physiquement et émotionnellement. Ce moment de liberté dans ses bras, où il s'était enfin senti lui-même, n'était pas sans prix. Avec quelle facilité ses années de conditionnement avaient été réduites à néant ! Tout cela à cause d'une femme. *Non*... A cause de Chloé.

Il avait pris la fuite. Tenté de lui faire peur, de la blesser pour ne pas lui faire plus mal encore en lui brisant le cœur. Mais elle avait tenu bon. Sa Chloé était têtue. Et si courageuse ! La garder à ses côtés était son vœu le plus cher. Mais lui, qu'avait-il à lui offrir ? Rien. Il se réchaufferait à sa chaleur, aspirerait sa lumière et sa force, pour ne lui laisser que vide et ténèbres en retour...

— Sayid ?

Chloé venait d'apparaître sur le seuil.

— Que veux-tu, Chloé ?

— Aden est au lit pour la nuit. J'ai pensé que nous pourrions discuter...

— Va-t'en.

— Pourquoi ? Parce que je ne suis bonne qu'à assouvir tes pulsions sexuelles ?

— Tout a déjà été dit, trancha-t-il.

— Non. Tu m'as jeté mes quatre vérités à la figure, en prétendant savoir qui j'étais, ce que je pensais, ce que je ressentais. Et tu avais tort sur toute la ligne. A mon tour de parler.

— Pars, Chloé. Maintenant.

— Tu prétends ne rien éprouver ? continua-t-elle, ignorant son injonction. C'est faux. Tu n'es pas insensible quand tu me touches, ni quand tu portes Aden. En ce moment même, tu as peur...

— Tu crois avoir percé le secret de mon cœur, Chloé ? Tu penses tout savoir de la noirceur humaine ? Mais tu n'as pas vu ce que *moi*, j'ai vu. J'ai tué des hommes, et sans remords, car c'était pour mon pays. Pour mon peuple. La seule façon d'y parvenir était de me détacher de tout le reste.

— Personne n'échappe aux émotions, Sayid. Pas même toi.

— D'accord, Chloé. Tu veux que je m'ouvre à toi, c'est cela ?

Elle croisa les bras sous sa poitrine, l'air déterminé.

— Oui.

— Eh bien, tu as raison. Je n'échappe pas aux émotions. Et tu veux savoir ce que je ressens ? De la colère. Tout le temps. Contre tout le monde. Contre ma vie, contre le fardeau sur mes épaules… C'est pire que ne rien ressentir du tout, car cette colère consume toute la beauté que la vie a à offrir. Elle ne laisse de place ni à l'amour, ni au bonheur.

— Le jour où tu as perdu Sura, tu as préféré embrasser cette colère plutôt que souffrir. Je le comprends, murmura Chloé. Mais ne crois-tu pas qu'il est temps d'aller de l'avant ?

— Il ne s'agit pas de Sura, ni du bébé, répliqua-t-il. Il y a longtemps que j'ai tourné la page. Mais la leçon, elle, reste gravée en moi.

— Quelle leçon ?

— La sécurité d'Attar prime sur mes aspirations. On ne sert que ses propres intérêts ou ceux des autres, jamais les deux.

— Ce n'est pas ton peuple que tu protèges, mais toi-même, riposta la jeune femme. Tu as subi la plus terrible des pertes et décidé de ne plus jamais prendre ce risque.

— Tu me traites de lâche ?

— Non, Sayid. Tu n'es pas plus lâche qu'un autre. Pas plus que moi. Moi aussi, j'avais peur. Des hommes, des relations. J'avais peur d'essayer et peur de faire confiance. C'était plus simple de me cacher derrière ma souffrance que de la surmonter. C'est pour cette même raison que tu me repousses, n'est-ce pas ? Parce que tu as des sentiments pour moi.

— Non, Chloé.

— Alors pourquoi ne peux-tu coucher avec moi sans te soucier de ce que je ressens ? Sans chercher à me protéger ? Si tu étais une machine, tu t'en ficherais, mais ce n'est pas le cas. Tu n'as jamais eu le contrôle de ta vie, Sayid. C'est ton oncle qui te contrôlait. Il t'a tout volé, ton amour, ton bonheur, sous prétexte que tu n'y avais pas droit. Enfant, tu n'avais aucun moyen de te défendre. Mais tu es adulte, aujourd'hui. Alors agis ! Reprends ce qui t'appartient !

— Non. Je refuse de redevenir faible.

— Parce que c'est cela, être fort ? Se couper de la réalité ? D'un neveu et d'une femme qui t'aiment ?

— Chloé, s'il te plaît…

— Non, Sayid. Je n'ai plus peur et je ne veux plus me cacher. Je t'aime.

Ces mots lui firent l'effet d'une écharde en plein cœur. Plus que jamais, il avait envie de la serrer contre lui. D'accepter cet amour pour guérir son âme. Mais à quelle fin ? La garder auprès de lui jusqu'à ce qu'elle réalise son erreur ? Qu'elle comprenne qu'il était incapable de lui donner ce qu'elle attendait ? Non. Jamais il ne lui ferait cela. Ni à elle, ni à Aden.

— Ne tombe pas amoureuse de moi, Chloé.

— Trop tard, répondit-elle. A ton tour de faire un choix, au lieu d'accepter passivement ton destin.

— Passif, moi ? Je suis un guerrier !

— C'est plus facile de se battre que d'écouter son cœur.

— Mon cœur est une pierre. Je n'ai pas besoin de ton amour.

Elle recula comme s'il l'avait giflée.

— Lâche, murmura-t-elle, ses yeux bleus embués de larmes.

— Bon sang, Chloé ! Des hommes sont morts à cause de ma faiblesse ! Et Sura... C'est parce qu'elle m'aimait qu'elle a souffert. Voilà ce qui arrive quand je donne libre cours à mes sentiments. Je refuse de répéter la même erreur. Je regagnerai la capitale demain. Toi et Aden pouvez rester ici, si vous le souhaitez...

— Dis-moi que tu ne m'aimes pas, Sayid.

Il soutint son regard malgré l'étau qui lui comprimait la poitrine.

— Je ne t'aime pas.

Une larme roula sur la joue de la jeune femme. Mille coups de fouet lui auraient été plus doux que cet affligeant spectacle. Mais c'était pour elle qu'il mentait. Pour eux deux. Pour Attar.

Elle releva le menton.

— Dans ce cas, Aden et moi resterons ici quelque temps, dit-elle d'une voix qui avait recouvré sa fermeté. Merci de m'envoyer mes livres et mes tableaux blancs.

— Entendu.

Comme elle lui tournait le dos, il vit qu'elle tremblait.

— Sayid, reprit-elle, sans le regarder, tu m'as appris à prendre le contrôle de ma vie et à faire mes propres choix. Je t'en suis profondément reconnaissante. Mon seul regret est de ne pas avoir su t'aider en retour.

— Ce n'est pas à toi de porter mon fardeau, *habibti*, s'entendit-il répondre avant d'avoir pu se censurer.

Cette fois, elle se retourna.

— Tu m'as bien soulagée du mien. Pourquoi ne te rendrais-je pas la pareille ?

Parce que son fardeau l'écraserait, comme il l'écrasait, lui.

— C'est mieux ainsi.

Elle hocha la tête et quitta la pièce.

Et les ténèbres engloutirent Sayid.

Les larmes de Chloé lui brouillaient la vue, et elle distinguait mal ses calculs, sur le tableau blanc. Au diable ces fichus raisonnements ! Que lui avaient-ils apporté de bon ? Dire qu'elle avait été si sûre d'agir selon son cœur... En réalité, elle avait fait de Sayid une équation à résoudre, dont la solution lui permettrait de gagner son amour.

De nouvelles larmes s'amoncelèrent sous ses paupières. Oui, elle avait tenté de le façonner selon ses propres désirs. Exactement comme sa mère, qui fermait les yeux sur la cruauté de son mari pour mieux chanter ses louanges, la lèvre fendue par ses coups. Elle avait eu peur d'aimer Sayid tel qu'il était. Mais Sayid et son père étaient aux antipodes l'un de l'autre ! Son père tournait sa colère vers l'extérieur, blessant quiconque l'approchait, tandis que Sayid l'intériorisait au point de se laisser dévorer. Elle avait voulu le sauver. Lui montrer l'avenir qui s'ouvrait devant eux.

Non... *L'avenir qu'elle avait décidé pour lui.*

Cette prise de conscience lui fit l'effet d'une douche froide.

— Oh ! Sayid...

Elle s'était comportée comme tout le monde l'avait toujours fait ! En l'érigeant en exemple. En projetant ses espoirs sur lui. Ce n'était pas de l'amour, mais de l'égoïsme. Elle avait essayé de le posséder, comme leur première nuit lorsqu'il lui avait donné le contrôle.

Elle avait voulu faire de lui l'homme dont elle avait besoin, sans se soucier d'être la femme dont *lui* avait besoin. Elle avait cru qu'il lui mentait, qu'il se mentait à lui-même, aveuglée par son désir de lui prouver qu'une autre voie était possible, refusant de voir ce qu'il voulait *vraiment*. En fait, elle ne valait pas mieux que son oncle Kalid, qui l'avait manipulé pour le tenir sous son joug.

N'en avait-elle pas fait autant ?

D'un geste rageur, elle effaça les équations sur le tableau. Pas étonnant qu'il l'ait repoussée ! Elle croyait lui faire une offre, alors qu'elle l'accablait d'exigences !

Elle se rua dans le bureau de Sayid. La pièce était vide. Gagnée par la panique, elle arrêta un domestique dans le couloir.

— Où est le cheikh ? demanda-t-elle, essoufflée.

— Il est retourné à la capitale.

— Quand ?

— Il y a quelques heures.

— Comment ?

— Pardon ?

— A pied ? En chameau ? En tapis volant ?

— En hélicoptère.

Elle retourna dans le bureau et appela le palais de la capitale. Malik lui répondit.

— Le cheikh Sayid est-il là ?

— Qui le demande ?

— Sa femme.

— Navré, cheikha. Il est sorti.

Elle raccrocha brutalement, en proie à une détresse grandissante. C'est alors qu'un nom attira son attention parmi les numéros abrégés. Après une brève hésitation, elle pressa la touche correspondante.

— Sayid ?

La voix était grave, avec un fort accent russe.

— Vasin, dit-elle.

— Cheikha ?

— Oui. Il semble que mon mari se soit volatilisé. Vous l'avez retrouvé par le passé. Pouvez-vous renouveler l'exploit ?

— Comptez sur moi.

Sayid suffoquait de désespoir. Un désespoir indicible et que rien ne pouvait apaiser, pas même l'immensité familière autour de lui. Combien de fois s'était-il réfugié dans le désert, en quête d'un bref moment de paix ? Mais cette plénitude, c'est dans les bras de Chloé qu'il l'avait trouvée. Uni à elle, il ne s'était jamais senti aussi libre. Elle seule n'avait pas retourné ses sentiments contre lui, et ne le ferait jamais.

Et il avait rejeté son amour.

« Lâche », avait-elle murmuré. Elle avait raison. Depuis toujours, il se cachait derrière sa colère, qu'il jugeait préférable à la souffrance. Dans le désert, il aurait voulu hurler sa frustration. S'arracher à la prison qu'était son corps et libérer l'homme derrière les murs. Mais cette souffrance-là était inacceptable...

Même si elle le détruisait de l'intérieur.

Puis il y avait eu Chloé. La douceur de son corps contre le sien. Les sentiments qu'elle faisait naître en lui. La peur de la perdre...

Soudain, les chaînes autour de son cœur volèrent en éclats. Il tomba à genoux et poussa un cri issu des tréfonds de son âme où se mêlaient les coups de Kalid, le traumatisme de sa captivité, la perte de Sura... Toute cette souffrance qu'il muselait depuis toujours. Il la déversa longuement, et pleura.

Lorsqu'il se releva un moment plus tard, les murs autour de son cœur avaient disparu.

Le téléphone sonna dans le bureau de Sayid. Chloé décrocha aussitôt.

— Alik ?

— Cheikha.

— Vous l'avez retrouvé ?

— Oui. Et il est plus proche que vous ne l'imaginez.

— Quoi ? Alik, qu'est-ce que...

— Chloé...

Elle leva les yeux. Sayid se tenait dans l'embrasure de la porte. La main tremblante, elle raccrocha.

— Alik m'a appelé, mais j'étais déjà en route, dit-il en guise d'explication.

— Tu as disparu toute une semaine. Où étais-tu ?

— Dans le désert. J'avais besoin de me retrouver.

— As-tu réussi ?

— D'une certaine façon.

— Sayid, commença-t-elle, moi aussi j'ai réfléchi après ton départ. J'ai compris que je t'avais traité comme tout le monde l'a toujours fait, en t'imposant mes attentes sans me soucier des tiennes. C'était égoïste de ma part. Ce que tu veux mérite mon respect, et ce que tu ressens n'appartient qu'à toi. Tu n'es pas un héros, Sayid, mais une personne à part entière, avec ses désirs et ses besoins. Personne ne l'a jamais reconnu, moi pas plus que les autres. Je suis désolée.

— Chloé...

En deux enjambées, il avait couvert la distance qui les séparait pour la serrer contre sa poitrine.

— Tu entends ?

— Quoi ?

— Mon cœur. C'est l'amour qui le fait battre.

— Oh ! Sayid, murmura Chloé, avant de déposer un baiser sur son torse.

— Chloé, si je n'ai pas trouvé la paix dans le désert, c'est parce que tu n'y étais pas, continua-t-il. Il n'y a qu'avec toi que je me sens entier. Et cela m'a fait peur.

Ses yeux de jais, habituellement vides et froids, brillaient d'émotion.

— Et sais-tu de quoi j'avais peur ?

— Quoi ? demanda-t-elle.

— Pas de mes ennemis. Kalid prétendait me protéger d'eux. Mais en réalité, c'est lui qui m'a fait le plus de mal. Lui qui a retourné mes émotions contre moi. Tout ce que je désirais, tout ce qui me rendait heureux, il me l'a arraché pour mieux me plier à sa volonté et faire de moi le parfait petit soldat. Mon entourage a toujours exploité mes faiblesses. Avec toi, Chloé, j'étais sans défense.

— Sayid...

— Et j'avais besoin de cela, reprit-il. Avec toi, je pouvais être vulnérable, car tu n'as jamais cherché à en tirer profit. Cette première nuit, quand tu m'as attaché au lit...

— A ta demande, rappela-t-elle.

— J'ai trouvé ma liberté en te donnant le contrôle. En oubliant un temps le rôle auquel on m'avait conditionné. Et sur la plage... Je n'ai pas su faire face. Ce que tu me faisais ressentir, c'était trop...

— C'est ma faute. J'attendais trop de toi, sans te demander ce dont tu avais besoin.

— De toi, Chloé. C'est de toi que j'ai besoin. Ce que je prenais pour mes défenses était en réalité un carcan, dont tu m'as libéré.

— Toi aussi, Sayid, tu m'as tant apporté ! Tu m'as épousée afin que je puisse rester auprès d'Aden. Tu m'as donné le contrôle. Tu as chassé mes peurs et m'as offert un nouveau départ. Tout cela sans rien obtenir en retour...

— Au contraire, Chloé. Avant de te connaître, j'étais une coquille vide. Plus maintenant.

— C'est peut-être cela, l'amour. Plus on donne, plus on reçoit. Aimer Aden me comble chaque jour un peu plus.

Elle sentit les bras de Sayid se resserrer autour d'elle.

— Ma vie n'a jamais eu d'importance, murmura-t-il. Toi, Aden... N'est-ce pas plus que ce que je mérite ?

— Non, Sayid. Tu as droit au même bonheur que les autres. Et tu es important pour moi. Pour Aden. La vraie question est : que veux-tu ?

— Je veux...

Sa voix se voila d'émotion.

— Je veux être un père pour Aden et un mari pour toi. Je veux que nous formions une famille.

— Moi aussi, souffla Chloé, les larmes aux yeux.

— Je t'aime, Chloé. Avec toi, je me sens enfin libre d'être moi-même.

Elle l'embrassa tendrement.

— Seize ans de mariage ne s'annoncent plus aussi insurmontables, n'est-ce pas ?

— Non. Mais cet arrangement est loin de me réjouir.

Le cœur de Chloé se figea.

— Pourquoi ?

— Ce n'est pas seize ans que je veux passer avec toi, Chloé al-Kadar, mais toute ma vie. Et puisque nous nous aimons, je ne vois pas d'autre solution.

— Face à ce raisonnement infaillible, cheikh Sayid al-Kadar, je ne peux que m'incliner.

— C'est donc ma logique qui l'emporte ?

— Non...

Elle déposa un autre baiser sur ses lèvres.

— C'est l'amour.

L'amour, découvrirent-ils quelques mois plus tard, ne constituait pas le plus efficace des moyens de contraception. Le choc de Chloé amusa Sayid.

— Tu es une scientifique. Tu aurais dû prévoir ce genre de chose.

— Oh ! tais-toi, tu veux ?

— Voilà déjà les hormones qui parlent...

Elle lui jeta son oreiller à la figure.

— Tu es étonnamment calme, remarqua-t-elle. Je m'attendais à ce que tu paniques...

— Pourquoi paniquerais-je ? Je suis fou de joie !

— Vraiment ?

— Ces derniers mois avec toi et Aden ont été les plus heureux de ma vie. Tu avais raison, ajouta-t-il. Plus on donne d'amour, plus on en reçoit. Et avec ce nouveau petit être à aimer...

— Ce sera peut-être un garçon, dit-elle. Notre fils cadet...

— Et il sera traité comme son frère aîné. Tous nos enfants grandiront auprès de nous, entourés d'amour.

Un sourire radieux éclaira le visage de Chloé.

— Oui, c'est aussi ce que je veux.

— Tu craignais que je ne sois pas d'accord ?

— Non, mais... la tradition...

— Je t'ai toutes les nuits dans mon lit, et Aden passe déjà

plus de temps avec nous qu'avec ses nourrices. Au diable la tradition ! C'est une famille que je veux...

Il serra ses mains dans les siennes.

— Avec toi et toi seule.

Épilogue

Seize ans plus tard...

— Où est Aden ?

Chloé tressaillit, l'estomac noué par la nervosité.

— Dans sa chambre.

— Est-il prêt ?

— Ce n'est encore qu'un adolescent, Sayid.

— Il est l'héritier du trône d'Attar, né pour régner sur le pays.

— Je sais, mais...

— Mais tu es sa mère et tu ne peux pas t'empêcher d'être inquiète pour lui.

Il la rejoignit et elle se laissa aller dans le refuge de ses bras. Seize ans de mariage n'avaient pas diminué leur alchimie. Il suffisait qu'il la touche pour que le désir fuse dans ses veines.

— Je suis son père, dit-il. Je comprends ce que tu ressens. Mais Aden est un garçon intelligent et réfléchi. Et puis, il nous a, nous.

— C'est vrai.

— Ses frères et sœurs sont-ils prêts ?

— Oui. S'ils ne renversent rien sur leurs habits d'ici au couronnement...

— Peu importe s'ils ne sont pas tirés à quatre épingles. Nous n'avons jamais prétendu être une famille royale traditionnelle.

— Non ?

— Peu de cheikhas enseignent à l'université, professeur al-Kadar.

— Et peu de cheikhs ont les murs de leur bureau tapissés des dessins de leurs enfants, répliqua-t-elle en souriant.

— C'est parce qu'ils n'ont pas une famille aussi merveilleuse que la mienne.

Aden apparut sur le seuil, en tenue d'apparat impeccable, une expression sérieuse sur ses traits juvéniles. Un élan d'amour et de fierté submergea Chloé. Son fils aîné était peut-être un homme aux yeux d'Attar. Mais pour elle, il serait toujours le bébé qu'elle avait bercé contre sa poitrine, celui pour qui elle avait tout quitté et qui lui avait tant apporté en retour.

— Je suis prêt, annonça-t-il.

— Nous te suivons, dit Sayid, une main posée sur son épaule.

— Je suis content que vous soyez avec moi, aujourd'hui.

— Nous serons toujours avec toi, affirma Chloé, le cœur serré par l'émotion.

Il leur sourit à tous les deux et sortit, en route vers la salle du trône. Vers son avenir.

— Ce garçon est l'espoir de toute une nation, mais il est avant tout notre fils, déclara Sayid. Nous l'avons élevé ensemble. Rien ne nous enlèvera jamais cela.

— Je sais, dit Chloé.

Elle l'embrassa avec la même passion qu'à leurs débuts, fortifiée par seize années de complicité.

— Selon notre plan initial, c'est aujourd'hui que nos routes devaient se séparer...

Sayid l'enlaça étroitement.

— Je préfère continuer à faire un bout de chemin avec toi.

— Quelle chance ! Moi aussi, lança-t-elle, mi-amusée, mi-émue.

— Tu voudras bien, à notre retour, mettre tes lunettes et prendre ta voix sévère de professeur ?

Elle éclata de rire.

— Si tu n'es pas sage, je t'attacherai au lit. D'ici là... il faudra prendre ton mal en patience.

— Pas de problème.

Il posa sur ses lèvres un baiser empreint de tendresse.

— Avec toi, *habibti*, chaque seconde vaut la peine d'être vécue.

MAISEY YATES

Un mystérieux fiancé

INTÉGRALE
FRÈRES DE CŒUR

Traduction française de
ANNE-LAURE PRIEUR

SAGAS
HARLEQUIN

Titre original :
HEIR TO A DARK INHERITANCE

Ce roman a déjà été publié en 2020.

Prologue

Alik Vasin avala son verre d'une traite et attendit que la vodka fasse effet. En vain. Il lui faudrait plus qu'un peu d'alcool pour s'amuser ce soir.

Délaissant le bar, il se mêla à la foule sur la piste de danse. La musique y était assourdissante, la vibration des basses si puissante qu'elle rendait toute conversation impossible. Tant mieux. Il n'était pas là pour parler. Au bout de quelques secondes, il repéra une blonde sculpturale, qui lui sourit. Une proie toute trouvée. A peine l'avait-il rejointe qu'elle effleura son torse du bout des doigts. Elle était entreprenante, et il aimait cela. Peut-être n'aurait-il même pas à attendre d'être dans sa chambre d'hôtel...

Au même instant, son téléphone vibra. Numéro inconnu. Donc, il s'agissait d'un appel important. Il leva un doigt pour signifier à sa conquête de l'attendre et se fraya un chemin vers la sortie. D'après son expérience, les femmes détestaient être négligées de la sorte. Si celle-ci s'en offusquait, tant pis. Une autre prendrait sa place. Il ne passait jamais la nuit seul lorsqu'il l'avait décidé.

Dans la rue, il décrocha. Un groupe de séduisantes jeunes femmes sur le trottoir d'en face lui jetait des œillades aguicheuses. Peut-être les suivrait-il au lieu de rejoindre la blonde à l'intérieur du club ?

— Vasin, dit-il en portant le téléphone à son oreille.

Le sol parut se dérober sous ses pieds. La vodka faisait-elle enfin effet ? Etait-ce l'alcool qui lui faisait imaginer ce qu'il entendait ? La voix féminine à l'autre bout du fil lui parvenait comme à travers un épais brouillard.

Oui, il s'appelait bien Alik Vasin.

Oui, il s'était rendu dans cette région des Etats-Unis un peu plus d'un an auparavant.

Il resta un moment immobile. La réalité se dissolvait autour de lui, le club, le groupe de femmes... Il avait oublié ce qu'il faisait dans cette rue animée de Bruxelles. Seuls les mots prononcés à son oreille existaient.

Une décharge d'adrénaline fusa dans ses veines. Il était un homme d'action, pas le genre à se laisser paralyser par l'imprévu. Son téléphone raccroché, il s'éloigna d'un pas résolu. Direction l'aéroport, puis un laboratoire pour confirmation.

Il chercha dans son répertoire le numéro de Sayid. Son ami saurait le conseiller. Car la femme au téléphone lui avait dit la vérité, il le sentait dans sa chair.

Lui, Alik Vasin, était papa.

1

— Vous pensiez vraiment réussir à m'enlever ma fille ?

Jada se figea sur les marches du palais de justice. Cette voix... Sans l'avoir jamais entendue, elle devinait d'instinct à qui elle appartenait. A son pire cauchemar.

Alik Vasin...

L'homme qui avait le pouvoir de détruire sa vie. Et le père de sa fille.

— J'ignore de quoi vous voulez parler, dit-elle en lui faisant face.

— Vous avez avancé la date de l'audience.

— C'était nécessaire.

Pour elle. Toute sa vie, elle avait respecté les règles. Mais aucune ne s'appliquait à la situation dans laquelle elle se trouvait aujourd'hui. Qu'importait de mentir, si cela lui permettait de garder Leena ?

— Vous vous êtes dit qu'il me serait impossible de traverser la moitié de la planète à temps, n'est-ce pas ? Hélas pour vous, je dispose d'un jet privé.

Jada contint sa surprise. Il ne ressemblait pas à un homme possédant de tels moyens. Pas plus, d'ailleurs, qu'il n'avait l'air de se rendre à une audience. Avec ses lunettes de soleil, son jean bas sur les hanches et sa chemise froissée, dont les manches retroussées dévoilaient des avant-bras musclés, il lui évoquait plutôt une rock star. Lorsqu'il consulta sa montre, elle aperçut une ancre tatouée au creux de son poignet. Un frisson la parcourut. Il émanait d'Alik Vasin une aura de danger qui la troublait.

Mais la rassérénait aussi. Ce mépris affiché des conventions jouerait certainement en sa défaveur. Il avait beau être le père biologique de Leena, c'était elle qui en avait la garde depuis un an. Que valait le seul lien du sang face à toutes les couches qu'elle avait changées ?

— On dirait que je suis en avance. Je reviens dans un instant.

— Prenez votre temps.

Jada entra dans le palais de justice et prit place sur l'un des sièges alignés le long du mur à l'extérieur de la salle d'audience. Si au moins Leena était avec elle ! Mais la fillette, à son grand désarroi, avait été confiée à une assistante sociale jusqu'au jugement. Gagnée par la nervosité, elle se mit à jouer sur son portable pour se distraire l'esprit.

— Bien. Je n'ai rien manqué.

Elle leva les yeux et manqua s'étrangler. Comment pouvait-on être aussi... époustouflant ? Alik Vasin avait troqué sa tenue décontractée contre un costume noir impeccable qui soulignait sa carrure athlétique. Il avait tout du mâle alpha, puissant et sûr de lui. Le genre d'homme à obtenir ce qu'il voulait d'un claquement de doigts. En particulier les faveurs de la gent féminine...

— Je vois que vous avez fait un effort, commenta-t-elle.

Il avait ôté ses lunettes de soleil. Pour la première fois, elle vit ses yeux, d'un gris évoquant un océan déchaîné.

— Cela m'a semblé de circonstance, dit-il, un sourire aux lèvres.

Dieu qu'il l'excédait ! Il paraissait si calme, si détaché. Comme si le résultat de l'audience lui était égal. Alors que Leena était tout pour elle !

— Pourquoi êtes-vous là, monsieur Vasin ?

— C'est ma fille, répondit-il. Ma responsabilité.

— Une responsabilité ? C'est tout ce qu'elle est pour vous ?

— Mon sang coule dans ses veines. Pas le vôtre.

Elle soutint son regard d'acier, résolue à ne pas se laisser intimider.

— Certes, mais moi, je l'élève depuis sa naissance. Quelle importance, n'est-ce pas ?

— J'ignorais son existence, contra Alik.

— Parce que sa mère vous croyait mort ! Que lui avez-vous raconté ? Que vous partiez en mission secrète ?

— Si je lui ai dit cela, c'était la vérité.

— « Si » ? répéta-t-elle, incrédule. Vous ne vous en souvenez pas ?

Il haussa les épaules.

— Pas particulièrement.

— Et vous étiez vraiment en mission secrète ?

— Quel âge a l'enfant ? demanda-t-il.

Elle cilla.

— Vous l'ignorez ?

— Je ne sais rien d'elle. J'ai reçu un appel à Bruxelles m'annonçant que j'avais une fille, sur laquelle je perdrais bientôt mes droits si je ne me manifestais pas. J'ai donc effectué un test de paternité, qui a confirmé ces informations. Puis, hier, m'est parvenu ce courrier annonçant qu'elle serait adoptée si je ne me présentais pas à une audience avancée à aujourd'hui.

— Elle vient de fêter son premier anniversaire, répondit Jada. Où étiez-vous, il y a un peu plus de dix-huit mois ?

— A Portland, pour affaires, dit Alik, laconique.

— Quel genre d'affaires ?

— Cela ne vous regarde pas.

Jada frémit de dégoût. Elle se réjouissait de s'être mariée très jeune, à un homme droit et honnête. Cette existence l'avait protégée des play-boys de la trempe d'Alik qui ne songeaient qu'à étoffer leur tableau de chasse.

— Oh ! je vois parfaitement. C'est moi qui élève le fruit de vos « affaires » depuis un an.

— Ce n'était pas planifié, objecta-t-il avec un haussement de sourcils. Je ne suis pas un prédateur sexuel.

Le sang afflua aux joues de Jada.

— Vous êtes direct...

— Et vous, prompte à juger les gens.

Seulement ceux qui arborent leur immoralité comme un étendard, se retint-elle de rétorquer.

— Vous êtes venu me prendre ma fille. A quoi vous attendiez-vous ?

Il balaya des yeux le couloir désert.

— Pas à me retrouver seul à seule avec vous...

— Dites-moi, monsieur Vasin, qu'est-ce qu'un homme sillonnant le monde pour se livrer à Dieu sait quelles activités compte faire d'un bébé ? Etes-vous marié ?

— Non.

— Avez-vous d'autres enfants ?

— Pas que je sache, répondit-il avec un sourire.

— La plupart des gens savent ce genre de chose, le sermonna-t-elle. Pourquoi voulez-vous Leena ?

Alik hésita. Manquer l'audience lui avait bien traversé l'esprit. Mais sa conscience s'était rebellée. Si se retrouver avec un bébé sur les bras ne l'enchantait guère, il ne se résolvait pourtant pas à l'abandonner. Refuser à sa fille ce dont lui-même avait été privé enfant serait indigne de lui.

— Parce qu'elle est ma chair et mon sang, répondit-il simplement.

— Ce n'est pas une raison suffisante.

— Et vous, madame Patel ? Pourquoi tenez-vous tant à la garder ? Après tout, rien ne vous lie.

— La génétique serait donc plus importante que l'amour ?

Il la détailla de la tête aux pieds. Elle était vraiment sublime avec sa longue chevelure noire, sa peau dorée et ses grands yeux couleur miel, que complétait une silhouette fine et élancée. En d'autres circonstances, il n'aurait pas hésité à la séduire. Mais c'était à une tigresse prête à livrer combat qu'il avait affaire. Malgré sa petite taille — son visage ne lui arrivait qu'à mi-torse —, elle ne paraissait nullement intimidée.

— Je suis son père. Vous n'êtes pas sa mère. Le débat est clos, trancha-t-il.

— Comment osez-vous ? protesta-t-elle.

— Madame Patel ? Monsieur Vasin ?

La porte de la salle s'était ouverte sur une jeune femme en tailleur noir.

— Si vous voulez bien entrer... L'audience va commencer.

« M. Vasin étant sain d'esprit et ayant prouvé sa paternité grâce à un test ADN, la cour ne voit aucune objection à lui accorder la garde de l'enfant. »

Jada se repassait en boucle la décision de l'audience. Le juge était désolé ; l'assistante sociale, compatissante. Mais il n'y avait aucune raison de séparer Leena de son père. Son père milliardaire, avait-elle appris durant la procédure. Un détail qui avait certainement pesé dans la balance. Après tout, elle n'était qu'une femme au foyer, dont l'unique ressource provenait de l'assurance-vie de son défunt mari, certes généreuse, mais loin de s'élever à plusieurs millions.

Sans parler de cette preuve de paternité irréfutable, qui faisait d'Alik Vasin la victime d'un regrettable malentendu et annulait les droits de Jada. Tout le monde se fichait bien de sa relation avec Leena ! La fillette et son père avaient été isolés dans une pièce à part afin d'apprendre à se connaître. Laisser Jada repartir avec Leena était malheureusement impossible, lui avait-on expliqué d'un air navré. Par crainte qu'elle ne s'enfuie avec l'enfant, sans doute.

Elle s'effondra contre le mur du couloir et enlaça ses genoux. Tant pis si on la regardait. Elle avait beau inspirer et inspirer, l'air lui manquait. Son cœur menaçait d'exploser dans sa poitrine. Une sensation tristement familière...

La mort de Sunil avait été un choc terrible. Un coup du sort aussi brutal qu'injuste. Quelle femme s'attendait à devenir veuve à tout juste vingt-cinq ans ? Toute sa vie, elle s'était reposée sur ses parents, puis sur son mari. Apprendre à vivre seule était l'épreuve la plus difficile à laquelle elle ait été confrontée. Et aujourd'hui, être séparée de Leena...

C'était l'épreuve de trop. Combien d'êtres chers allait-elle encore perdre ? Combien de temps avant de n'être plus qu'une coquille vide, sans personne à aimer ?

Elle hoquetait, secouée de sanglots. Les gens passaient devant elle en détournant les yeux d'un air gêné. Que lui importait qu'on la prenne pour une folle ? Si le spectacle de son malheur leur était si pénible, ce n'était rien à côté de la douleur qu'elle-même endurait.

— Madame Patel ?

Cette voix, de nouveau...

Elle leva les yeux vers l'homme qui lui avait pris son bébé. Ses pensées volèrent vers la bombe de gaz lacrymogène qu'elle gardait toujours dans son sac. Une seule chose la retint de se jeter sur lui et l'en asperger : Leena, qui se débattait comme un beau diable.

Elle se releva tant bien que mal et tendit les bras. Aussitôt, la fillette l'imita, en gigotant si furieusement qu'Alik n'eut d'autre choix que de capituler.

— Maman ! s'écria-t-elle d'une voix joyeuse.

Elles s'accrochèrent l'une à l'autre et Jada ferma les yeux, inhalant l'odeur de sa peau, de ses cheveux, mélange de talc et de shampoing à la lavande.

— Tout va bien, murmura-t-elle, plus pour elle-même que pour Leena. Tout va bien...

Un mensonge, bien sûr, mais elle avait besoin de l'entendre.

— Elle ne m'aime pas, dit Alik, la voix tendue.

Pour la première fois, il ne semblait plus si sûr de lui.

— Mais... vous êtes un étranger pour elle, expliqua-t-elle.

— Je suis son père.

— Un bébé ne se soucie pas de biologie. Je suis sa mère, la seule qu'elle ait jamais connue.

— Il faut qu'on parle, maugréa Alik.

— De quoi ?

— De la situation. De ce qu'il convient de faire.

Elle ignorait où il voulait en venir. Mais elle serrait Leena dans ses bras et c'était tout ce qui comptait.

— Où ?

— Dans ma voiture. Elle est équipée d'un siège bébé.

Elle hésita. Devait-elle suivre un parfait inconnu ? Au fond, si le tribunal l'avait jugé apte à élever seul un enfant, quel risque courait-elle ? Et puis, c'étaient peut-être les derniers instants qu'elle passait avec Leena.

— D'accord, acquiesça-t-elle.

Comme ils quittaient le palais de justice, il décrocha son téléphone et se mit à parler dans une langue étrangère. Ni du russe ni de l'hindi. De cela, elle était sûre. Cet homme ne manquait décidément pas de cordes à son arc.

A peine atteignaient-ils le trottoir qu'une limousine s'arrêta à leur hauteur. Alik se pencha pour lui ouvrir la portière.

— Montez, intima-t-il.

Elle obéit et installa Leena dans le siège bébé, avant de prendre place à son tour. Le luxe de l'habitacle la laissa sans voix. Elle et Sunil avaient loué une limousine pour leur mariage, mais rien d'aussi haut de gamme. Les sièges en cuir formaient un large U et une bouteille de champagne attendait dans une glacière. Alik avait-il prévu de fêter sa victoire ? Elle éprouva une soudaine envie de le gifler.

— De quoi vouliez-vous parler ? lança-t-elle dès qu'il l'eut rejointe.

— Je vous sers quelque chose à boire ?

— Non, merci. Allons droit au but.

— Très bien. Comment avez-vous rencontré la mère de l'enfant ?

— Leena, le reprit-elle sèchement. Elle s'appelle Leena.

— Drôle de nom...

— C'est de l'hindi.

— Je suis russe. Elle devrait donc porter un nom russe.

— Et moi, je suis indienne, et sa mère aussi. Me séparer de ma fille ne vous suffit pas ? Il faut aussi que vous la renommiez ?

— Je ne la renommerai pas. C'est un joli prénom.

— Merci.

Elle maudit sa bonne éducation. De quoi le remerciait-elle ? Ce salaud ne méritait aucune considération !

— Donc, comment avez-vous rencontré la mère de Leena ? répéta-t-il.

— Par le biais d'une agence d'adoption. Elle m'a expliqué que le père du bébé était mort et qu'elle ne pouvait l'élever seule. Cela a été difficile pour elle…

Elle revoyait la jeune femme lorsqu'elle lui avait remis Leena, l'air triste et épuisé, mais aussi soulagé.

— Et l'adoption ?

— En Oregon, la mère biologique ne signe les formulaires qu'après la naissance. La procédure a ensuite été retardée en l'absence d'un certificat de décès vous concernant. Des recherches ont été effectuées et…

— On m'a retrouvé. Je suis désolé, Jada.

Comme si elle allait le croire…

— Mais Leena est ma fille, conclut-il. Je ne peux pas l'abandonner.

— Pourquoi ? Vous vous êtes réveillé ce matin, débordant d'amour paternel ?

— Non. Je veux simplement ce qu'il y a de mieux pour elle. Leena est ma seule famille.

Jada pinça les lèvres. En d'autres circonstances, elle aurait compati. Mais pas dans sa situation. Pas pour l'homme qui lui enlevait son enfant.

— Le mieux serait de me la laisser, argua-t-elle.

— Je comprends votre position. A vrai dire…

Son regard s'égara vers la vitre.

— Elle ne m'aime pas. Elle pleure chaque fois que je la prends dans mes bras. Je n'ai pas le temps de m'occuper d'un enfant à plein-temps.

— Alors pourquoi être venu ?

— C'était cela ou ignorer son existence. Je m'y refuse.

— Que comptez-vous faire ? Engager quelqu'un pour s'occuper d'elle ?

— Oui. Plus précisément… accepteriez-vous d'être sa nourrice ?

— Pardon ?

Jada n'en croyait pas ses oreilles. Elle ? La nourrice ? Engagée par l'homme qui détruisait sa vie ? Leena était tout pour elle. Elle se considérait comme sa mère et il voulait faire d'elle une employée, qu'il renverrait à la seconde où sa présence deviendrait inutile ?

— Vous m'offrez de devenir la nourrice de ma propre fille ?

— D'après la justice, Leena n'est pas votre fille, observa Alik.

— Dites cela encore une fois et...

— A vous de voir, l'interrompit-il. Drapez-vous dans votre orgueil, ou saisissez cette chance de faire partie de la vie de Leena.

— Comment osez-vous ? protesta-t-elle, tremblant de rage.

Sa poitrine lui faisait mal, comme broyée par un étau. Pour qui se prenait-il ? Il déboulait dans son existence et foulait aux pieds ce qu'elle avait eu tant de peine à reconstruire ! La mort de Sunil l'avait profondément ébranlée. Retrouver un sens à sa vie, redéfinir qui elle était et ce qu'elle voulait, avait exigé beaucoup de temps.

Elle aimait son mari, bien sûr, de tout son cœur. Hélas, il ne pouvait lui donner d'enfant. Un rappel, selon lui, de tout ce qu'il ne serait jamais capable de lui offrir. Face à de possibles solutions, il se fermait. L'insémination artificielle était hors de question : sa femme ne porterait pas le bébé d'un autre. Quant à l'adoption, il prétendait y réfléchir. Mais toutes les brochures, tous les liens internet qu'elle lui avait soumis étaient restés lettre morte.

Son deuil terminé, elle s'était raccrochée à cet espoir : si elle n'était plus une épouse, elle pouvait toujours être mère. A présent, même cela lui était arraché...

— Leena est ma fille. Je ne fais que ce qui est juste, décréta Alik.

— Votre sens de la justice laisse à désirer, monsieur Vasin, rétorqua-t-elle froidement.

— Appelez-moi Alik. Quant à mon sens de la justice, il rejoint celui du tribunal.

— Le mien vient du cœur, pas de lois déconnectées des gens et de la réalité.

— C'est là où nous différons. Rien de ce que je fais n'est dicté par le cœur.

Elle plongea les yeux dans les siens, noirs, sans âme. Sauf au tribunal, où elle y avait lu la peur et l'incertitude. Celles d'un homme totalement démuni face à un enfant. Et c'est elle qu'il reléguait au rang d'employée pour s'arroger le rôle de parent !

— Elle est tout ce que j'ai, murmura-t-elle d'une voix que l'émotion faisait trembler.

— Vous refuseriez par orgueil ?

— Je suis la mère de Leena, pas sa nourrice ! s'emporta-t-elle. Etre payée pour être auprès d'elle...

L'idée la révoltait. Elle avait été l'épouse de Sunil, puis la mère de Leena. Pas question de perdre son identité une fois encore.

— Il va de soi que vous seriez payée, dit Alik. Je ne peux décemment pas engager une nourrice sans la rémunérer, n'est-ce pas ?

— Comment pouvez-vous...

— Pour des questions pratiques, vous serez autorisée à vivre dans la propriété où j'aurai choisi de l'installer, la coupa-t-il. Je possède une maison à Paris, une autre à Barcelone, ainsi qu'un duplex à New York...

— Et vous ? Où serez-vous ?

Il haussa les épaules.

— Là où les affaires me conduiront. Mais n'ayez crainte au sujet de Leena. Comme le juge l'a souligné, je suis un homme riche.

— Votre fortune ne m'impressionne pas, répliqua Jada. Vous pensez vraiment qu'élever un enfant consiste à la poser quelque part en la confiant à de simples employés ?

— Pas n'importe quel employé. Vous. Une nourrice en qui j'aurai toute confiance.

— Espèce d'ordure !

Jamais. Jamais elle ne laisserait cet homme qui refusait de vivre sous le même toit que sa fille détruire sa précieuse relation avec Leena.

— Non, dit-elle, la voix et le cœur brisés.

— Pardon ?

— Arrêtez la voiture.

La limousine s'immobilisa au bord du trottoir. Elle regarda Leena, puis Alik, se rappela la peur dans les yeux de la fillette tandis qu'elle se débattait dans ses bras.

— Non, répéta-t-elle fermement en ouvrant la portière. Je suis sa mère, rien d'autre. Si vous pensez qu'un lien de sang suffit à faire de vous son père, allez-y. Elevez-la vous-même !

Son cœur battait la chamade et l'angoisse lui retournait l'estomac. Mais c'était son seul espoir. Un espoir fondé tout entier sur ce qu'elle avait cru déceler dans le regard de cet homme énigmatique. Si elle s'était trompée, elle venait de perdre sa fille à jamais. Mais dans le cas inverse...

A toi de lui prouver qu'il a besoin de toi.

Elle referma la portière sur Alik, sur Leena, qui disparut derrière les vitres tintées. La panique menaçait de submerger Jada.

Elle tourna les talons et ferma les yeux, réprimant le sanglot qui lui montait à la gorge. Puis elle s'éloigna dans la rue en priant le ciel qu'Alik la rattrape.

2

Alik avait affronté des terroristes déterminés à lui faire la peau. Infiltré des lignes ennemies pour sauver un ami. Elaboré des stratégies infaillibles pour le compte de nations en guerre. Rien de cela ne l'avait effrayé. Au contraire, chaque expérience lui avait procuré une dose d'adrénaline bienvenue.

Mais face à cette enfant aux yeux embués de larmes, la peur le paralysait.

— Ne redémarrez pas, intima-t-il au chauffeur. Restez là.

Leena éclata en sanglots bruyants, sans qu'il sache quoi faire. Il regarda par la vitre. Jada avait disparu. Entrée dans le centre commercial le plus proche, sans doute. A moins qu'elle n'ait simplement hélé un taxi. Abandonner sa fille ne lui ressemblait pas. Mais que savait-il des émotions ? De l'instinct maternel ? Jada n'était même pas la mère de Leena !

Lui, en revanche, était son père. Et il ignorait comment réconforter sa fille. Personne ne l'avait bercé, enfant. Personne ne lui avait chanté des chansons pour sécher ses larmes. Peut-être même n'avait-il jamais pleuré. Contrairement à Leena, dont les cris redoublaient de puissance…

Pour la première fois, au sortir de l'audience, il s'était retrouvé confronté à une situation qui le dépassait. Engager une nourrice lui était apparu comme l'unique solution. Et en voyant Jada en pleurs dans le couloir, il avait cru faire d'une pierre deux coups. Mais elle avait refusé, exigeant plus. Quoi ? Il l'ignorait.

Il y avait longtemps qu'il ne ressentait plus aucune émotion.

Son cœur s'était gelé à mesure qu'il grandissait — une façon de se protéger des coups de la vie. Devenu adulte, il n'éprouvait plus les choses que de manière physique. Le sexe et l'alcool, en particulier, lui prodiguaient les sensations que le bloc de glace dans sa poitrine ne lui donnait plus.

Cette apathie avait ses avantages. Que ce soit sur un champ de bataille ou dans une salle de conférences, il ne s'embarrassait jamais de scrupules. La logique l'emportait systématiquement. S'ensuivait le plus souvent une nuit mémorable à boire et faire la fête, qui s'achevait au lit avec une beauté incendiaire séduite dans un club. Cette illusion de bonheur allumait une étincelle dans ses ténèbres, fragile et éphémère, mais préférable au gouffre sans fond qui l'habitait.

Aujourd'hui, la panique emplissait ce gouffre. Pas vraiment un progrès...

Sur une impulsion, il sortit Leena de son siège et l'assit sur ses genoux. Elle se mit à pleurer de plus belle en se débattant avec force. Cette réaction lui fit l'effet d'un couteau en plein cœur. Une sensation nouvelle qui le laissait sous le choc. Elle avait peur de lui, autant qu'il avait peur d'elle !

— Maman ! Maman, maman, maman ! hurlait-elle à pleins poumons.

Il chercha des paroles de réconfort. Que disait-on à un bébé en pleine crise de larmes ? Il n'avait pas demandé à se retrouver avec un enfant sur les bras. Sans doute aurait-il ignoré toute l'affaire sans la conversation qu'il avait eue avec Sayid.

— « Tu dois en réclamer la garde, Alik. Elle est ta famille. Avec ta fortune, tu peux lui offrir l'avenir qu'elle mérite. »

— « J'ai déjà une famille», avait-il répondu, en référence à celle de Sayid qu'il avait juré de protéger.

— « C'est différent. Vous êtes liés par le sang. Renier un lien aussi fort serait une erreur. »

— « Ma seule erreur est d'être venu ici au lieu de prendre du bon temps à Paris ou Barcelone. »

— « Fuir est ta spécialité, Alik. Mais la réalité nous rattrape toujours. »

C'est vrai. Il avait passé sa vie à fuir. Pas quelque chose — rien ne lui faisait peur —, mais à fuir en avant, vers Dieu seul sait quoi. Il n'avait ni but ni aspiration. Son existence n'était qu'une quête désespérée de sensations, que des années de lutte pour sa survie avaient tuées en lui.

Peut-être était-ce cela, plus que les paroles de Sayid, qui l'avait décidé à agir. Ou l'air épanoui de son ami depuis qu'il avait une femme et des enfants. Réclamer la garde de sa fille n'était pas une décision qu'il avait prise à la légère. Quant à l'absence de connexion immédiate entre lui et Leena, elle n'avait rien d'étonnant : il ne se liait jamais avec personne.

Sauf Sayid et sa famille.

Non, nouer des liens n'était pas son fort. Mais il jurait loyauté à quiconque lui signait un chèque, pour peu que le montant soit adéquat. C'était vrai lorsqu'il était mercenaire, et cela l'était encore aujourd'hui dans sa nouvelle carrière d'homme d'affaires. L'accord signé, il défendait son client jusqu'au bout. Après quoi, leur entente se défaisait aussi vite qu'elle s'était forgée.

Là encore, Sayid était l'exception qui confirmait la règle. Une mission échouée et transformée en opération de sauvetage avait scellé à jamais leur amitié.

Il cultiverait un lien semblable avec sa fille. Le sang qui coulait dans ses veines lui valait sa loyauté indéfectible. C'est pourquoi il se battrait pour elle, même si cela impliquait d'écumer les rues de Portland à la recherche de celle qu'elle appelait « maman ».

— Je te protégerai. Je te le promets, murmura-t-il en ouvrant la portière.

Une nouvelle salve de pleurs accueillit ce serment. Les passants dans la rue le regardaient de travers. En tant qu'ancien mercenaire, il avait l'habitude de se fondre sans peine dans la masse. Mais avec Leena hurlant et gigotant dans ses bras, impossible de passer inaperçu.

Etouffant un juron, il se hâta d'entrer dans le centre commercial. L'allée principale s'ouvrait sur une boutique de vêtements, un salon de thé et une pizzeria. Son instinct lui soufflait que Jada n'avait pas dû aller bien loin, aussi poussa-t-il la porte du salon de thé.

Bingo ! Elle était là, les mains serrées sur une tasse, l'air abattu. Sans hésiter, il traversa la salle et s'arrêta devant sa table.

— Dites-moi, Jada Patel, que comptez-vous faire ?

Elle leva les yeux, l'air visiblement soulagé. Pourtant, elle n'esquissa pas le moindre geste pour prendre Leena, se contentant de le fixer en silence, le regard empreint d'une émotion poignante.

— Votre attitude est incompréhensible, reprit-il en repositionnant la fillette dans ses bras. Je vous ai donné une chance de vivre avec ma fille et de continuer à prendre soin d'elle. Vous avez admis vous-même n'avoir personne d'autre au monde. Pas de mari, ni d'amis proches…

Elle baissa les yeux sur sa tasse.

— En effet.

— Vous ne laisseriez donc personne derrière vous en partant.

— Partir n'est pas le problème, répliqua-t-elle en relevant le menton. Qu'est-ce qui me dit que vous ne me renverrez pas dans quelques années ? Comme aujourd'hui, je perdrais Leena. Cette perspective m'est insupportable, tout comme celle de placer ma vie entre vos mains.

— Je comprends votre position, Jada. Hélas, je ne vois pas d'autre option.

La panique envahissait Jada. *Reprends-toi !* s'exhorta-t-elle. Paniquer ne servait à rien. Mieux valait réfléchir à une solution. Si au moins elle avait quelqu'un à qui demander conseil…

Ses amis ? C'est tout juste si elle les supportait encore. Ils la regardaient avec pitié et marchaient sur des œufs en sa présence. Lorsqu'elle avait décidé d'adopter, tous l'avaient crue folle. Quant à ses parents, ils étaient décédés depuis longtemps : son père lorsqu'elle était adolescente, sa mère six ans plus tard. Puis il y avait eu Sunil.

C'est vers lui qu'elle aurait aimé se tourner. Après sa mort, elle avait eu l'impression de dériver, incapable de prendre la moindre décision. Si elle s'était forcée à sortir du lit chaque matin, c'était uniquement parce qu'il n'aurait pas aimé la voir broyer du noir. Il l'aurait consolée et soutenue, lui aurait juré que quelque chose de merveilleux l'attendait dans sa vie.

Ce quelque chose, c'était Leena. A la seconde où elle l'avait vue à la maternité, si minuscule dans sa couverture et son petit bonnet blanc, elle avait su qu'elle donnerait sa vie pour elle.

Ce n'était pas quitter sa maison, ou même son pays, qui l'angoissait : chez elle, c'était auprès de Leena. Non, le problème était qu'Alik ait le pouvoir de la séparer de sa fille à tout moment. Elle n'aurait aucun droit parental sur elle, reléguée au rang d'employée, une épée de Damoclès au-dessus de la tête. Perdre un être aimé du jour au lendemain était un traumatisme. Mais vivre dans la peur constante que ce jour n'arrive s'annonçait au-dessus de ses forces.

— Vous exigez une garantie, c'est bien cela ? résuma Alik.

— Oui. L'assurance que vous ne me jetterez pas à la rue à la seconde où vous n'aurez plus besoin de moi.

Elle croisa son regard et fut parcourue d'un frisson. Il donnait l'impression d'être à l'aise partout, avec tout le monde. Mais ce qu'elle lisait dans ses yeux disait tout autre chose : derrière la grâce nonchalante se cachait un bloc de glace.

— Vous me faites penser à un ami. Comme lui, jamais vous ne vendriez votre loyauté, dit-il, avec un mélange de respect et d'admiration qui la surprit.

— Cela ne règle pas mon problème, répondit-elle.

— Est-ce à moi de régler vos problèmes ?

— Epargnez-moi votre numéro. Nous savons tous les deux que vous n'avez pas la moindre idée de comment élever un enfant.

— Rien ne m'empêche d'engager quelqu'un d'autre.

— Et vous croyez la rendre heureuse ainsi ? Osez me dire qu'elle n'a pas remarqué mon absence...

Ces mots touchèrent une corde sensible. Il n'avait pas trois ans lorsqu'il avait été abandonné dans un orphelinat de Moscou. Il ne se souvenait pas du visage de sa mère, ni de sa voix. Ni de l'endroit où il avait vécu avant. Mais il se rappelait la sensation de vide, douloureuse, terrifiante.

— Elle l'a remarqué.

Impossible de mentir. Il était pris au piège, face au plus cruel des dilemmes : abandonner sa fille ou l'arracher à la seule mère qu'elle connaissait.

— A vous de trouver une solution qui nous convienne à tous les deux, dit Jada.

Elle était au bord des larmes, à deux doigts de craquer. Mais elle devait être forte ! Cette vie était la sienne, celle qu'elle s'était construite pour elle-même. Fini d'être l'éternelle victime malmenée par le sort ! Elle allait montrer à Alik qu'il n'avait pas les pleins pouvoirs.

Il regarda Leena avec l'air d'un homme en train de perdre pied.

— Que voulez-vous ? demanda-t-il, la voix tendue.

— Etre sa mère, répondit-elle. C'est ce que je suis, et ce dont elle a besoin : une mère. Pas une nourrice, ni un père absent, mais quelqu'un qui soit toujours là pour elle.

Il la dévisagea longuement, son expression impénétrable.

— Vous pensez que Leena a besoin de stabilité ?

— Oui.

Il hocha la tête.

— J'ai peut-être la solution. Vous désapprouvez que je la confie à une nourrice, n'est-ce pas ?

— Evidemment, dit Jada. Un enfant doit grandir auprès de ses parents.

— Ce n'est, hélas, pas toujours possible, commenta Alik. Mais vous êtes d'avis qu'une famille est importante ?

La gorge de Jada se noua.

— Oui, murmura-t-elle.

— Je refuse de priver Leena de quoi que ce soit d'important.

Elle se retint de hurler qu'il s'apprêtait à priver Leena de sa mère. C'était inutile. Il semblait incapable de comprendre le lien qui l'unissait à la fillette. Incapable de comprendre ce qu'était l'amour...

— Dans ce cas, il ne me reste qu'à me marier.

Ce fut comme si une flèche lui avait transpercé le cœur. Puis très vite, la colère prit le dessus. L'idée qu'une autre femme prenne sa place auprès de Leena la mettait hors d'elle. Tant pis si sa réaction était égoïste.

— Si vite ? attaqua-t-elle. Vous pensez qu'il vous suffit de claquer des doigts pour trouver une épouse ? Une femme prête à élever Leena comme sa fille ?

— Je l'ai déjà trouvée, dit Alik, ses yeux gris fixés sur elle.

— Vraiment ?

Un frisson glacé la traversa. Quoi qu'il ait en tête, elle doutait que cela lui plaise. Quelque chose lui soufflait que sa vie s'apprêtait à prendre un nouveau virage à cent quatre-vingts degrés.

— Puisque vous refusez d'être la nourrice… consentiriez-vous à devenir ma femme ?

3

— Votre femme ?

Jada était abasourdie. Avait-elle bien entendu ?

— Oui, dit Alik. Ma proposition d'emploi ne vous satisfait pas. Et comme vous l'avez souligné, l'enfant est malheureuse sans vous...

— Leena, le reprit-elle, agacée par son détachement.

— Je connais son prénom.

Quand il lui tendit la fillette, elle sentit une vague d'amour la submerger en la serrant dans ses bras.

— C'est une simple formalité, poursuivit-il. Une protection légale pour ma fille et nous. Vous l'adoptez et, après notre divorce, nous instaurons un système de garde partagée.

— Il est possible d'adopter sans être mariés, argua Jada. Bien sûr, c'est plus compliqué. Il faut prouver l'existence d'une vraie relation...

— Pourquoi se compliquer la vie ? Signer un contrat de mariage est plus simple que de feindre des sentiments, vous ne croyez pas ?

Si. Un mariage ferait d'elle la mère de Leena et lui permettrait de l'adopter. Exactement ce qu'elle souhaitait. Mais en contrepartie, cet homme, cet étranger, deviendrait son mari...

Pour la seconde fois, sa vie basculait en l'espace de quelques heures. Comme ce jour, trois ans plus tôt, où on l'avait appelée pour l'informer que Sunil s'était effondré à son travail et avait été hospitalisé d'urgence. Elle s'était rendue à son chevet comme un automate, assommée par la nouvelle. Le voir inconscient dans ce lit blanc avait été un choc. Il s'était éteint peu après, et son petit monde parfait s'était écroulé autour d'elle.

Trois ans, le temps qu'il lui avait fallu pour reconstruire sa vie. Elle ne laisserait pas Alik anéantir ses efforts !

— On ne se marie pas pour de telles raisons, objecta-t-elle avec froideur.

— En existe-t-il de meilleures ? répliqua Alik.

— Oui. L'amour...

Mais était-elle vraiment en position de refuser le genre de mariage qu'il lui proposait ? Elle regarda Leena et son cœur se serra. Dire non, c'était en être séparée pour toujours. Ne pas entendre ses premiers mots. Ne pas la voir grandir et s'épanouir en une belle jeune femme. C'était tous ses rêves de nouveau réduits en poussière. D'ailleurs, n'était-ce pas elle qui avait exigé plus ? Comment décliner son offre, à présent ?

Alik fronça les sourcils.

— Le mariage n'est ni plus ni moins qu'un contrat légal. Protéger ses droits me paraît la meilleure raison pour se marier.

— Je ne vous connais même pas !

— Je ne vous demande pas de me connaître, mais de m'épouser. Ainsi, ma fille grandira dans les meilleures conditions possibles, avec un père et une mère.

Jada cilla. La logique d'Alik la dépassait. Il semblait si sûr de lui et enchaînait si rapidement les idées qu'elle peinait à le suivre.

— Comment pouvez-vous énoncer cela si... calmement ?

— Je me fiche que vous soyez ma femme ou la nourrice, répondit-il. L'important est que vous soyez satisfaite.

— Pourquoi feriez-vous cela ?

— Pour ma fille. Elle a besoin de stabilité et...

Il hésita.

— Elle semble très attachée à vous. Elle vous aime. Je m'en voudrais de la blesser.

Le doute perçait dans sa voix, comme s'il ignorait tout des sentiments qu'il évoquait et se forçait à dire les mots justes, sans parvenir à y insuffler la moindre conviction. Cette histoire de mariage était complètement folle ! Mais sans Leena, rien ne la retenait à Portland. Elle n'avait donc aucune raison de rejeter son offre. A ceci près qu'épouser un parfait inconnu semblait bien cher payé pour rester auprès de sa fille...

Son mariage, huit ans plus tôt, avait été le plus beau jour de sa vie. Elle était jeune alors, confiante en l'avenir. Et très, très amoureuse. Prendre Alik pour époux lui paraissait une insulte à tout cela. C'était comme lui céder une place réservée à un autre homme, celui qu'elle avait aimé de tout son cœur.

Oh ! Sunil, pardonne-moi !

En aurait-il été capable ? Avait-il seulement compris jusqu'où allait son désir d'enfant ? Peut-être que oui. Peut-être était-ce précisément pour cette raison qu'il refusait d'y faire face — parce que cela le renvoyait à son propre échec. Elle n'avait jamais envisagé les choses sous cet angle, car déjà à l'époque, adopter l'aurait comblée.

L'espace d'une seconde, elle eut envie qu'il soit là, avec elle. Qu'il la réconforte et lui prête sa force. C'était une sensation étrange, car Sunil vivant, Leena n'aurait pas fait partie de sa vie. Or c'était de Leena dont elle avait besoin. Au fond, épouser Alik serait un acte d'amour.

D'amour pour son enfant.

Une autre pensée lui traversa l'esprit. Une pensée qui mit son corps en ébullition. De colère, se persuada-t-elle. Quoi d'autre ?

— Que je sois la nourrice ou votre femme ne fait aucune différence, avez-vous dit. Comptiez-vous harceler sexuellement votre employée ou envisagez-vous l'abstinence après notre mariage ?

— Si c'est du sexe que vous voulez, je me ferai un plaisir de vous donner satisfaction, dit Alik.

Une onde de feu parcourut Jada. Il parlait si crûment, sans gêne ni pudeur ! Cette attitude la dépassait. Elle n'était pas prude, mais de là à offrir son corps à un parfait inconnu, comme on propose une pizza pour le dîner...

— Si moi, je suis d'accord ? répéta-t-elle.

— A vous entendre, ce serait une aberration. Vous n'aimez pas le sexe ?

Elle manqua s'étrangler.

— Je… Ce n'est pas une activité récréative !

— Parlez pour vous.

Un sourire sensuel incurva ses lèvres. Seigneur, il était vraiment à se damner ! Elle se sermonna aussitôt pour cette pensée déplacée.

— Quoi qu'il en soit, si vous êtes partante, moi aussi.

— Et si je ne le suis pas ?

— Peu importe. Je ne compte pas vous jurer fidélité.

— Comment cela ?

Ces mots la contrariaient, sans qu'elle s'explique pourquoi. Peut-être parce que Alik semblait ne rien sacrifier, contrairement à elle.

— Je me lasse très vite. Ma vie n'est pas propice à l'engagement.

— C'est pareil pour tout le monde, fit-elle valoir. Le mariage implique des compromis.

Malgré tout l'amour qu'elle portait à Sunil, leur mariage, comme toute relation au long cours, n'avait pas été sans accrocs.

— Exigez-vous ma fidélité ? demanda Alik.

Elle eut un rire méprisant.

— En aucun cas.

— Alors où est le problème ? Je n'exige pas la vôtre non plus. Tant que vous veillez sur Leena, vous êtes libre de fréquenter qui bon vous semble.

— Evidemment que je veillerai sur elle ! C'est ce que je fais depuis un an. Leena est tout pour moi.

— Au point de vous désintéresser des relations ?

— J'étais en couple, dit-elle.

Elle refusait de désigner Sunil comme son mari. Pas devant Alik, qui cultivait une vision si négative du mariage.

— Il était le meilleur des hommes, mais il n'est plus là. Leena est toute ma vie, désormais.

— Quelle abnégation…

— Non. J'ai simplement déjà eu ce que certains passent leur vie à chercher. C'est une chance qui n'arrive qu'une fois.

— Comme je vous l'ai dit, cela m'est égal, déclara Alik avec une parfaite indifférence.

— J'ai besoin de récupérer mes affaires, s'entendit-elle répondre comme à travers un brouillard.

— J'enverrai quelqu'un les chercher.

Evidemment, songea Jada, il était milliardaire. Elle se sentait étourdie, comme aspirée dans une spirale vertigineuse.

— Quand aura lieu le mariage ?

— Le plus tôt possible, dit Alik. J'ai déjà choisi le lieu de la cérémonie.

— La cérémonie ?

— Oui. Dans l'intérêt de Leena, ce mariage doit paraître authentique.

Une bouffée de colère envahit Jada. Elle bondit de sa chaise, la fillette serrée contre sa poitrine.

— Et vous voir en compagnie d'autres femmes ? Cela ne risque-t-il pas de perturber Leena ?

— Elle n'en saura rien, assura-t-il avec un sourire. Je suis un fantôme, Jada. Si vous ne lisez rien sur moi dans la presse, ce n'est pas par hasard.

— Vous ne lisez rien sur moi non plus. Ah oui... Parce que ma vie rasoir n'intéresse personne, railla Jada.

— Ma vie est tout sauf rasoir, affirma Alik. Si les médias en avaient vent, je ferais les gros titres du monde entier.

Il avait parlé avec une telle désinvolture qu'elle hésitait à y voir de la pure vantardise.

— Vous avez une haute opinion de vous-même et de votre intérêt médiatique.

Justifiée. Il suffisait d'admirer son physique de mannequin. Non... Les mannequins affichaient une beauté lisse, presque androgyne. Alik était la virilité incarnée. Une cicatrice lui fendait le menton, ajoutant à son charme. Quant à ses mains, elles avaient connu l'action, leur aspect rugueux en témoignait. Elle n'avait jamais remarqué ces détails avant.

Qui était vraiment cet homme qu'elle s'apprêtait à épouser ?

Elle n'était pas sûre de vouloir le savoir...

— Je suis réaliste, répondit Alik. Cependant, je préfère l'anonymat.

— Quelle chance, moi aussi.

— Tant mieux.

Il sortit son téléphone portable et pressa une touche sur le clavier.

— Amenez la voiture devant le centre commercial, ordonna-t-il à son chauffeur. Puis direction l'aéroport.

— L'aéroport ? répéta Jada.

— Pourquoi attendre ?

— Soit. Où allons-nous ? Paris ? Barcelone ? New York ?

Derrière la bravade et la légèreté affichées pointait une angoisse sourde.

— Dites-moi, Jada, connaissez-vous Attar ?

Attar était le pays d'adoption d'Alik. Le seul auquel il ait prêté allégeance librement, sans rémunération à la clé.

Enfant, arraché aux rues de Moscou, il s'était souvent vu demander de trahir sa patrie. Et il l'avait fait, poussé par la faim et la promesse d'un abri. Au début, sa conscience l'avait tourmenté, avant de s'engourdir peu à peu, jusqu'à devenir totalement insensible. Au fil des années, il avait servi de nombreuses nations. Mais il n'y avait qu'à Attar qu'il se sentait chez lui. Sayid al Kadar et sa femme Chloé y étaient pour beaucoup.

Comme le jet privé touchait le tarmac, Leena se réveilla en pleurs. Ses plaintes aiguës lui vrillaient les tempes. Les enfants n'avaient jamais été sa tasse de thé. Bien sûr, il tolérait ceux de Sayid et Chloé, qu'il avait juré de protéger. Mais il refusait d'endosser le rôle de « super tonton ». Tout comme il doutait de passer beaucoup de temps avec sa fille.

Une idée qui le mettait mal à l'aise, tout à coup, sans qu'il s'explique pourquoi...

Parce que tu sais ce que c'est d'être abandonné.

Il écarta cet argument. Garder ses distances, c'était lui faire une faveur. Ne chamboulait-il pas sa vie pour s'assurer qu'elle ne manque de rien ? En quoi l'abandonnait-il ?

— Bienvenue à Attar ! lança-t-il. Nous sommes sur la piste privée du cheikh, donc pas d'attente.

— Le cheikh ?

— L'un de mes amis.

Son « seul » ami et presque un frère.

— Bon, d'accord. Vous auriez peut-être votre place dans les journaux, concéda la jeune femme.

Si elle savait ! Son amitié avec le cheikh d'Attar n'était que la partie visible de l'iceberg. Mais Jada n'avait nul besoin de connaître son passé. Après leur mariage, il l'installerait dans la résidence de son choix, avant de reprendre le cours normal de sa vie. Bien sûr, il essaierait de rendre visite à Leena le jour de son anniversaire. Ou, à défaut, de lui envoyer un cadeau.

Rien à voir avec un abandon.

Il baissa ses lunettes de soleil sur son nez, prêt à affronter la chaleur torride d'Attar. En six ans, il s'y était habitué. L'idée lui vint alors que Jada et Leena risquaient, elles, d'en souffrir. Sortant son portable, il contacta son chauffeur.

— Amenez la voiture sur le tarmac. Et veillez à lancer la climatisation.

Se préoccuper du bien-être des autres était nouveau pour lui. Son propre confort lui importait peu. Il aurait traversé le désert à pied si nécessaire.

— Attendez que la voiture soit arrivée.

— Pourquoi ? demanda Jada.

— Vous n'avez pas l'habitude de cette chaleur.

— Qu'en savez-vous ?

— A moins que vous n'ayez vécu plusieurs années dans le désert nord-africain, c'est une certitude.

Une fois la voiture garée au pied de l'avion, il fit signe au pilote d'ouvrir la porte. A peine s'abaissait-elle qu'une vague de chaleur s'engouffra dans la cabine.

— Vous ne plaisantiez pas, commenta la jeune femme.

— Je vous avais prévenue.

Jada était menue, et l'escalier dangereusement raide. S'en sortirait-elle avec un bébé dans les bras ?

— Passez-moi Leena, dit-il.

— Pardon ?

— Vous risquez de tomber.

Il avait aboyé plus que parlé, nerveux à l'idée de porter sa fille.

— Et vous, non ? rétorqua Jada. Vous n'avez aucune expérience avec les enfants. Vous pourriez la lâcher...

— J'ai transporté des hommes blessés à flanc de montagne. Je pense être capable de descendre quelques marches avec un bébé dans les bras. Passez-la moi.

La jeune femme obéit, sans dissimuler sa réticence.

— Après vous.

Il la suivit dans l'escalier, puis monta dans la voiture à sa suite. Conformément à ses ordres, la banquette était équipée d'un siège bébé. Une nursery devait aussi avoir été aménagée chez lui.

— Où allons-nous ? demanda Jada.

— A mon palais.

Il contempla par la vitre la vaste étendue de sable et les murs de la ville au-delà. Attar était le premier endroit où il s'était senti chez lui. Le désert défiait un homme et le révélait à lui-même. Le bien et le mal s'y effaçaient au profit de la loi de la survie. Depuis qu'il avait failli y mourir lors du sauvetage de Sayid, il l'avait dans le sang.

— Vous possédez un palais ?

— Oui. Un cadeau du cheikh.

— En remerciement de... ?

Sans réfléchir, il défit les trois premiers boutons de sa chemise, révélant le tatouage qui couvrait sa dernière cicatrice. Les yeux de Jada s'agrandirent. Elle leva la main comme pour le toucher, et il se surprit à espérer qu'elle le fasse. Il avait envie d'éprouver la douceur de ses doigts sur sa chair meurtrie. Mais sa main retomba et le charme se rompit.

— Cela a dû être douloureux, murmura-t-elle.

— Pas autant que celui sur mon poignet.

— Je ne parlais pas du tatouage...

Le reste du trajet se fit en silence. Il observa Jada, puis Leena, et se demanda si la fillette ressemblait à sa mère biologique. Même en se basant sur le lieu, la période, il n'avait qu'une très vague idée de qui elle pouvait être. Aucune de ses conquêtes ne l'avait durablement marqué. C'est tout juste s'ils échangeaient leurs noms avant de passer à l'acte.

Aurait-il dû se sentir coupable ? Sans doute. Un autre homme se souviendrait de la femme qui avait mis au monde son enfant. Mais lui avait développé très jeune son propre système de valeurs : faire ce qui était juste le laissait affamé sur un trottoir ; se jouer des règles et des lois lui apportait un toit ainsi que des repas chauds pendant une semaine. Dès lors, il n'avait plus vécu que pour son agrément. Dormir dans un lit et manger à sa faim en faisait partie. Puis il avait découvert le sexe et enchaîné les aventures d'un soir. Il n'était jamais cruel avec ses partenaires, auxquelles il ne mentait jamais. Jusqu'à récemment, il n'avait cru laisser derrière lui que des sourires béats et le souvenir d'un fantastique orgasme...

Son regard se posa sur Leena. Cette enfant le déstabilisait. Elle le mettait face à certains aspects de sa vie qu'il était trop tard, beaucoup trop tard pour remettre en question.

Son palais se profilait à l'horizon, planté sur une colline face à la mer. Ses murs blancs et son dôme doré, étincelants sous le soleil de midi, tranchaient singulièrement sur le désert de sable rouge. Au moins l'air de la côte était-il un peu plus respirable. Moins susceptible de vous brûler les poumons.

— Vous êtes chez moi, annonça-t-il. Chez vous, si vous le souhaitez.

Il regretta aussitôt ces paroles. S'il avait omis de mentionner le palais d'Attar dans sa liste de résidences potentielles pour Leena, ce n'était pas par hasard. Ce lieu était son refuge. Un sanctuaire où il n'amenait ni conquêtes ni personne. Aujourd'hui, pourtant, il y débarquait accompagné de sa fille et de celle qui allait devenir sa femme.

Pour la première fois de sa vie, il douta de sa décision.

4

Jada était époustouflée par la beauté du paysage. Leena endormie dans les bras, elle suivit Alik dans un vestibule cossu, dont les murs de pierre offraient une fraîcheur bienvenue.

— Je n'ai jamais rien vu de tel, s'extasia-t-elle.

— J'ai ressenti la même chose quand j'ai découvert Attar, dit Alik. Quoique l'architecture n'est pas sans rappeler ce que l'on voit dans mon pays, sur fond de dunes au lieu de terres enneigées.

— Avez-vous une résidence en Russie ?

— Oui, mais je n'y mets jamais les pieds.

— Pourquoi ?

— Le passé est le passé. A quoi bon le revisiter ?

— Vous y gardez pourtant un pied-à-terre.

— C'est vrai. Il faut croire que ce n'est pas si simple de tourner la page.

— Peut-être…

Elle effleura du doigt son alliance. Elle avait cessé de la porter environ un an après la mort de Sunil, avant de la remettre quelques mois plus tard, mais à l'annulaire droit. Une façon de se souvenir, tout en acceptant que le lien du mariage soit rompu. Une façon, aussi, de s'accrocher à un passé à jamais révolu…

— J'ai fait préparer deux chambres attenantes pour vous et Leena. Mon intendante va vous y conduire.

— Pas vous ?

— J'ignore où elle vous a installées.

Un tel désintérêt fascinait Jada. Comment pouvait-on vivre ainsi, sans la moindre attache ? Même lorsqu'il était question de sa fille, il se contentait de procéder rationnellement, sans hésitation. Mais aussi sans passion, ni conviction. Tout l'inverse d'elle, qui avait décidé de le suivre malgré ses réticences, parce qu'elle se savait incapable d'abandonner son enfant.

Elle ne lui enviait pas son apathie. Pleurer un amour perdu ne valait-il pas mieux que ne l'avoir jamais connu ? Même au plus fort de son deuil, elle n'aurait échangé pour rien au monde ses quelques années de bonheur avec Sunil. Et si l'idée de perdre Leena lui était intolérable, jamais elle ne regretterait le lien qui les unissait.

— Comment suis-je censée vous trouver si vous ignorez où je suis, et moi où vous êtes ?

Tout à Attar semblait si... démesuré. Le désert s'étalait à perte de vue jusqu'à la mer, dont l'immensité se confondait à son tour avec le ciel. Le palais ne faisait pas exception, tout en vastes pièces et hauts plafonds soutenus par des arches. Sa petite maison de Portland lui manquait. Les immeubles serrés les uns contre les autres aussi, et les montagnes entourant la ville. Ici, tout était trop nu. Trop exposé. Elle détestait cette sensation.

— Pourquoi voudriez-vous me voir ? demanda Alik.

Parce que la perspective de se retrouver isolée dans ce dédale de pierre l'enchantait encore moins que sa compagnie...

— Je n'ai pas envie de me perdre dans votre forteresse, répondit-elle.

— Une forteresse ?

Il leva les yeux vers le plafond doré incrusté de jaspe, de jade et d'onyx.

— Pas vraiment. Croyez-moi, j'ai passé assez de temps dans de vraies forteresses. Leurs cachots, en particulier.

— Ce que vous faites de votre temps libre m'indiffère, coupa-t-elle d'un ton sec.

Il eut un sourire provocant.

— Ce que je fais de mon temps libre est pourtant fascinant. Vous gagneriez à m'imiter.

Une vague de chaleur envahit Jada. Ses paumes étaient

moites et son cœur battait à tout rompre. Elle maudit la traître réaction de son corps. Par chance, elle pouvait compter sur son bon sens.

— J'accepte de vous épouser, Alik. Pas de partager votre lit. Ce mariage n'est pas réel.

Elle avait déjà fait un vrai mariage, avec ses rires, ses disputes, ses étreintes complices. Cette union-ci n'en était qu'une parodie. Sunil lui prodiguait un sentiment de sécurité. Alik, lui, était le danger personnifié, un inconnu obéissant à sa propre loi. Un peu comme ce désert où elle se retrouvait exilée...

— Au contraire, affirma-t-il. Ce mariage sera on ne peut plus réel.

Un frisson parcourut Jada.

— Que voulez-vous dire ?

— Le mariage n'est qu'un contrat légal. De même que l'adoption, *da* ? Tout se résume à quelques documents officiels.

— Ce n'est pas ce qu'est le mariage.

— Etes-vous une experte ?

— Parfaitement.

Il la dévisagea, ses yeux gris rivés aux siens.

— Moi non, je vous l'accorde. Ce que je veux dire, c'est que ce mariage sera aussi réel qu'il doit l'être pour vous permettre d'adopter Leena. Ni plus ni moins.

— Pourquoi m'aidez-vous, Alik ?

Il n'aurait su le dire. Peut-être parce que c'était à cela que ressemblait une famille : un père et une mère, mariés. Tout ce qu'il n'avait pas eu enfant. Pour en avoir souffert, il refusait d'infliger le même déracinement à Leena. Sayid lui-même n'avait-il pas épousé Chloé pour le bien de son neveu ?

Bien sûr, il ne comptait pas tomber amoureux. Encore moins agrandir la famille. D'ailleurs, il était incapable d'aimer. Sa loyauté était sans faille, et un lien fraternel l'unissait à Sayid. Mais l'amour ? Ce sentiment était mort en lui le jour où sa mère l'avait abandonné dans un orphelinat surpeuplé de Moscou.

Non, ce ne serait pas un mariage d'amour. Mais peut-être lui fournirait-il une certaine crédibilité. Depuis qu'il s'était lancé avec succès dans les affaires, il était convié à de nombreux événements, auxquels il convenait de se rendre accompagné. Inviter une femme à sortir serait une première, pour lui. Ses partenaires, il les rencontrait dans les bars ou les clubs, puis les emmenait à l'hôtel. Ou à l'arrière de sa voiture, peu importait.

Mais sa vie était en train de changer. Il était riche, à présent, et ses exploits militaires étaient derrière lui. Après des années de papillonnage pour compenser son absence d'émotion, peut-être était-il enfin prêt à embrasser ce changement ?

Qui sait si Leena ne dégèlerait pas le bloc de glace qui lui tenait lieu de cœur ?

En la regardant, il se prenait à espérer ressentir quelque chose. Une connexion. Une reconnaissance de leur lien familial. Au lieu de quoi…

Rien. Pas de miracle.

— Votre présence sert mes intérêts, répondit-il, les dents serrées. Suite à un récent changement de carrière, j'ai besoin d'une épouse pour m'accompagner à divers galas et cocktails.

— Des galas ?

— Oui.

— J'ai signé pour rester la mère de ma fille, pas pour jouer les potiches, se rebella Jada. N'étais-je pas censée emménager dans l'une de vos résidences et y rester enfermée ?

Il nota qu'elle refusait obstinément de considérer Leena comme sa fille à lui.

— Et moi, ne devrais-je pas aussi retirer quelque chose de ce mariage ? argua-t-il. Puisque le sexe est hors de question, parader à mon bras de temps en temps est le moins que vous puissiez faire.

Elle leva le menton, le regard noir.

— Vos désirs sont des ordres.

Des paroles dangereuses, songea Alik. Elle n'en pensait pas un mot, bien sûr, mais était prête à tout pour garder Leena. Sa poitrine se réchauffa, comme si la conviction de la jeune femme avait allumé une étincelle en lui. Sa fille méritait bien cela : cet amour farouche qu'affichait Jada et dont lui était incapable.

— Pas très convaincant, répliqua-t-il. Mais rassurez-vous, je n'exige pas votre soumission.

— Vraiment ?

— Non. Je préfère les femmes qui aiment les défis.

— Et moi, je préférerais que vous ne me considériez pas comme une femme.

Il détailla sa silhouette fine, s'attardant sur les petits seins fermes, les hanches joliment dessinées.

— Trop tard. Vos courbes vous ont trahie.

Elle lui décocha une œillade assassine.

— J'aimerais voir ma chambre, s'il vous plaît.

Il inclina la tête.

— J'appelle Adira.

Jada s'était vu interdire de déballer ses affaires et celles de Leena par la très stricte intendante du palais. Cette tâche était celle du personnel, avait décrété Adira d'un ton sans réplique. Quoi qu'il en soit, tout était bien arrivé, et ce quelques heures à peine après elle.

Alik avait tenu ses promesses jusque-là. Difficile de le haïr. N'était-il pas le père de Leena ? Certes, elle réprouvait son attitude irresponsable qui l'avait conduit à cette situation. Mais quel droit avait-elle d'empêcher sa fille de connaître son père ? Même si elle seule avait pris soin de Leena depuis sa naissance, le lien du sang n'était pas négligeable.

La fillette s'était aventurée hors de son tapis de jeux. Elle fit quelques pas maladroits, avant de retomber lourdement sur son postérieur. Jada s'accroupit à son côté et enveloppa de sa main ses petits doigts potelés. Non, aucun prix n'était trop élevé pour de tels moments. En refusant l'offre de mariage d'Alik, elle aurait perdu sa fille à jamais. Et accepter d'être sa nourrice eût été renoncer au statut qui lui revenait de droit.

Après les médecins, c'est elle qui, la première, avait tenu Leena dans ses bras. Elle qui avait passé des nuits blanches à la bercer et la consoler lorsqu'elle pleurait. Elle était sa mère : épouser un étranger, abandonner sa maison, son pays, était un faible sacrifice pour rester auprès d'elle.

Leena était sa vie. Rien d'autre ne comptait.

— Bien installée ?

Jada tressaillit. Elle n'avait pas entendu Alik entrer, ni même perçu sa présence. Cela la troublait. A vrai dire, tout chez lui la troublait.

— Oui, dit-elle. Leena ne semble pas perturbée par son nouvel environnement.

— Votre présence y est sûrement pour beaucoup.

Ce compliment la stupéfia. Elle ne s'était pas attendue à ce qu'il comprenne une chose aussi importante.

— J'ai passé quelques coups de fil et obtenu une licence de mariage, enchaîna-t-il. La cérémonie aura lieu ce week-end.

— Je suppose que votre amitié avec le cheikh a joué en votre faveur ?

— En effet.

Jada était prise de vertige. Il lui semblait que la pièce tournait, tournait...

— Ce matin, je suis allée au tribunal en croyant finaliser l'adoption de Leena, certaine que vous n'arriveriez pas à temps. Et voilà que je me retrouve dans un pays étranger, sur le point d'épouser un parfait inconnu...

— Ce matin, rétorqua Alik, j'ai appris que l'audience avait été avancée et traversé le globe en catastrophe pour ne pas perdre ma seule chance de voir ma fille.

Elle prit soudain conscience qu'Alik aussi avait eu sa vie chamboulée. Même s'il en était directement responsable.

— Je suppose que nous avons tous les deux eu une journée singulière...

— La plus singulière de toute ma vie, confirma Alik. Dans mon cas, ce n'est pas peu dire.

— Oui, c'est l'impression que j'ai.

— Quelle impression ?

— Celle que vous n'êtes pas quelqu'un d'ordinaire.

Il lui évoquait un prédateur à forme humaine : tout en charme et self-control, mais prêt à bondir sur sa proie à tout instant. Il lui avait paru aussi à l'aise en jean et chemise, ses tatouages exhibés à la vue, qu'en costume de créateur. Cet homme était un caméléon qui changeait d'identité comme il respirait.

— Je suppose que non, fut sa réponse laconique.

— Que faites-vous dans la vie ? questionna-t-elle.

Pour la première fois depuis leur rencontre, il parut pris de court.

— Actuellement ? Je suis expert en stratégie. J'offre mes services à des entreprises cherchant à accroître leur profit et éliminer la concurrence.

— Eliminer la concurrence ?

Un sourire carnassier étira ses lèvres.

— Une reconversion de ma précédente spécialité...

— Et vous travaillez pour n'importe qui ? Ne vous arrive-t-il pas de servir les intérêts d'entreprises rivales ?

— Parfois. Mais je reste fidèle à mon client le temps de notre contrat. Je préfère cette façon de faire des affaires, en électron libre plutôt qu'assujetti à une seule entreprise.

— A en croire le revenu mentionné par le juge, les « affaires » semblent marcher...

— Plutôt, oui.

Un « plutôt » à huit chiffres, mais elle se garderait bien de le souligner. Ses parents lui avaient toujours appris que parler d'argent était vulgaire.

— Je... Excusez-moi. Je suis très fatiguée.

Elle se sentait exténuée, tout à coup, pressée de se glisser sous les draps et oublier toute cette journée. Elle reconnaissait cette sensation : le choc, le contrecoup de la perte — celle de la vie dont elle avait rêvé pour elle et Leena.

Alik désigna la fillette du menton.

— Voulez-vous que j'envoie quelqu'un ?

— Non, merci. Je m'en occupe.

Pas question de laisser sa fille hors de sa vue. D'ailleurs, avant de se coucher, elle déplacerait le berceau dans sa chambre.

— J'ai besoin de l'avoir auprès de moi, expliqua-t-elle.

— Bien sûr.

Aucune émotion ne perçait dans sa voix, comme s'il ne comprenait pas de quoi elle parlait.

— A demain, donc.

— Oui, dit-il. Il faut que nous discutions des préparatifs du mariage.

— Engagez un organisateur.

— C'était bien mon intention. Mais quelqu'un doit prendre vos mesures pour la robe.

Une robe occidentale, sans doute. Tant mieux. Son mariage avec Sunil avait été une grande cérémonie indienne, elle radieuse dans le magnifique sari rouge dont elle rêvait depuis toute petite. Sa mère était à son côté, ainsi que toute sa famille. Ce jour resterait le plus beau de toute sa vie.

Elle refusait que cette parodie d'union avec Alik salisse ses souvenirs. Ce mariage-ci serait différent. Sans valeur, ni implication de sa part.

— Je veux une robe blanche, déclara-t-elle.

— Dites-le à la styliste demain.

Tant qu'elle jouerait les simples spectatrices, elle y survivrait.

— Comptez sur moi.

5

Le jour du mariage arriva trop vite au goût de Jada. Ce serait une cérémonie intime, uniquement en présence de Sayid et sa famille, lui avait assuré Alik. Sayid, le cheikh d'Attar en personne. Rien de très mondain, en effet…

Elle se sentait au bord de la nausée. Cette mascarade, c'était pour Leena, se rappela-t-elle. Et pour les pairs d'Alik. Des photos du mariage seraient demandées. Elle pressa son bouquet de lys sur sa poitrine et baissa les yeux sur sa robe. Elle avait demandé que tout soit blanc et sobre, par contraste avec son premier mariage vibrant de couleurs, de saveurs et de musique. Celui-ci en serait aussi éloigné que possible.

Alors pourquoi ne parvenait-elle pas à calmer les papillons dans son ventre ?

Entre le photographe, les employés de cuisine, les décorateurs, l'officiant… il y avait plus de personnel participant à la cérémonie que d'invités y assistant. C'en était presque comique. Pas de musique non plus : elle ferait son entrée dès qu'Alik aurait pris place au bout de l'allée centrale. Elle épia furtivement à travers le rideau de gaze qui séparait la véranda des jardins.

Il était là. En costume, mais sans cravate, son col de chemise ouvert. L'espace d'une seconde, elle fut tentée de fuir. Puis elle aperçut Leena. Leena en petite robe blanche assise sur une chaise, les jambes ballottant dans le vide. Chloé, la femme de Sayid, gardait un œil sur elle en même temps que sur ses deux enfants.

Elle se ressaisit aussitôt. C'était pour elle qu'elle était là. Pour elle qu'elle s'apprêtait à rejoindre devant l'autel un homme qu'elle connaissait à peine. Et elle le ferait la tête haute. Leena le valait bien.

— Tu peux y arriver, s'encouragea-t-elle.

Sur une profonde inspiration, elle écarta le rideau et marcha vers son avenir.

Alik ne ressentait rien. Il en était incapable. Pourtant, à la vue de Jada s'avançant vers lui, moulée dans une robe de satin blanc, un voile de tulle sur sa chevelure d'ébène, un éclair le traversa. Une onde brûlante, dangereuse...

Le désir ne lui était pas inconnu. Sauf qu'il n'était pas censé en ressentir pour Jada. Leur mariage devait rester une simple union de papier, pour la paix de leur « ménage » et celle de son esprit. Mais ses hormones en ébullition n'étaient pas si facilement bridées. Et le contact de sa main délicate sur sa paume rugueuse ne fit qu'attiser le feu qui couvait en lui.

Les yeux de Jada croisèrent les siens, comme si elle le sentait aussi — et ne s'en réjouissait pas plus que lui.

Pas question de la laisser bouleverser sa vie, se répéta-t-il mentalement tandis qu'il prononçait ses vœux. Peu importaient les mots qu'il exprimait, ils ne changeraient pas sa façon de mener son existence.

En es-tu sûr ? lui souffla une petite voix qu'il musela aussitôt. Par chance, la cérémonie n'incluait pas de baiser. Il n'était pas d'usage, à Attar, de s'embrasser publiquement, aussi s'était-il conformé à la tradition. Non qu'un simple baiser l'eût affecté. Quoique, avec Jada... Ses lèvres étaient appétissantes, pulpeuses à souhait et parfaitement dessinées. Il mourait d'envie d'y goûter. Trop pour ne pas se féliciter d'avoir écarté cette étape. Il devinait un goût de passion. D'émotion si intense qu'il en perdrait pied.

Les femmes qu'il fréquentait étaient généralement aussi désabusées que lui. Mais pas Jada. S'il la touchait, serait-il irradié jusqu'au plus profond de son être ? Le contact abattrait-il les murs qui retenaient prisonnières ses émotions ? L'idée l'intriguait autant qu'elle le rebutait. C'était ridicule. Rien ne possédait un tel un pouvoir. Pas même la passion de Jada.

La cérémonie s'acheva très vite, à son grand soulagement. L'officiant ne les avait pas plus tôt déclarés mari et femme que Jada se hâta vers Leena et la serra dans ses bras. Il se demanda s'il serait capable de la même spontanéité, un jour. Si seulement un baiser suffisait à transmettre ce genre d'émotion...

Mais que resterait-il de lui s'il baissait sa garde ? Y avait-il encore quelqu'un sous l'armure ? Il l'ignorait et n'avait aucune intention de chercher la réponse.

Sayid le rejoignit, et ils contemplèrent côte à côte leurs femmes et enfants respectifs. Ce moment le conforta dans sa décision.

— Qu'as-tu fait, Alik ?

— J'ai suivi ton conseil. Je suis allé chercher ma fille.

— Et la femme ?

— Elle s'apprêtait à adopter Leena. Je n'allais pas la lui arracher des bras.

Même s'il en avait eu l'intention. C'était sans compter sur le lien qui unissait sa fille à Jada. Toutes deux semblaient faire partie l'une de l'autre.

— J'ignorais que quelqu'un s'occupait de l'enfant, remarqua Sayid.

— M'aurais-tu conseillé différemment si tu l'avais su ? demanda Alik.

— Peut-être pas. Comment se fait-il qu'elle t'ait épousé ?

— Je le lui ai demandé, afin que Leena grandisse au sein d'une vraie famille.

— Tu as forcé une femme rencontrée il y a tout juste quatre jours à quitter son pays pour t'épouser ?

— N'est-ce pas ce que tu as fait avec Chloé ?

Le regard de Sayid se durcit.

— C'est différent. J'avais des sentiments pour elle.

— Je sais.

Il se rappelait avec amusement la colère de son ami lorsqu'il avait avoué s'être montré plus qu'entreprenant avec la future cheikha, la veille de leur mariage.

— Tu n'éprouves donc rien pour cette femme ? insista Sayid.

— Tu sais bien que je suis incapable de sentiments, répondit-il avec un large sourire.

— C'est ce que tu crois…

— Non, c'est un fait.

— Tu m'as dit un jour ne jamais faire de promesse que tu ne tenais pas, lui rappela son ami.

Ce souvenir mit Alik mal à l'aise. Ne venait-il pas de prononcer des vœux qu'il n'avait aucune intention de respecter ? Il observa Jada, ses lèvres pâles, sa mine abattue. Elle était malheureuse, réalisa-t-il avec un inexplicable serrement de cœur.

— Seulement quand c'est possible. Aujourd'hui, c'était inévitable, se défendit-il. Jada sait à quoi s'en tenir.

— Tu crois que les mots prononcés aujourd'hui ne sont que du vent ?

— Ce n'est pas un vrai mariage, Sayid. Je ne fais que protéger ma fille et les droits de Jada, à sa demande. Quoi de plus rationnel ?

Sayid éclata de rire.

— Les femmes sont tout sauf rationnelles, Alik.

— Je connais les femmes, merci.

Un sourire joua sur les lèvres de son ami.

— Mais tu n'y connais rien en épouses…

Retirée dans sa chambre, Jada regardait Leena dormir. Sayid et Chloé s'étaient attardés un moment après la cérémonie. Mais aussi adorables soient-ils, elle avait été soulagée de les voir partir. Ce faux mariage lui mettait les nerfs à fleur de peau. Elle était fatiguée de faire semblant et dangereusement près de craquer.

Un coup léger frappé à la porte l'interrompit dans ses pensées.

— Entrez.

— M. Alik vous prie de bien vouloir vous joindre à lui pour le souper, annonça Adira.

— Et Leena ?

— Je vous appellerai si je l'entends pleurer.

Malgré son attitude amicale, il émanait de l'intendante un

air d'autorité qui décourageait tout refus. Elle rappelait un peu sa mère à Jada.

— Je... Entendu. Merci.

Devait-elle se changer ? De retour dans sa chambre, elle avait aussitôt troqué sa robe de mariée contre une petite robe d'été toute simple. Et seulement parce qu'il faisait trop chaud pour porter un pantalon de jogging. Oh ! et puis zut, elle ne se changerait pas. Elle n'avait pas à s'apprêter pour son mari. Une image d'Alik se dessina dans son esprit, qu'elle chassa avec panique. Alik n'était pas son mari ! Elle ferma les yeux et s'obligea à visualiser Sunil à la place. Puis après avoir déposé un baiser sur le front de Leena, elle quitta la pièce.

Plus elle approchait de la salle à manger, plus les battements de son cœur s'accéléraient. Elle repensa à la cérémonie, aux doigts d'Alik sur sa peau. Calleux. Brûlants. Leur chaleur s'était insinuée en elle pour se concentrer entre ses reins, comme si...

Non. Elle ne désirait pas Alik. Certes, il était séduisant. Dangereusement séduisant, même. Il y avait dans ses cicatrices, dans sa rudesse, un magnétisme qui défiait toute logique. Jamais elle n'avait rien éprouvé de pareil.

Cette pensée lui fit l'effet d'une trahison. Vis-à-vis de son mariage, mais aussi d'elle-même. Elle n'était pas le genre de femme à perdre la tête pour le premier séducteur venu ! D'ailleurs, elle le détestait. Par réflexe, elle se frotta les mains sur sa robe, comme si ce geste pouvait effacer la brûlure des doigts d'Alik sur les siens. Sans succès.

Elle s'engagea dans un escalier incurvé, puis dans un large couloir. Décidément, ce palais restait un vrai labyrinthe. Son immensité présentait cependant un avantage : celui de pouvoir éviter Alik.

Le problème était qu'il y avait trop longtemps qu'un homme ne l'avait plus touchée. Qu'elle n'avait plus ressenti la moindre attirance sexuelle. Par pur désintérêt. Ce qui lui arrivait aujourd'hui n'était que le signe d'une opposition entre son corps et son cerveau, décida-t-elle. Pas de quoi s'inquiéter. Elle restait parfaitement maîtresse d'elle-même.

Alik l'attendait dans la salle à manger. Seules quelques

chandelles disposées sur la table éclairaient la pièce, projetant leurs ombres vacillantes sur son visage. Ses pommettes paraissaient plus saillantes, sa mâchoire plus dure. Quant à son regard, il était vide et froid. Cela aurait dû suffire à éteindre le feu qui couvait en elle. Mais, étrangement, c'est l'inverse qui se produisit.

— Vous êtes-vous bien reposée ? s'enquit-il.

— Si l'on veut.

Elle tritura son alliance. Celle à sa main droite, la vraie, censée lui rappeler ce qui était réel. Pas celle qu'Alik lui avait passée au doigt quelques heures plus tôt. Enfin, elle se décida à s'asseoir, aussi loin de lui que possible.

— Je voulais m'assurer que vous mangiez quelque chose. Vous avez à peine touché au banquet de mariage...

— J'étais trop nerveuse pour avaler quoi que ce soit, répondit-elle.

— Vous paraissiez très calme.

— J'ai appris à ne pas afficher mes émotions.

— Sauf le jour de l'audience.

C'est vrai. Elle s'était effondrée en pleurs sur le sol et n'en avait pas honte. La perspective de perdre sa fille justifiait un tel épanchement.

— La cérémonie était-elle à votre goût ? demanda Alik.

— Non, et tant mieux.

Il fronça les sourcils.

— Venez plus près. Je vous entends à peine.

Elle obéit à contrecœur, ne laissant que deux chaises vides entre eux.

— Bien. A présent, expliquez-moi cette histoire de cérémonie.

Jada soupira. Lui expliquer, c'était parler de Sunil, ce à quoi elle se refusait. Evoquer son premier mari avec l'homme qu'elle venait d'épouser lui semblait inconvenant.

— Ce sont mes secondes noces. Je ne voulais pas qu'elles ressemblent à mon vrai mariage, dit-elle.

Alik la dévisagea en faisant rouler son verre de vin entre ses doigts.

— Qu'est-il arrivé à votre premier mari ?

Jada manqua s'étrangler. Pas le fort d'Alik, le tact… Curieusement, ce n'était pas pour lui déplaire. Au moins, il s'exprimait avec franchise, sans éviter les sujets épineux.

Elle écarta aussitôt cette pensée. Comparer Alik à Sunil, n'était-ce pas l'ultime trahison ?

— Sunil souffrait d'une malformation cardiaque non détectée. Un jour, au travail, son cœur s'est simplement… arrêté. Il a été placé sous respirateur artificiel, mais hélas, il ne s'est jamais réveillé.

— A quand cela remonte-t-il ? demanda Alik.

— Trois ans.

— Vous l'aimiez ?

— Je l'aime toujours, soupira-t-elle. Il vivra éternellement dans mon cœur.

L'émotion lui nouait la poitrine. Tant mieux. C'était préférable à la chaleur qui la consumait un instant plus tôt.

— J'imagine à quel point ce doit être difficile, dit Alik.

Il imaginait ?

— Vous n'avez jamais perdu un être cher ?

Elle songea à ses parents, à son mari.

— Vous avez de la chance…

— Je n'ai jamais eu d'êtres chers, répondit-il sans la moindre note d'émotion. L'avantage est qu'on ne souffre pas de les perdre.

— Et vos parents ?

— Je ne les ai jamais connus. Ma mère m'a abandonné dans un orphelinat quand j'avais deux ou trois ans. C'est l'une des employées qui m'a donné mon nom et une date de naissance approximative. Puis lorsque l'orphelinat est devenu surchargé, j'ai été jeté à la rue.

— Je suis désolée, murmura Jada.

Deux domestiques apparurent et placèrent un plateau devant chacun d'eux, avant de s'éclipser aussi discrètement qu'ils étaient venus.

— Cela a dû être très dur, reprit-elle.

— Je n'ai rien connu d'autre, dit Alik avec un haussement d'épaules. La vie ne m'a pas laissé le temps de m'apitoyer sur mon sort.

Oui, la vie continuait. Après la mort de Sunil, il avait fallu continuer à manger, faire les courses, payer les factures. Impossible de se complaire dans son chagrin. Elle en remerciait le ciel, aujourd'hui.

— Il me vient une idée, lança Alik, changeant brusquement de sujet. Vous et Leena devriez prendre mon nom.

— Pardon ?

— Vous ne voudriez pas en avoir un différent de celui de votre fille, n'est-ce pas ?

— C'est-à-dire... Je n'y ai jamais réfléchi...

— Leena est ma seule famille. Je veux qu'elle porte mon nom et vous aussi.

— Je...

Patel était le nom de son premier mari. Etant donné l'origine du sien, elle comprenait l'importance que revêtait le sujet pour Alik. Néanmoins, elle ne pouvait se résoudre à changer son nom. Ce serait la changer, elle, et elle répugnait à lui accorder ce pouvoir.

— Je crains de devoir décliner.

— Ce serait pourtant logique, fit valoir Alik.

— Logique ? Vous avez pris la place de l'homme que j'aimais, et vous voudriez que je me débarrasse de son nom ?

— Ce n'est pas mon problème, rétorqua-t-il durement. N'est-il pas préférable que notre famille partage le même patronyme ?

— Une famille ? C'est ce que nous sommes ?

Après ce qu'il lui avait confié de son enfance, elle avait conscience de lui planter un poignard en plein cœur. Mais c'était plus fort qu'elle.

— Ce qui s'en rapproche le plus, répondit-il avec détachement.

Bon sang, c'était comme si rien de tout cela ne le touchait ! A croire qu'il ne vivait que selon sa sacro-sainte logique ! Non...

Il y avait quelque chose de sombre en lui. Une sensualité bestiale, profondément enracinée, celle d'un homme en accord avec ses instincts les plus primitifs. Son propre corps y était sensible, à sa grande consternation.

— Rien ne presse, dit-elle. Je vais y réfléchir.

— Soit. Mais Leena portera mon nom.

— Leena Vasin, prononça Jada en étudiant l'homme assis en face d'elle.

La forme des sourcils, l'expression butée... Comment avait-elle pu passer à côté de la ressemblance ? Leena était le portrait craché de son père !

— Ce nom lui va à ravir, concéda-t-elle, surprise de sa sincérité.

Leena était la fille d'Alik. Elle ne pouvait le nier, ni l'ignorer. N'était-ce pas une chance pour la fillette d'avoir un père — son père — dans sa vie ?

— Elle vous ressemble, vous savez...

— Vraiment ?

Son ton était dégagé, son regard impénétrable. Impossible de deviner ce qu'il pensait.

— Oui. Quand elle est en colère, elle fronce les sourcils exactement comme vous. Il y a aussi un peu de gris dans ses iris verts.

— Je n'avais pas remarqué.

— Moi non plus, jusqu'à il y a un instant.

— Mangeons pendant que c'est chaud, dit Alik en détournant les yeux.

Jada opina et entama distraitement son plat. Les assiettes n'étaient pas plutôt débarrassées qu'elle avait déjà oublié ce qu'elle venait de manger.

— Voulez-vous que je vous raccompagne à votre chambre ?

Elle hésita. Il faisait nuit et aucune lumière ne filtrait par les fenêtres. L'idée de se promener seule dans le noir avec Alik lui nouait l'estomac, mais c'était cela ou risquer de se perdre.

— Oui, s'il vous plaît.

Alik se leva. Il la dominait de son imposante stature — le seigneur du château dans toute sa splendeur. Jada était fascinée malgré elle. Il la dépassa de sa démarche féline et elle lui emboîta le pas, saisie d'un frisson. Comment un homme de sa carrure pouvait-il se déplacer aussi silencieusement ?

— Auriez-vous un flambeau pour éclairer notre chemin ?

Il se retourna, le visage noyé dans l'ombre, appuya la main à plat sur le mur... et le couloir s'illumina.

— N'est-ce pas plus simple d'actionner l'interrupteur ? repartit-il, un sourire narquois aux lèvres.

— Vous auriez pu me prévenir qu'il y avait l'électricité, se plaignit-elle.

— Pourquoi vivrais-je comme au Moyen-âge ? J'ai eu ma dose d'inconfort, dans la rue et en prison...

— Vous avez fait de la prison ? Et la cour vous juge plus apte que moi à élever un enfant !

— Le lien du sang prime sur l'aptitude. Mais si cela peut vous consoler, la cour n'a vu aucune trace d'un quelconque casier judiciaire.

Il tourna les talons et reprit son chemin. Ses larges épaules emplissaient le champ de vision de Jada.

— Comment est-ce possible ? demanda-t-elle.

— Je doute que la mafia russe tienne des archives de tous les morveux ramassés dans la rue qu'elle enferme quelques jours pour leur donner une leçon. Même chose pour les factions militaires en guérilla, qui n'ont sûrement pas pris la peine de signaler au gouvernement américain mon emprisonnement. De telles archives sont d'ailleurs parfois expurgées par certains dirigeants...

Jada s'arrêta net.

— Que faisiez-vous dans la vie ?

— Ce que je fais actuellement pour des entreprises, je le faisais pour des gouvernements. Ou pour des groupuscules révolutionnaires, selon le plus offrant.

— Vous étiez mercenaire ?

Cette aura de menace qu'elle percevait autour de lui était donc bien réelle. Alik Vasin était un homme dangereux. Et elle venait de l'épouser.

— Oui, je suppose. Je ne me suis jamais soucié de dénomination, n'ayant jamais payé d'impôts. Encore une chose que la cour ignore...

— Je doute en effet qu'il existe une case correspondante dans les déclarations officielles, ajouta-t-elle, les poings serrés.

— Moi aussi.

— Comment en êtes-vous... arrivé là ?

Une personne sensée aurait pris ses jambes à son cou. Mais, étrangement, Jada n'avait pas peur. Elle était juste curieuse de connaître son histoire.

— J'ai croisé la route de la mafia russe par hasard, alors que je volais à la tire, expliqua-t-il. Après m'avoir donné une leçon...

Il caressa du doigt une cicatrice qui courait le long de sa mâchoire.

— ... l'homme que j'avais tenté de dépouiller m'a demandé comment je m'y étais pris. Ce sont ses gardes du corps qui l'ont alerté. Lui n'avait rien senti.

— Que lui avez-vous dit ?

— Je lui ai expliqué ma méthode. Attendre que la foule s'épaississe, calquer mon pas sur le sien, repérer l'instant propice. Un vrai jeu d'enfant. Mon discours lui a plu.

— Il vous a engagé pour détrousser les gens ?

— Non. C'est le stratège en moi qui l'intéressait. A douze ans, j'étais capable de prévoir tous les développements d'un scénario. Sauf le jour où je me suis fait prendre... Je n'avais pas réalisé que je marchais parmi ses gardes du corps. Cela m'a toujours contrarié.

— Pourquoi ?

— Personne n'aime perdre. Quoi qu'il en soit, c'est ainsi qu'a débuté ma carrière dans le crime organisé. Ils m'ont aidé à aiguiser mes talents. Jusqu'à ce que je devienne trop connu à Moscou. A seize ans, j'avais les poches pleines et envie de nouveaux horizons. Ils m'ont laissé partir. Toutefois, j'évite de sillonner seul les rues de ma ville natale. On ne sait jamais...

— Et après ? demanda Jada, captivée.

— Après, j'ai découvert que j'avais une réputation. Alors que je vivais au Japon, un homme m'a approché pour me confier une mission. Aider une milice à renverser un gouvernement dictatorial.

— Et vous les avez aidés ?

— Contre rémunération. Je ne suis pas une œuvre de charité.

— Mais vous l'avez fait ?

Il acquiesça d'un signe de tête.

— La mission a été un succès. Le bouche-à-oreille a fait le reste.

— Vous avez donc vendu vos services ?

— Pendant quelques années.

— Et ensuite ?

— Un jour, j'ai été engagé pour sécuriser les frontières d'Attar. L'opération a mal tourné et le cheikh Sayid a été fait prisonnier.

Pour la première fois, Jada décela une note d'émotion sincère dans la voix d'Alik.

— On m'a offert un autre chèque, une autre mission. Mais je savais que je devais y retourner.

— Parce qu'il était votre ami...

— En cas d'échec, le chef de mission est le seul responsable. Tant que le travail n'est pas fini, je reste loyal à celui qui me paie.

— Et vous vouliez sauver votre ami, insista-t-elle.

— Sayid est un homme d'honneur, fidèle à sa famille et son pays, dit Alik. Mes compagnons habituels étaient prêts à vendre leur grand-mère pour une heure de gloire. Si Sayid a été capturé, c'est parce qu'il a secouru une femme sur le point d'être violée par deux soldats. A l'époque, je n'aurais pas agi comme lui car seule la mission comptait. C'est Sayid qui m'a appris à voir au-delà.

Jada en fut remuée. Seigneur, elle ne commençait pas vraiment à le comprendre ? Elle qui avait grandi dans un quartier bourgeois des Etats-Unis. Elle, dont les parents avaient tout quitté — leur pays, leurs racines — pour offrir à leur fille un avenir meilleur, que savait-elle des sentiments d'un homme qui avait passé toute sa vie seul ? Qui avait été témoin, et certainement perpétré des actes de violence terribles ?

Et pourtant, elle comprenait. Son cœur comprenait. Elle se sentait triste pour lui. Heureuse, aussi, qu'il ait rencontré Sayid. Mais surtout, elle brûlait de percer à jour cet homme énigmatique. De découvrir ce qui se cachait sous l'armure. Car il y avait quelque chose. Il avait évoqué sans émotion son enfance misérable et sa vie de mercenaire... jusqu'à Sayid.

— Voilà comment vous vous retrouvez propriétaire d'un palais dans le désert ?

— Oui. La version courte étant : un cheikh m'a fait cadeau

d'un palais. Les femmes aiment cette histoire, ajouta-t-il avec un clin d'œil.

— Je n'en doute pas.

Elle le suivit dans l'escalier, en montant les marches deux à deux pour ne pas se laisser distancer. Elle ne mesurait qu'un mètre soixante et lui donnait vingt bons centimètres de plus qu'elle.

— Et que pensent-elles de votre passé de mercenaire ? questionna-t-elle.

— Oh ! je ne le crie pas sur les toits.

— Que dites-vous faire dans la vie ?

— Elles ne me le demandent pas.

— Non ? Alors que demandent-elles ?

Il fit volte-face, si inopinément qu'elle faillit le heurter tête la première.

— Elles ne parlent pas autant, d'habitude.

Jada vacilla sous l'intensité de son regard. Jamais elle ne s'était retrouvée si proche d'un homme aussi... tout. Viril, sexy — bien trop sexy. Mais aussi immoral et vide d'émotions. Un étranger qui ne méritait pas qu'elle se pâme devant lui. Hélas, son corps restait sourd à la voix de la raison.

— Je vois, balbutia-t-elle.

— Vraiment ?

— O... oui.

Pourquoi ne bougeait-il pas ? Reculer revenait à trahir le trouble dans lequel il la plongeait. C'était comme si son corps ne lui appartenait plus...

— Vous désapprouvez, dit-il en reprenant son chemin.

Elle poussa un discret soupir de soulagement.

— Je ne vous juge pas.

— Oh ! que si.

— D'accord, un peu. Leena est la preuve que vous ne savez pas vous contrôler avec les femmes.

— C'est faux.

Ils étaient arrivés à l'étage, mais il n'alluma pas la lumière, se contentant de croiser les bras.

— La vérité n'est pas que je suis incapable de résister à la tentation, mais que j'y cède volontiers. Pourquoi m'en abstiendrais-je ?

— Cet argument n'est pas valable. Vous êtes si indulgent avec vous-même...

— Et généreux avec mes partenaires. En quoi cela dénote-t-il un manque de contrôle ?

— Pour moi, c'est évident, bougonna-t-elle, décidée à lui tenir tête.

— Jada, si je ne savais pas me contrôler...

Il marcha sur elle, l'acculant au mur.

— ... vous le sauriez, acheva-t-il dans un souffle brûlant.

— Comment le saurais-je ?

La question avait jailli de ses lèvres sans qu'elle puisse la retenir, et cela au mépris de toute prudence !

— Parce que je vous aurais déjà embrassée, susurra Alik. J'aurais goûté vos lèvres, votre gorge, caressé vos seins et senti leurs pointes durcir sous mes doigts, puis ma langue...

Jada détourna la tête. C'était le seul moyen de ne pas le regarder dans les yeux. De ne pas se laisser envoûter...

Le rire narquois d'Alik rompit le charme.

— Une chance pour vous que je sache me contrôler, conclut-il en s'écartant, avant de s'éloigner dans le couloir.

Un chapelet d'insultes monta aux lèvres de Jada. Hélas, elle était trop agitée pour proférer le moindre son.

— Je ne vous aurais pas laissé faire, parvint-elle à articuler après un moment.

— Je n'en suis pas si sûr...

Il s'arrêta devant une porte, identique à toutes les autres.

— Voici votre chambre.

— Merci, dit-elle froidement. Et non, je ne me serais pas laissé faire.

Il la transperça de son regard gris. Ses mots résonnaient dans sa tête, dans sa chair, promesses de plaisirs sensuels inconnus...

Ridicule. Elle ne manquait pas d'expérience. Comme s'il existait un mystérieux septième ciel qu'elle n'aurait pas atteint ! Certes, le sexe était agréable, mais pas au point d'en perdre la tête. En quoi serait-ce différent avec Alik ? Après tout, elle aimait son mari et détestait cet homme.

L'amour n'était-il pas le piment du sexe ? C'est ce qu'elle avait attendu : l'amour, puis le mariage. Il n'y avait eu personne d'autre depuis Sunil, car les sentiments primaient sur le désir charnel. Comme elle plaignait Alik de ne pas le comprendre ! Son cœur pouvait bien battre la chamade en sa présence, elle était au-dessus de cela.

— Si vous le dites ! lâcha Alik. Bonne nuit, Jada.

— Merci. Vous aussi.

— A demain.

Elle n'avait aucune envie de le revoir le lendemain. Chaque jour, elle espérait que le cauchemar se dissipe au petit matin. Et chaque jour, elle se réveillait dans ce palais en plein désert, au bruit des vagues s'écrasant sur les rochers. Sur le papier, sa situation semblait idyllique...

C'était sans compter sur le magnétisme d'Alik Vasin.

6

Alik faisait les cent pas sur son balcon. Il n'avait aucune raison de s'éterniser à Attar. Encore moins de mettre son abstinence à l'épreuve. Alors que faisait-il là, à tourner en rond au palais, comme enchaîné à la femme et l'enfant qui l'occupaient ?

Ces dernières semaines avaient été étranges. Au début, sa présence prolongée se justifiait : épargner un nouveau changement brusque à Leena, attendre les formulaires d'adoption pour les signer. Il avait ensuite envisagé de déplacer ses deux locataires. Le palais était trop isolé. Elles seraient plus à l'aise dans l'une de ses propriétés citadines, où Jada pourrait sortir à sa guise sans craindre les tempêtes de sable. Tant de dangers rôdaient dans le désert…

Son regard tomba sur la piscine, que surplombait le balcon. Elle aussi représentait un danger. Tout comme le balcon lui-même, le sol trop dur, les murs de pierre contre lesquels un bébé risquait de se cogner le front. Le palais devait être sécurisé de fond en comble ! Il n'avait jamais réalisé à quel point le monde était dangereux avant. Lui qui avait maintes fois frôlé la mort ! Le risque, lorsqu'il touchait à sa personne, ne l'effrayait pas. Mais Leena ? Imaginer la fillette en danger lui tordait les entrailles.

Il descendit à la salle à manger où il trouva Jada, Leena assise sur ses genoux, un morceau de banane à la main.

— Les bébés ne sont pas pratiques.

La jeune femme haussa un sourcil.

— C'est-à-dire ?

— Ils sont trop petits.

— Vous croyez ? railla Jada, ce qui l'agaça.

— Oui.

— Vous auriez dû voir Leena à la naissance. Elle pesait à peine deux kilos sept et n'était pas plus grande que votre avant-bras.

Il regarda son bras.

— Ridicule…

— Mais tellement adorable ! repartit la jeune femme.

— Ils sont aussi bruyants. Trop pour d'aussi petites choses.

— Un bon moyen de ne pas les perdre.

— Ça, c'est pratique.

Le sourire que lui adressa Jada fit grimper sa température interne. L'attirance qu'il éprouvait pour sa femme était dérangeante. Elle était très belle. Rien d'étonnant, donc, à ce qu'il la désire. Mais avec une telle persistance ? Une telle intensité ?

D'ordinaire, il jaugeait les femmes d'un coup d'œil, puis les invitait dans son lit, ou passait son chemin si elles n'étaient pas intéressées. Il avait beaucoup de succès auprès de la gent féminine, à tel point que cela en devenait prévisible. Peut-être Jada n'était-elle pas attirée par lui ou, du moins, s'en défendait-elle avec véhémence. Une résistance qui n'était pas pour lui déplaire…

La tentation qu'elle lui inspirait, de l'embrasser, de goûter sa passion, était un avertissement plus qu'éloquent. Raison de plus pour garder ses distances.

— Ravie d'apprendre que vous trouviez votre fille « pratique », commenta Jada.

— Je ne parlais pas d'elle en particulier, mais de tous les bébés. La taille de sa tête est un autre sujet d'inquiétude.

— Pour vous ? Pensez à nous, les femmes, qui les mettons au monde !

— Vous n'avez pas mis Leena au monde.

Il perçut aussitôt son erreur. Qu'il pût être blessant ne l'avait jamais préoccupé outre mesure. D'ailleurs, il détestait faire la conversation. Seul Sayid trouvait en lui une oreille attentive. Dans les clubs, personne n'avait rien à se dire. Chacun était trop occupé à s'oublier au son de la musique, généralement sous l'influence d'une généreuse dose d'alcool.

Son tableau de chasse bien fourni l'avait convaincu de son expertise. Découvrir qu'il ignorait comment parler aux femmes était une claque. Dommage que coucher avec Jada fût hors de question. Au lit, il l'aurait satisfaite, sans l'ombre d'un doute.

— Vous êtes ignoble, s'exclama Jada en se levant, Leena serrée contre elle.

Une vive frustration s'empara d'Alik. Ce genre de réaction le dépassait. Toute sa vie, il avait simulé des émotions dans l'espoir qu'elles prennent vie. En vain. Aujourd'hui, son manque d'empathie le plaçait dans une position désavantageuse, et il détestait cela.

— Je sais, admit-il, même s'il n'en comprenait pas la raison.

— Alors pourquoi avoir dit cela ?

— Simple observation.

— A l'avenir, gardez vos observations pour vous.

— Seulement si vous m'expliquez ce que j'ai dit de mal.

La jeune femme le foudroya du regard.

— Je suis la mère de Leena ! Vous me déniez ce statut et me demandez en quoi c'est offensant ? Si j'ai accepté de vous épouser, c'est uniquement pour que ma position ne soit jamais remise en question. Un sacrifice que votre « observation » vient de réduire à néant !

— Je n'ai pas déchiré notre contrat de mariage, ni aucun document d'adoption, que je sache. Ce sont eux qui garantissent votre statut.

La logique était sa meilleure arme pour désamorcer un conflit. Sauf avec Jada, à en juger par le regard noir qu'elle lui jeta.

— La paperasserie et les liens du sang ne font pas tout, Alik. Vous ne pouvez négliger l'importance des sentiments, lâcha-t-elle avant de tourner les talons et de quitter la pièce.

Bon sang, pourquoi n'était-il pas parti ? Ailleurs, dans les bras d'une autre, sans s'inquiéter pour Leena ? Cela lui aurait sans doute permis d'oublier son obsession pour Jada.

Il composa le numéro de son assistant sur son portable.

— Luca, transférez tous mes appels à Attar. Je compte y rester un moment.

Son téléphone raccroché, il se laissa choir sur une chaise et posa une main sur la table. Ou, plus exactement, sur un morceau de banane écrasé…

— Café ! hurla-t-il à l'intention des domestiques, sans chercher à masquer sa mauvaise humeur.

Il avait besoin de contrôle. Ce qu'il semblait perdre un peu plus chaque jour depuis l'arrivée de Jada dans sa vie…

Jada enviait la sérénité de Leena. La fillette dormait paisiblement, tandis qu'elle faisait les cent pas dans sa chambre, rongée par la culpabilité.

Elle aurait dû être furieuse contre Alik. Et elle l'était. Mais pas seulement… Même ses propos blessants n'avaient pas réussi à atténuer l'attirance qui la poussait vers lui. Elle avait beau le détester, leur cohabitation rendait certains détails difficiles à ignorer : une mâchoire ciselée, une musculature parfaite, des yeux qui semblaient lire en elle. Ou voir à travers ses vêtements, ce qui aurait dû l'outrer plutôt que la flatter…

Irritée, elle sortit de sa chambre. Le palais restait un dédale, mais au moins était-il doté de l'électricité. Le souvenir de cet épisode amena un sourire sur ses lèvres. Elle se ressaisit aussitôt. Car juste après, Alik lui avait aussi murmuré ces choses à propos d'un baiser, de caresses…

Son sang bouillonna dans ses veines. De rage, décida-t-elle. Parce que c'était vulgaire, pas parce que cela l'avait excitée.

Elle poussa la double porte menant aux jardins et à la piscine. Après une hésitation, elle se dirigea vers cette dernière. Un clapotement dans l'eau l'arrêta net. Se pouvait-il qu'elle soit venue là avec l'espoir inconscient de tomber sur Alik ?

Il ne l'avait pas vue. Elle-même ne distinguait que sa silhouette, fendant l'eau avec l'aisance d'un requin. Bon sang, quand cesserait-elle de le comparer à un prédateur ? Que cela faisait-il d'elle ? Sa proie ? Une vague de chaleur l'envahit à cette idée. Décidément, elle ne se reconnaissait plus…

— Jada ?

Alik avait sorti la tête de l'eau et la fixait.

— Comment avez-vous su ? demanda-t-elle.

— J'ai senti votre présence.

— Drôle d'instinct…

— Sans lui, je serais mort à l'heure qu'il est.

Il nagea jusqu'au bord de la piscine et se hissa hors de l'eau. Jada admira le jeu des muscles sous la peau ruisselante. Un fantasme prenait vie dans son esprit — elle, collectant chaque goutte avec sa langue…

Elle s'empressa de chasser cette image.

— Je n'arrivais pas à dormir, dit-elle. Vous non plus, apparemment.

— En effet.

Il s'empara d'une serviette dont il se frotta le torse. Jada suivait chacun de ses gestes, hypnotisée. Elle distinguait mieux, à présent, le tatouage sur ses pectoraux. Lorsqu'il s'essuya les cheveux, elle en remarqua un autre sur son bras. Une phrase, courant le long de son biceps.

— Que signifient vos tatouages ?

— Celui-ci ? dit-il, désignant l'ancre au creux de son poignet. Rien. J'avais beaucoup bu, ce soir-là.

— Et celui sur votre torse ? C'est de l'arabe, n'est-ce pas ?

— Oui. Il recouvre une vieille blessure particulièrement hideuse.

Il marqua une pause.

— « L'adversité brise ou élève. » Un dicton bien connu, ici. C'était après que Sayid avait été fait prisonnier. Il m'a fallu un an pour le retrouver. Un an de menaces, d'espionnage… J'ai été blessé au début de l'opération de sauvetage. En partant à la recherche de Sayid, je savais que je mourrais ou survivrais avec lui. Par chance, nous avons survécu.

— Oui. Une chance…

Un sourire sardonique étira les lèvres d'Alik.

— Ma survie ne semble guère vous réjouir, Jada.

— Je ne souhaite à personne de mourir. Pas même à vous, protesta-t-elle. C'est un soulagement que Leena ait un père.

Même si elle aurait préféré un père capable d'aimer sa fille. Il se souciait de son bien-être, c'était évident. Chacune de ses décisions la concernant était motivée par l'instinct de protection. Mais il n'y avait aucune tendresse en lui. Il semblait presque avoir peur de Leena. Peur de la toucher, comme s'il craignait de la briser.

— Vous auriez préféré que ce soit quelqu'un d'autre, dit Alik.

L'émotion derrière ces mots surprit Jada. Elle était habituée à un parfait détachement. Une approche logique que rien ne semblait pouvoir ébranler.

— Je n'ai pas dit cela.

— Elle serait la fille de votre mari, s'il était toujours en vie.

Elle ferma les yeux, accablée d'une soudaine tristesse. C'était si typique d'Alik ! Assener des propos blessants sans en mesurer l'impact. Non, Sunil ne serait pas devenu le père de Leena, car avec lui, l'adoption n'aurait sans doute jamais eu lieu. Ce souvenir lui faisait mal et elle refusait d'y penser.

— Ce n'est pas le cas, dit-elle d'un ton tranchant. Quant à moi, j'ai tourné la page.

— Comment ? Expliquez-moi. Avez-vous eu d'autres amants ?

Elle, prendre des amants ? Elle n'avait plus eu un seul rendez-vous galant depuis Sunil, ni même regardé un autre homme. Elle n'en avait jamais eu envie.

Jusqu'à Alik.

— Non. J'étais trop accaparée par l'adoption.

— Alors, comment ?

— Comment tourne-t-on la page, d'après vous ? Ces années de ma vie font partie de moi. Elles me définissent en tant que personne.

— C'est-à-dire ?

Evidemment, il ne comprenait pas. Il ignorait ce qu'aimer voulait dire, et ne concevait pas non plus la douleur de la perte.

— J'ai passé ma vie d'adulte à être sa femme. A apprendre à vivre avec lui. A cuisiner ce qu'il aimait…

— A faire l'amour comme il aimait ?

Le sang afflua à ses joues.

— Oui, aussi.

— Et ce que « vous » aimez, Jada ?

— Le mariage est affaire de compromis, dit-elle. On donne, on reçoit. On s'adapte à son conjoint. Et lorsqu'on le perd…

— Tous ces changements n'ont plus de sens ?

Elle hocha la tête.

— Votre premier mari aurait fait un meilleur père que moi, conclut Alik, la voix crispée.

— Je ne vous en veux pas de votre place dans la vie de Leena, protesta Jada.

— Je crois que si.

— Non, Alik. Je vous en veux de la place que vous occupez dans la mienne.

— Oh… Et en quoi vous suis-je si désagréable ?

— Vous êtes mon mari, lâcha-t-elle. Et vous ne devriez pas l'être.

— Dites-moi franchement, Jada : envisagiez-vous de vous remarier un jour ?

— Non.

— Alors qu'importe mon titre ? Je ne suis votre mari que sur le papier, pas dans votre cœur. En quoi est-ce un problème ?

C'en était un. Elle avait envie de hurler pour qu'il comprenne. Sunil seul aurait dû être son mari. Certes, Alik n'avait pas tort. Une signature au bas d'un document ne suffisait pas à forger un lien entre deux personnes. Et pourtant… Elle faisait bien d'Alik son époux. Ce n'était pas anodin à ses yeux, et là était le problème : des sentiments commençaient à éclore en elle, qu'elle n'était pas censée éprouver.

Peut-être était-ce dû à leur relation commune avec Leena ? Après tout, ils étaient ses parents et avaient tous les deux ses intérêts à cœur. Il était naturel qu'ils se rapprochent. Du moins, pour elle. Alik s'en fichait certainement, mais elle ne pouvait rester détachée. C'était l'instinct maternel qui parlait, rien d'autre.

— Jamais je n'aurais imaginé que ma vie prendrait une telle tournure, soupira-t-elle.

— Pour ma part, je n'ai jamais cherché à me projeter dans l'avenir, répondit Alik.

— Pour quelle raison ?

— En me levant le matin, je ne m'attendais pas à voir le soleil se coucher. Je vivais chaque jour comme si c'était le dernier. Ma sécurité n'a jamais été une priorité. Difficile d'être déçu lorsqu'on n'attend rien de la vie...

Ces paroles glacèrent Jada. Mais le feu qui brillait dans ses yeux embrasa son âme. Elle avait toujours tout planifié, toujours eu peur. Elle avait protégé sa vie comme le cadeau précieux qu'elle était. Tout cela pour perdre ses proches un à un et voir son monde s'écrouler autour d'elle. Barricader son cœur comme Alik était-il la solution ? Il n'avait connu que des épreuves et pourtant, il semblait tellement plus confiant...

— Ceci dit, je peux m'employer à devenir un meilleur mari, ajouta-t-il d'une voix rauque.

Il fit un pas vers elle. Le pouls de Jada s'accéléra, en même temps qu'une vive chaleur se répandait dans son ventre. Elle savait ce qui allait se produire. Tout comme elle savait qu'elle devait résister. Alors pourquoi restait-elle plantée là, le souffle court ?

Parce que tu en as envie.

Il l'attira contre son torse mouillé. L'eau froide imprégnait son haut en coton et faisait durcir les pointes de ses seins. Et bien sûr, elle ne portait pas de soutien-gorge. Une part secrète d'elle-même s'en félicitait.

Il lui souleva le menton entre le pouce et l'index et l'obligea à le regarder. La chaleur dans son ventre se mua en brasier. Elle le désirait tant ! D'un désir sauvage qui menaçait de tout détruire s'il n'était pas assouvi.

Le pouce d'Alik glissa sur ses lèvres et elle l'aspira, léchant l'eau salée sur sa peau. Puis, l'enlaçant plus étroitement, il pencha la tête et prit possession de sa bouche.

C'était un baiser sensuel, profond. Sa langue traçait l'intérieur de ses lèvres et s'enroulait à la sienne dans une joute langoureuse. Jamais elle n'avait été embrassée ainsi. D'où venait cette passion ? Cette ardeur fiévreuse ? D'elle ?

Oui. Ce baiser était différent parce qu'elle n'avait jamais désiré un homme comme elle désirait Alik.

Elle posa les mains sur son torse humide. Sa toison, sous ses paumes, était chaude et rugueuse. Son cœur battait à cent à l'heure, preuve qu'il sentait, lui aussi, cette flamme qui brûlait entre eux. Les mains plaquées sur ses fesses, il lui fit éprouver la pleine vigueur de son désir. Alors elle s'abandonna tout entière et mêla les doigts à ses boucles sombres.

Déjà, la main d'Alik se faufilait sous son pantalon de jogging, écartait sa petite culotte. Le contact de ses doigts sur son intimité lui arracha un gémissement. C'était si excitant ! Le désir montait en elle, chaque seconde plus intense. De l'autre main, il captura un de ses seins dont il agaça doucement la pointe. Elle renversa la tête, chavirée, offrant sa gorge à ses baisers sulfureux.

Il ne se fit pas prier. Une minute plus tard, son débardeur tombait sur le sol. Ses dernières pensées cohérentes s'envolèrent. Que faisait-elle ? Pourquoi avait-elle voulu fuir ? Impossible de s'en souvenir. Elle ne savait qu'une chose, elle voulait plus. Mille fois plus.

Répondant à sa prière, les doigts d'Alik s'insinuèrent en elle. Quelle exquise caresse ! Et elle, si humide, si prête pour lui, déjà. En d'autres circonstances, elle en eût été mortifiée. Mais le plaisir qui courait dans ses veines annihilait toutes ses facultés de réflexion, jusqu'au moment où il effleura le point le plus sensible de son intimité. Alors, brusquement, la réalité de sa situation la rattrapa.

Elle était à demi nue, sur le point de céder aux avances d'un homme qu'elle connaissait à peine !

Avec un cri étranglé, elle s'arracha à ses lèvres et s'écarta de lui. Puis elle chercha son haut des yeux, qu'elle renfila à la hâte.

— Que se passe-t-il ? demanda Alik.

— Ce qu'il se passe ? Vous m'embrassez et trente secondes plus tard, vous me déshabillez en... en me touchant.

— Allez-vous prétendre que vous n'avez pas aimé ?

— Je ne fais pas ce genre de chose.

Le regard appréciateur dont il l'enveloppa fit courir un frisson brûlant sur sa peau.

— Dommage, car vous êtes très douée.

— Ce qui signifie ?

— Que j'ai apprécié ces préliminaires et ne demande qu'à les mener à leur conclusion logique.

— Dans quel but ?

Il fronça les sourcils.

— Atteindre l'orgasme. Quoi d'autre ?

— C'est tout ce qui vous intéresse ? s'emporta-t-elle dans un accès de frustration. Même si cela met en péril ce que nous essayons de construire pour Leena ?

— Je ne vois pas en quoi un peu de sexe mettrait en péril quoi que ce soit.

— Bon sang, êtes-vous vraiment si obtus ?

A son expression imperturbable, elle comprit.

— Cela ne ferait aucune différence pour vous, n'est-ce pas ?

— Ce qui se passe entre nous n'a rien à voir avec l'éducation de Leena.

— Mais sexe et relation sont inséparables ! Vous ne pouvez pas faire comme si de rien n'était !

— Pourquoi pas ? Le sexe n'affecte pas mon quotidien. Ce n'est qu'une décharge d'adrénaline, particulièrement agréable.

— Pour moi, c'est plus que cela. Je sais à quel point le sexe peut rapprocher deux personnes. Contrairement à vous…

— Je n'ai pas spécialement envie de le savoir.

— Je sais, Alik. C'est bien cela, le problème.

Elle quitta la piscine sans un regard en arrière. C'eût été le signe qu'elle regrettait sa décision, ce qui n'était pas le cas.

Une aventure d'un soir convenait peut-être à Alik, mais pas à elle. Son attirance pour lui était purement physique. Or, l'amour primait sur le désir. Elle avait besoin de tendresse, de petits déjeuners complices, de réconfort lorsqu'elle pleurait. Une relation physique n'offrait rien de tout cela. Seulement un plaisir éphémère, contraire à ses principes de vie. Bien sûr, cela impliquait une certaine frustration sexuelle, car elle n'avait aucune intention de retomber amoureuse. Et sans amour, pas de sexe.

Son désir inassouvi se rappela à elle. Elle le réprima fermement. Même si la tentation était grande d'oublier ses inhibitions pour vivre comme Alik — ne serait-ce qu'une seule nuit.

Alik arpentait son bureau de long en large, le corps en ébullition. Jamais il n'avait connu pareil pic d'adrénaline en dehors du champ de bataille.

Que lui arrivait-il ? Et qu'est-ce qui n'allait pas chez Jada ? Il était évident qu'elle le désirait, alors pourquoi le nier ? Cela dépassait son entendement.

La sonnerie de son portable l'interrompit dans ses pensées.

— Vasin, grommela-t-il en décrochant.

— Je m'attendais à tomber sur le répondeur...

— J'étais réveillé. Qui est-ce ?

— Michael LaMont. Nous nous sommes parlé il y a quelques semaines.

— Je m'en souviens.

— Je me demandais si vous aviez réfléchi à ma proposition...

— Concernant votre entreprise en difficulté ? En effet.

— Avez-vous pris une décision ?

— Pas encore.

Son regard s'égara vers la fenêtre, la piscine. Son corps se raidit.

— Je serais ravi de vous rencontrer à Paris, poursuivit son interlocuteur. Ce serait l'occasion pour vous de visiter la ville, ainsi que mon entreprise. Pourquoi ne pas venir avec votre épouse ? Ou quelqu'un d'autre, si vous préférez...

Une escapade dans la capitale française ? Pourquoi pas ? Les clubs parisiens. Ces habitantes délurées. Exactement ce qu'il lui fallait.

— Excellente idée. J'y serai demain. Je comptais justement quitter Attar.

Et s'éloigner de Leena, de Jada. De tout ce qui chamboulait son existence depuis quelques semaines. Il était grand temps qu'il mette une autre femme dans son lit. Son attirance pour Jada virait à l'obsession. C'était inacceptable !

Oui, elle et Leena resteraient à Attar, pendant qu'il retrouvait à Paris la vie qui était la sienne.

Seul.

7

— Faites vos bagages. Nous nous envolons pour Paris dans deux heures.

Les yeux de Jada s'arrondirent de stupeur. Alik était tout aussi abasourdi. Il était venu informer la jeune femme qu'il s'absentait une semaine, pendant qu'elle et Leena resteraient à Attar. Et voilà qu'il lui annonçait exactement l'inverse !

— Deux heures ? s'exclama Jada.

Sa bouche, qu'il savait délicieuse, se plissa en une moue.

— Oui. J'ai un rendez-vous urgent. Vous n'avez aucune envie de rester dans ce désert, n'est-ce pas ?

— Sauf si la seule alternative est de vous suivre dans votre garçonnière française ! rétorqua-t-elle.

— Vous m'accompagnez. C'est une question de sécurité.

La frustration le rendait plus cassant qu'il ne l'aurait souhaité.

— De sécurité ? répéta Jada. Quel danger courons-nous ? Le palais dispose de tout le confort moderne. Y compris l'électricité...

— Je n'aime pas l'idée de vous laisser seule.

— J'ai une centaine de domestiques à mon service. Je ne crains rien.

— Etes-vous sérieusement en train de décliner un voyage à Paris ? s'impatienta Alik. Qu'est-ce qui ne va pas chez vous ?

N'importe quelle femme aurait bondi de joie. Bouder la Ville lumière, refuser de coucher avec lui alors qu'elle en mourait d'envie... Décidément, Jada restait une énigme.

— Ce qui ne va pas ? s'emporta-t-elle. Je commence tout juste à m'habituer à cette nouvelle vie, à retrouver mes marques. Et vous m'expédiez dans un autre pays !

— Il n'a jamais été question que vous vous installiez à Attar.

— Je sais.

— Vous étiez également d'accord pour m'accompagner lors de mes sorties publiques. Vous ferez donc ce que je vous dis.

— J'étais d'accord, certes, riposta la jeune femme, mais pas pour me plier à vos quatre volontés ! Cessez de jouer les petits chefs et calmez-vous. Quant à moi, je ferais bien d'aller faire mes bagages...

— Les domestiques s'en chargeront. Venez-vous de m'intimer de me calmer ?

— Seriez-vous sourd ?

— Personne ne me parle ainsi.

— Vous a-t-on déjà parlé plus de cinq minutes, Alik ? A part Sayid, bien sûr, qui ne craint l'autorité de personne. Pas même la vôtre.

— Peu de gens s'y risquent, répondit Alik. Savez-vous pourquoi ?

Elle déposa Leena sur son tapis de jeux et lui fit face, les bras croisés sous sa poitrine.

— Eclairez ma lanterne.

— Parce qu'ils ont peur. Ma loyauté a un prix, Jada. Ils savent que je n'hésiterai pas à me retourner contre eux si l'on me paie pour cela.

— Je n'ai pas peur de vous.

— Je crois que si. Oh ! pas de ma violence, et à raison. Jamais je ne m'abaisserais à frapper une femme. Non... Vous avez peur de ce qui se produirait si je vous embrassais de nouveau.

Il fit un pas vers elle et vit ses pupilles se dilater. Son pouls s'accélérer au creux de sa gorge.

— Oui, vous avez peur que je vous touche...

Et lui aussi. Il appréhendait le contact de son corps, de ses lèvres. Appréhendait le trouble qu'elle suscitait en lui. Un danger qui était toutefois loin de lui déplaire. Il tendit la main vers sa joue soyeuse...

Jada recula comme si elle avait été mordue par un serpent.

L'espace d'une seconde, elle avait bien failli tendre la joue, juste pour sentir sa peau contre la sienne. Comme elle méprisait sa faiblesse ! Ce qui s'était produit la nuit précédente était une erreur. Elle n'était pas censée vouloir que les choses aillent plus loin.

Alik avait tort : ce n'était pas de lui qu'elle avait peur, mais d'elle-même.

— Ce n'est pas parce que je refuse de coucher avec vous que j'ai peur, objecta-t-elle.

— Pourtant, vous en avez envie...

— Vous vous trompez.

Elle se pencha vers Leena qu'elle souleva dans ses bras.

— Je n'ai pas le temps pour cela, et vous non plus. Vous avez une fille, Alik. Nous avons une fille. Nous devons être capables de l'élever ensemble.

— Je vous l'ai dit, Jada. Je ne m'impliquerai pas dans son éducation.

— Vous n'avez pas le choix, le défia-t-elle. Un enfant n'est pas un vase précieux que l'on se transmet de génération en génération et dont on décore sa maison. Elle a besoin de vous !

— C'est pour son bien que je garde mes distances. Vous savez pourquoi.

Oui, elle savait. Alik pouvait se montrer odieux, même lorsqu'il ne cherchait pas à l'être. Comme s'il avait un trou à la place du cœur, vide de toute émotion. Cette image lui fit mal. C'était si injuste ! Alik n'avait jamais eu de chance dans la vie. Il avait grandi sans amour, ni famille. C'est le hasard qui avait fait de lui l'homme qu'il était aujourd'hui. Rien n'était sa faute, mais cela ne changeait rien à sa situation.

— Les enfants pardonnent beaucoup de choses, dit-elle. Savez-vous pourquoi ? Parce qu'ils ont confiance en nous. Quelles que soient vos intentions vis-à-vis de Leena, vous êtes son père. Et si vous ne faites aucun effort, elle en concevra une telle tristesse que votre lien finira par se briser.

— Elle ne semble guère m'aimer, marmonna Alik en regardant la fillette.

— Elle vous aime, Alik. Et cet amour grandira avec le temps.

Vous serez son héros, comme tous les pères pour leurs filles. Moi aussi, je croyais le mien invincible. Avec lui, je me sentais en sécurité. Sa mort, l'année de mes dix-sept ans, a été un choc terrible ...

— Qu'est-il arrivé ?

— Mes parents m'ont eue sur le tard, seize ans après mon frère aîné. Ils étaient déjà âgés. J'aurais aimé passer plus de temps avec eux... Mon père, en me traitant comme une princesse, m'a appris à attendre le meilleur des hommes. Parce que je le méritais. Aujourd'hui, vous avez l'occasion de faire de même pour Leena.

— Je ferais mieux d'aller superviser les préparatifs du voyage, marmonna Alik.

— Bien sûr...

Au moment où il quittait la pièce, elle crut déceler une lueur d'émotion dans ses yeux. Une vague d'espoir la submergea. Cette émotion, c'était de la peur. Il craignait de décevoir Leena ! Autrement dit, il commençait à l'aimer, ce qui augurait bien de l'évolution de leur relation père-fille.

Elle éprouvait une telle compassion pour lui, en cet instant. Pour cet homme perdu face à une situation qui le dépassait. Alik était le mâle alpha par excellence : riche, puissant, charismatique. Mais il ne comprenait rien à l'amour. Cette lacune lui faisait perdre tous ses moyens face à Leena. Lorsqu'il était question d'émotion, c'est elle qui avait le dessus.

— J'apprendrai à ton père à t'aimer, murmura-t-elle en embrassant le front de la fillette.

Elle se le promettait. Son enfant ne méritait rien de moins.

Un premier vol dans le jet privé d'Alik ne l'avait pas immunisée contre le glamour de ce mode de transport. Et cet étalage de luxe n'était rien à côté de ce qu'il l'attendait. Sa première vision de Paris lui coupa littéralement le souffle.

Elle n'avait rien d'un globe-trotteur. Hormis une visite à sa belle-famille en Inde, elle n'était jamais allée à l'étranger. Aussi, admirer de ses yeux ces lieux emblématiques, immortalisés dans tant de films, constituait-il une expérience magique.

La magie se poursuivit lorsqu'elle découvrit la maison d'Alik. L'intérieur en était moderne et dépouillé, l'écrin parfait pour la vue qu'il offrait. D'un côté, une rue pavée où s'alignaient boulangeries, cafés et pâtisseries proposant mille gourmandises certaines de finir sur ses hanches. De l'autre, la tour Eiffel elle-même, icône surréaliste scintillant dans la nuit, dont la flèche métallique emplissait les fenêtres des chambres.

Si le palais d'Attar lui avait donné une idée du pouvoir dont jouissait Alik, cette petite merveille au cœur de Paris dissipait ces derniers doutes.

— Voici votre chambre, l'informa Alik en ouvrant une porte. Celle de Leena est au fond du couloir. La mienne occupe le dernier étage.

— Tout l'étage ?

— Avec mon bureau, oui.

Alik était du genre à ne rien se refuser. Un mode de vie très éloigné du sien, de ses valeurs. Cette attitude aurait dû la répugner. Au lieu de quoi, elle la fascinait. Rare étaient les gens qui affichaient aussi ouvertement leur égoïsme. Alik l'assumait, s'en vantait, même. Il s'était construit une vie tout entière dédiée à son plaisir.

Etait-il heureux ?

Pas vraiment. Cette pensée l'attrista. A l'évidence, satisfaire ses moindres désirs n'était pas toujours synonyme de bonheur.

— Quel est le programme ? s'enquit-elle.

— Le client que je rencontre demain nous offre deux billets pour l'opéra, répondit Alik.

— L'opéra ? Je n'y suis jamais allée.

Les jeunes enfants y étaient interdits. S'y rendre seule avec Alik ressemblait furieusement à un rendez-vous. Pourquoi était-elle si excitée, tout à coup ?

— Ce sera une expérience très enrichissante pour vous, commenta-t-il, les yeux fixés sur un point derrière sa tête.

— Et Leena ?

— J'ai engagé une fille au pair pour la durée du séjour.

— Une fille au pair ? répéta-t-elle dans un accès de colère bienvenu. Quelles sont ses références ? Pourquoi n'ai-je pas été consultée ?

— Adira s'en est chargée. Je lui fais assez confiance pour cela.

Il avait dit « assez », nota Jada, pas « entièrement ». Alik n'était pas homme à accorder facilement sa confiance. Une autre pièce à ajouter à son puzzle... Un puzzle qu'elle reconstituait non pour elle-même, mais parce qu'elle s'était juré d'aider Alik à développer une relation positive avec Leena. Pour cela, elle devait d'abord le comprendre.

— A l'avenir, j'apprécierais que vous m'en parliez d'abord.

— Vos désirs sont des ordres, princesse, acquiesça-t-il d'un ton moqueur.

— Je me sépare rarement de ma fille.

Rien ne l'y obligeait ce soir. Il lui suffisait de décliner l'invitation. Mais il y avait si longtemps qu'elle n'était plus sortie ! Qu'elle n'avait plus fait quelque chose pour elle, qui lui fasse envie. Et elle avait très, très envie d'aller à l'opéra.

— Elle sera couchée. Tout ira bien, assura Alik.

— Je sais, mais... Je ne peux pas m'empêcher de me faire du souci.

— Est-ce un sentiment universel ?

— Oui. Tous les parents s'inquiètent pour leurs enfants.

Un demi-sourire flotta sur les lèvres d'Alik.

— Je ne fais pas exception.

Alik faisait les cent pas au pied de l'escalier. Pourquoi avait-il invité Jada à l'opéra ? Rien ne l'empêchait d'y emmener une autre femme. Ou même de ne pas y aller du tout. L'opéra n'était pas vraiment sa tasse de thé.

Mais il l'avait proposé à Jada. Peut-être parce qu'elle semblait ne jamais s'autoriser la moindre distraction. Elle paraissait fatiguée, stressée, et c'était en partie sa faute. Malgré ses belles paroles, il était clair qu'elle n'avait pas tourné la page. Même lui, tout insensible qu'il fût, percevait à quel point son mari lui manquait.

Son agitation allait croissant tandis qu'il attendait de la découvrir dans la robe qu'il avait choisie pour elle. Encore une nouveauté. Jamais auparavant il ne s'était soucié d'habiller une femme. Les déshabiller était davantage sa spécialité. D'ailleurs, il n'y connaissait rien en mode féminine. Mais en apercevant cette robe dans la vitrine d'une boutique de créateur, plus tôt dans l'après-midi, il avait su tout de suite qu'elle conviendrait parfaitement à Jada.

Un claquement de talons sur le sol de marbre lui fit lever les yeux. Son souffle se suspendit.

Jada était resplendissante, son teint doré rehaussé par le riche tissu cramoisi. Le bustier sans bretelles moulait à la perfection ses petits seins haut perchés. Quant au jupon, il affinait encore sa taille de guêpe, avant de s'évaser dans un taffetas de soie bouillonnant, qui s'écartait pour laisser entrevoir une longue jambe fuselée.

— La fente de cette robe est trop haute, se plaignit Jada en descendant l'escalier.

— Au contraire, elle ne l'est pas assez, objecta Alik, incapable d'en détacher les yeux.

Ses longs cheveux noirs dansaient sur ses épaules à chacun de ses pas. Elle s'arrêta sur la dernière marche, le haut de sa tête à peine à hauteur de ses sourcils.

— Je n'ai pas l'habitude de ce genre de tenue...

— Elle est parfaite.

— C'est un point de vue très masculin.

— Je suis très masculin.

Elle cilla.

— En effet.

— Mes goûts ne devraient donc pas vous surprendre.

— Par principe, j'aurais dû refuser de porter cette robe. C'est bien parce que je n'ai rien d'autre à me mettre. Et puis, bon, même si elle est peu trop... révélatrice, je l'aime bien, ajouta-t-elle avec un sourire réticent.

— Je savais qu'elle vous plairait, conclut Alik. Enfin, qu'elle me plairait. C'est l'essentiel.

— Vous m'avez habillée pour votre plaisir ? N'est-ce pas un peu égoïste ?

— A votre tour, n'hésitez pas à vous servir de moi pour votre propre plaisir, Jada.

Une brusque rougeur colora ses joues. Elle pencha la tête de côté et le détailla.

— Vous êtes très élégant. C'est la première fois que je vous vois porter un nœud papillon.

Il rajusta le nœud de soie bleu nuit autour de son cou.

— Nous allons à l'opéra.

— Vous vous êtes bien présenté en jean au tribunal...

— Je me suis changé avant l'audience, rappela-t-il en l'entraînant à l'extérieur.

Une limousine les attendait devant l'entrée, dont il lui ouvrit lui-même la portière.

— Après vous...

— Je n'ai plus eu de rendez-vous galant depuis... vous savez quand, murmura-t-elle lorsqu'il se fut installé à son tour.

— Est-ce que c'est un rendez-vous ?

Ses yeux noirs s'agrandirent.

— Eh bien... oui, en quelque sorte.

— Dans ce cas, c'est mon premier.

— Je ne vous crois pas...

Elle se tourna vers la vitre et contempla la vue. Il l'imita. Jada admirait Paris pour la première fois. C'était agréable de redécouvrir la ville à travers ses yeux émerveillés.

— Les femmes, c'est dans mon lit que je les invite, princesse.

— Je vois.

— Vous me trouvez grossier ? Au moins, je ne mens pas.

— C'est vrai. Et j'apprécie votre franchise.

— Ce soir, cependant, je suis prêt à faire une exception. C'est donc un rendez-vous, déclara-t-il, surpris du plaisir sincère qu'il en concevait.

— En êtes-vous sûr ?

— J'ai pris part à des guerres. Je crois pouvoir survivre à une sortie avec ma femme.

Ces derniers mots flottèrent entre eux. C'était la première

fois qu'il l'appelait ainsi. Ils avaient beau être mariés devant la loi, jamais il ne l'avait considérée comme son épouse. Peut-être avait-elle raison ? Peut-être que, pour lui aussi, le mariage signifiait-il plus qu'un simple morceau de papier ?

La limousine était arrivée à destination. Il sortit le premier et alla ouvrir la portière à Jada. Lorsqu'elle prit sa main dans la sienne, il ne la lâcha pas.

— Puisque c'est un rendez-vous...

Ils gravirent ensemble les marches menant à l'opéra. Dans le vestibule se pressait une foule élégante, les hommes en smoking et les femmes en robes de créateur, parées de bijoux en suffisance pour remplir les coffres de la Banque mondiale. Jada regardait autour d'elle, les yeux remplis d'étoiles. A son tour, il admira le sol de marbre couleur caramel, les piliers travaillés, les chandeliers de cristal.

Quand avait-il cessé de remarquer ces détails ? A ses débuts dans le crime organisé, tant d'opulence l'avait subjugué. Puis il s'y était habitué, pour finalement s'en désintéresser, conscient que ce luxe provenait d'activités peu recommandables. Avec Jada, le monde qui l'entourait retrouvait peu à peu sa beauté. Intéressant...

— Nous sommes à l'étage, indiqua-t-il en l'entraînant dans un escalier incurvé qui les éloignait de la foule.

— Ne me dites pas que vous avez une loge privée ? s'exclama Jada.

— La loge royale, précisa-t-il. Celle que le dernier tsar de Russie et sa femme occupaient lors de leurs visites à Paris. Mon client a dû trouver amusant de me l'attribuer...

— Tsar Alik. Pas mal...

— Tsarine..., répondit-il en s'inclinant.

Il prit sa main et la guida à l'intérieur de la loge. Une épaisse tenture de velours pourpre encadrait l'entrée, retenue par des cordons tressés. Plus à l'avant, d'autres rideaux abritaient l'alcôve des regards.

— Ce genre de loge n'offre pas la meilleure vue. C'est plus une marque de prestige, expliqua-t-il. Le rideau nous dissimule afin que les gens se demandent qui nous sommes.

— Très ostentatoire, commenta Jada.

— Typique de ce que font les riches avec leur argent.

— Pas vous. Vous n'apparaissez jamais dans les médias, objecta-t-elle en prenant place dans un confortable fauteuil de velours.

— Parce que la célébrité m'importe peu, répondit-il.

— Qu'est-ce qui vous importe, Alik ?

Bonne question. Enfant, c'était survivre. Rester en vie jusqu'au lendemain. En grandissant, il avait changé son fusil d'épaule et s'était mis à défier la mort. L'arrivée de Leena changeait une nouvelle fois la donne.

— La vie, pour moi, est un vide qu'il faut combler. Je n'y ai jamais été vraiment attaché. J'ai donc commencé à accepter des missions dangereuses dont personne ne voulait. A sauter en parachute, à pulvériser des records de vitesse à moto...

— Vous vouliez mourir ?

— Pas vraiment. C'était plus un moyen de me sentir... vivant.

— En flirtant avec la mort ?

— Logique, d'une certaine façon. Vous ne trouvez pas ?

— Si...

Elle baissa les yeux vers l'auditorium, qui se remplissait progressivement.

— Quel est le nom de l'opéra de ce soir ?

— *La Traviata*. Elle meurt à la fin.

Elle lui jeta un regard noir.

— Ne me gâchez pas l'histoire !

— C'est un opéra. L'héroïne meurt toujours à la fin.

Ils restèrent sans parler jusqu'à l'extinction des lumières. Puis le rideau se leva et la musique emplit la salle.

Jada était penchée en avant, captivée par le spectacle. Tandis qu'elle regardait la scène, il la regardait, elle, ses épaules tendues, son visage concentré... Elle était si belle, en cet instant. Si insouciante...

Insouciant. C'était ainsi qu'on le voyait, lui aussi. Peut-être l'était-il, mais uniquement parce qu'il n'avait jamais rien eu à protéger. Parce que rien ne le touchait. Jada, elle, était sensible. Complexe. Il y avait une telle lumière en elle ! Il serait si facile

— et si cruel — de la détruire. Cette vulnérabilité l'inquiétait autant qu'elle le fascinait.

Lorsque arriva l'entracte, il s'aperçut que le souffle lui manquait. Et pas à cause de la prestation sur scène.

— C'est magnifique, soupira Jada.

— Oui, articula-t-il, la gorge serrée.

Elle quitta son fauteuil et se cambra pour s'étirer. A la vue de ses seins tendant l'étroit bustier, son désir monta d'un cran. Quelque chose menaçait d'éclater en lui. Une digue, retenant un torrent dévastateur. Il devait à tout prix empêcher cela. En faisant ce qu'il faisait toujours.

Il se leva, les mains tremblantes, le cœur cognant sourdement dans sa poitrine.

Jada se figea. Pourquoi Alik la fixait-il ainsi ? Elle se faisait l'impression d'une gazelle acculée par un lion. A la différence qu'elle n'avait pas envie de fuir. Elle n'aurait su dire pourquoi.

Peut-être était-ce l'atmosphère de l'opéra. Le spectacle, concentré d'émotions mises en musique, était bouleversant d'intensité. Le chant avait beau être en italien, sa puissance transcendait la barrière de la langue et éveillait en elle des instincts dont elle ignorait l'existence. Et Alik qui la dévorait des yeux ! Comme s'il la désirait. Non… Comme s'il avait besoin d'elle. Il y avait quelque chose de désespéré dans ses yeux, qui tranchait avec sa façade habituelle.

Leurs regards se happèrent, et tout se volatilisa. Le passé, le présent. Plus rien n'existait qu'Alik, que cette soif inextinguible qu'il faisait naître en elle. C'était à la fois terrifiant et terriblement excitant. Une flamme noire trop dangereuse pour être approchée. Trop hypnotique pour être ignorée…

Elle tendit la main et s'apprêta à toucher le feu.

8

Au contact de la peau d'Alik, une onde de chaleur lui parcourut le bras. Une vive brûlure qui irradia tout son corps. Mais elle ne retira pas sa main. Au contraire. Elle n'avait qu'une envie : poursuivre son exploration.

Avec un soupir rauque, Alik l'attira à lui et la plaqua contre le mur, derrière le rideau. Sa bouche était sur la sienne, avide, dévorante. Cette passion débridée, n'était-ce pas ce dont elle avait toujours rêvé, sans vraiment le savoir ?

— Alik..., gémit-elle, implorante.

Qu'implorait-elle ? Qu'il arrête ? Qu'il continue ? Il parsemait ses épaules de baisers, une main posée sur sa gorge. Lui murmurait des mots en plusieurs langues, comme s'il ne savait plus laquelle parler. Une confusion qui n'avait d'égale que la sienne, perdue qu'elle était dans ce tourbillon de sensations nouvelles.

Son autre main s'égara dans la fente de sa robe. Les pans de soie s'écartèrent, livrant sa cuisse dénudée à ses voluptueuses caresses.

— Alik, protesta-t-elle faiblement.

Il la fit taire d'un baiser. Tant mieux. Elle n'avait pas envie de parler, seulement d'être embrassée. Il y avait bien une raison, pourtant... une raison pour laquelle elle aurait dû tout arrêter. Mais le brouillard qui embrumait son esprit lui en enlevait toute velléité.

Elle lui rendit son baiser, lui aspirant la langue dans sa bouche. La passion d'Alik nourrissait la sienne, la décuplait.

Comme elle déboutonnait sa chemise, elle sentit ses doigts se crisper sur sa gorge, puis glisser doucement le long de sa clavicule jusqu'à la naissance de ses seins. Leurs pointes se raidirent sous la soie rouge.

— Dites-moi, chuchota-t-il dans son cou.

— Caressez mes seins.

C'était si facile de lui exprimer ses désirs ! Le moment n'était ni à l'embarras ni à l'hésitation. Elle était sur le point de vivre quelque chose d'inédit. Une expérience magique et indéfinissable que seul Alik était capable de lui apporter.

Il obtempéra. Ses mains couvraient ses seins, taquinant les tétons à travers le bustier jusqu'à la rendre folle de désir. Elle tira sur son nœud papillon sans même chercher à le défaire. La musique emplissait ses oreilles, mais elle n'écoutait plus. Rien d'autre ne comptait que l'assouvissement de son désir.

Depuis trois ans, cette part d'elle-même était en sommeil. Enfouie si profondément qu'elle en avait oublié l'existence. Elle n'avait plus jamais ressenti de désir. Ou plutôt, elle se l'était interdit. Mais Alik avait le don d'embraser ses sens. Ce feu qui la dévorait dépassait la raison. Elle n'avait d'autre choix que d'y céder, même si cela devait la mener à sa perte.

La langue d'Alik traçait le bord son décolleté, tandis que sa main se glissait sous sa culotte de dentelle. Cette caresse osée lui arracha une plainte, aussitôt étouffée par la musique.

— Vous êtes très doué, souffla-t-elle, la voix hachée.

Il émit un petit rire et l'embrassa avec fougue, sans cesser de stimuler son bouton sensible. A peine un doigt s'insinua-t-il dans son sexe qu'elle s'arqua, avide de plus. Elle s'abandonna, cramponnée à sa chemise, tandis que les doigts d'Alik allaient et venaient en elle, avec une lenteur frôlant le supplice. L'orgasme approchait, grondait entre ses reins... Jamais de sa vie elle n'avait connu pareille excitation.

— Alik, maintenant ! haleta-t-elle en débouclant fébrilement sa ceinture.

Il abaissa son pantalon et elle saisit son membre. Seigneur, il était si impressionnant ! Jamais elle n'aurait cru rencontrer un homme comme lui. Mais elle n'avait pas peur. Elle savait ce qu'elle voulait, et lui seul pouvait la satisfaire.

Par chance, l'un d'eux avait gardé sa lucidité. Elle manqua pleurer de soulagement lorsqu'il sortit un préservatif de sa poche.

— Laissez-moi faire, dit-elle en le lui prenant des mains.

Elle déchira l'emballage et mit rapidement la protection en place. Aussitôt, il la pénétra.

Dieu que c'était bon ! Elle cambra les reins, grisée par l'extase, tandis qu'il s'enfonçait toujours plus loin. Sa bouche affamée ne quittait pas la sienne. Elle était à deux doigts de l'abîme, et ce depuis cette nuit, à Attar, où il l'avait touchée. Sauf qu'elle irait jusqu'au bout, cette fois. Elle voulait le sentir en elle, encore et encore, prolonger à l'infini ce plaisir inégalé. Cette tempête des sens, c'était la réponse parfaite au besoin qui la tiraillait — son désir comblé au centuple !

Les va-et-vient d'Alik lui donnaient le vertige. Elle dérivait, se perdait sous les assauts de son insatiable virilité. Mais à l'approche de la délivrance, elle résista. Tout allait trop vite ! Tout était trop nouveau, trop intense. La pression, le flot de sensations... son corps ne le supporterait pas.

Soudain, ce fut comme une explosion d'étoiles. Un éclair d'une beauté et d'une puissance inouïes qui la terrassa. Elle se raccrocha à Alik avec ses dernières forces. Très vite, elle sentit ses muscles se tendre, sa chair vibrer entre ses reins. L'onde de plaisir qui le secoua se propagea en elle, dans une nouvelle déferlante de spasmes exquis.

Peu à peu, sa bulle se dissipa. La musique ne semblait plus si lointaine. Le décor se précisait autour d'elle. Alors elle prit conscience de ce qu'elle venait de faire, et avec qui.

— Oh ! non...

Elle le repoussa vivement et plaqua une main sur sa bouche.

— Qu'y a-t-il ? chuchota-t-il, les sourcils froncés.

— Nous venons de...

Elle lança des regards furtifs autour d'elle, vers les chanteurs sur la scène, pour s'assurer que personne ne les observait.

— Nous sommes en public !

Et elle venait de faire l'amour avec un homme dont elle n'était pas amoureuse ! Peu importait qu'il soit son mari sur le papier. Elle s'était laissé aveugler par sa passion, foulant aux pieds tout ce qui lui était cher : les valeurs qu'elle comptait transmettre à Leena, la personne qu'elle était. Ce qu'elle avait partagé avec Sunil, le seul homme de sa vie.

Tout cela avec des centaines de personnes autour d'elle !

L'espace d'une terrifiante seconde, elle eut l'impression de partir à la dérive, sans rien à quoi se raccrocher. Ce n'était pas elle. La Jada qu'elle connaissait était raisonnable, au lit tous les soirs à 21 heures. Elle ne se donnait pas au premier venu dans une loge d'opéra !

Des larmes de honte lui embuaient les yeux. Pas question de pleurer devant Alik. Pas après avoir joui dans ses bras comme elle l'avait fait. Car elle avait beau regretter de toutes ses forces, impossible de nier qu'elle l'avait désiré. Elle avait participé activement, à défaut de prendre l'initiative. Sa chair vibrait encore du plaisir qu'il lui avait donné…

— Je dois y aller, balbutia-t-elle.

— La représentation n'est pas terminée, remarqua Alik, la voix tendue.

— Pour moi, elle l'est.

Elle ne parlait pas de l'opéra.

Elle émergea dans le couloir, où déambulaient de petits groupes de spectateurs. Des spectateurs qui auraient pu facilement les surprendre… Prise de nausée, elle se rua hors de l'opéra.

Le chauffeur sursauta lorsqu'elle ouvrit la portière de la limousine.

— Madame Vasin ?

— Ramenez-moi à la maison, ordonna-t-elle, renonçant à le corriger.

— Où est M. Vasin ?

— Il rentrera plus tard.

— C'est que…

— M. Vasin est un homme de ressources. Je suis sûre qu'il n'aura aucun mal à rentrer par lui-même, le coupa-t-elle. Démarrez.

Le chauffeur capitula. Elle regarda en arrière, à temps pour voir Alik jaillir de l'opéra, chemise froissée et nœud papillon défait.

Elle se retourna sans un mot, les yeux rivés droit devant elle.

Alik jura une bonne centaine de fois sur le trajet du retour. Il avait graissé la patte d'un chauffeur stationné devant l'opéra et ainsi privé quelqu'un d'autre de son moyen de transport. Sa conscience n'en était pas troublée. Rien ne la troublait. Si ce n'est l'attitude de Jada...

La jeune femme s'était embrasée dans ses bras, le consumant au passage. Son corps en exultait encore. Maudite Jada ! Et voilà qu'au lieu de se changer les idées dans un club, il lui courait après. Il éprouvait le besoin inexplicable de la rejoindre. Peut-être lui avait-elle bel et bien transmis un peu de sa passion. Raison pour laquelle il n'aurait jamais dû la toucher...

Trop tard pour se fustiger. Ils étaient deux à avoir cédé à la tentation. Il leur revenait à tous les deux d'en assumer les conséquences.

La voiture s'arrêta devant chez lui. Il en descendit en claquant la portière et s'engouffra dans le vestibule. Il ne se souvenait pas d'avoir jamais été aussi furieux. La colère était une émotion, synonyme de perte de contrôle. L'une comme l'autre étaient rares chez lui. Il jeta son nœud papillon sur le sol, monta les marches quatre à quatre. Son corps tout entier palpitait, réclamait cette femme qui l'avait expédié au paradis, pour ensuite le repousser comme s'il était le diable.

Il aurait pu la rattraper, à l'opéra. Au lieu de quoi, il l'avait regardée s'enfuir, sa robe rouge virevoltant sur le marbre clair. Une rose au milieu de la pierre, vivante, triomphante. En rage. La colère qui émanait d'elle par vagues l'avait contaminé. A la différence que la sienne n'était pas dirigée contre lui-même, mais contre Jada. Comment pouvait-elle s'oublier ainsi dans ses bras, puis le planter sur place ? Pire, elle avait été au bord des larmes, comme s'il l'avait blessée. Alors qu'il n'avait fait que lui prodiguer le plus fantastique des orgasmes ! Ce n'était pas de la vanité, seulement la vérité.

Il ouvrit à la volée la porte de sa chambre, sans se donner la peine de frapper. Jada poussa un cri et remonta prestement sa robe sur ses seins.

— Qu'est-ce que cela signifie ? s'exclama-t-il sans chercher à retenir sa colère.

— Je pourrais vous poser la même question ! riposta-t-elle en le fusillant du regard. Vous m'avez sauté dessus dans un lieu public ! On aurait pu nous voir !

Alik sentit le peu de sang-froid qui lui restait l'abandonner.

— « Je » vous ai sauté dessus ? C'est vous qui m'avez agrippé pour m'embrasser, je vous rappelle. « Vous » avez mis le préservatif en place. Cessez donc de jouer les saintes-nitouches !

Elle recula lorsqu'il s'avança vers elle. Enfin, elle avait peur de lui ! Comme tous les autres. Et il ne se retiendrait pas. C'était à cause d'elle si son armure se craquelait. Sa faute s'il perdait toute maîtrise de lui-même.

— Vous êtes très forte pour retenir uniquement ce qui vous arrange, Jada.

— Et vous, vous ne pensez qu'au sexe ! répliqua-t-elle.

— Au moins, je ne prétends pas être ce que je ne suis pas en feignant de mépriser les plaisirs de la chair.

— Vous n'avez donc aucune moralité ? Aucun sens des responsabilités ? Nous ne sommes pas des animaux, Alik. A vous entendre, maîtriser ses pulsions serait un crime.

— Sainte Jada, parangon de vertu..., railla-t-il. Vous est-il déjà arrivé de sortir du rang avant ce soir ?

— Je n'en ai jamais eu envie.

— N'est-ce pas plutôt votre entourage qui vous en empêchait ?

— Quelle différence ? Nous vivons pour les autres. La plupart des gens, en tout cas...

— Ce qui s'est produit ce soir est la preuve vous aviez besoin de lâcher du lest.

— Ce qui s'est produit ce soir n'aurait jamais dû arriver, rétorqua-t-elle sèchement. Je devais être folle de vous laisser me toucher...

— Oh ! vraiment ?

Son sang bouillait dans ses veines. Toute sa vie, il s'était senti témoin plutôt qu'acteur, manipulant les événements sans vraiment les vivre. Ce soir, il vivait l'instant. Et plus il s'approchait de Jada, plus son contrôle lui échappait.

Il fit un autre pas dans sa direction. Cette fois, elle ne recula pas.

— Parfaitement, repartit-elle en le toisant.

Sa voix, cependant, était loin d'être aussi assurée.

— En êtes-vous sûre, princesse ? Suis-je donc si abject à vos yeux ?

Il lui effleura la joue du pouce, suivit doucement le contour de sa lèvre inférieure. La réaction fut immédiate : son regard se voila et le pouls au creux de sa gorge s'accéléra.

— Non, vous ne supporteriez pas que je vous touche de nouveau, susurra-t-il d'un ton moqueur.

Elle s'écarta abruptement.

— Je vous connais à peine, et vous aime encore moins, Alik.

— Quel rapport avec le sexe ?

Jada ouvrit des yeux incrédules.

— Il s'agit d'un acte incroyablement intime ! Et je viens de m'y adonner avec un parfait étranger !

— Le sexe n'a rien d'intime, contesta-t-il.

Elle le fixa avec effarement. Dire qu'elle croyait avoir tout entendu !

— C'est chercher sa propre jouissance à travers le corps d'un autre...

C'en était trop pour Jada. Elle avait le sentiment d'avoir été manipulée. Pire, d'être la manipulatrice. Elle s'était servie d'Alik pour soulager sa frustration sexuelle. Cela ne la rabaissait-il pas au même rang que lui ?

— Non, dit-elle, prise de vertige. Ce n'est pas correct, Alik. Le sexe est quelque chose d'intime...

— En quoi ?

— Vous étiez en moi ! Qu'y a-t-il de plus intime que cela ?

Elle avait crié, sans se soucier que la fille au pair l'entende, ou même les passants dans la rue. Elle avait trop besoin d'expulser sa colère. Une colère dirigée avant tout contre elle-même.

— Je n'ai pas l'habitude d'être récompensé de mes services

par une crise d'hystérie, assena froidement Alik. Un simple merci aurait suffi.

Son expression était dure, intransigeante. On aurait dit une statue de pierre. Toute sa fureur semblait s'être évanouie, remplacée par un calme glacial.

— Pourquoi faites-vous cela ?

— Quoi ?

— Feindre de n'être affecté par rien. Si vous êtes en colère, criez ! Enervez-vous !

— Et vous, pourquoi refusez-vous d'admettre que vous me désirez ?

Son cœur s'affola. Pourquoi ? Parce que ce serait une trahison. Pas tant envers Sunil — il n'était plus là et elle l'acceptait — qu'envers elle-même, et ses souvenirs.

La Jada qui s'était suspendue aux lèvres d'Alik comme une affamée, qui avait pris son sexe entre ses doigts et l'avait supplié de la prendre là, tout de suite, dans un lieu public... Cette Jada-là était une étrangère pour elle, qu'elle n'avait ni le temps ni l'envie d'apprendre à connaître. Elle avait une fille à élever. Un homme perturbé à réconcilier avec sa paternité. Les choses étaient déjà assez compliquées sans qu'elle y greffe ses propres problèmes.

— Parce que ce n'est pas important, décréta-t-elle. Seule Leena compte.

— Ce feu entre nous... Ce n'est pas normal, princesse, murmura-t-il avec un troublant accent de sincérité.

— Je sais. Ce qui s'est passé ce soir... Je... je n'agis jamais ainsi, d'habitude.

— Vous aimez le sexe, Jada, c'est évident. Alors de quoi avez-vous peur ?

— Le sexe, pour moi, doit faire partie d'une relation sérieuse. Et se pratiquer dans un lit, dit-elle. Laisser la lumière allumée est la chose la plus folle que j'aie jamais faite, et cela me suffisait. Comment pourrais-je vouloir ce qui est arrivé ce soir ?

Cette confession lui procura un désagréable sentiment de vulnérabilité. Comme si un voile s'était déchiré, exposant ses secrets les plus intimes.

— Je vous offre de combler vos désirs, Jada. Acceptez. Où est le mal ?

Il lui offrait le fruit défendu. Et elle était très tentée d'y croquer…

— Non, Alik. Je ne serai pas comblée. C'est ce que vous ne comprenez pas. Le sexe, pour moi, signifie plus qu'un simple échange de plaisir. Et ce que j'en attends… vous êtes incapable de me le donner.

Il secoua la tête.

— Je ne veux pas vous mentir.

— Je sais. Et je vous en suis reconnaissante.

— Bonne nuit, Jada.

Il quitta la chambre en fermant la porte derrière lui.

Restée seule, elle jeta la robe de côté et se laissa tomber à plat ventre sur le lit. Elle se sentait à la fois assommée et les nerfs à vif, encore sous le coup de ce qui s'était passé avec Alik — leur étreinte torride, leur échange houleux.

Elle ne l'avait jamais vu s'emporter avant. C'était encourageant, en un sens. Qu'une telle émotion existe en lui, qu'il soit capable de l'exprimer. Quant à ce qui l'avait déclenchée… L'avait-elle blessé ? Elle peinait à le croire. Il n'avait qu'à claquer des doigts pour trouver une autre partenaire. Que lui importait qu'elle regrette leur faux pas ?

Dire qu'elle l'avait cru insensible ! Elle roula sur le dos, les yeux fixés au plafond. Elle avait chamboulé sa vie pour Leena. Hors de question de tout compromettre maintenant. Un roc, voilà ce qu'elle devait être. Sa priorité : combler le fossé entre le père et sa fille, tout en restant pour Leena la mère qu'elle méritait. Pas le temps de se reprocher son écart avec Alik. Elle allait enfouir cet épisode tout au fond de sa mémoire et demain, elle serait de nouveau maîtresse d'elle-même.

C'était la seule solution.

9

L'entrevue d'Alik ne s'était pas déroulée comme prévu. Il s'y était rendu avec la ferme intention d'accepter la proposition de Michael LaMont. Jusqu'au moment où il avait découvert les pratiques immorales ayant cours dans sa société, au travers de nombreux rapports faisant état de harcèlement sexuel. En temps normal, il les aurait ignorés. Sa loyauté était à vendre et seul le montant du chèque importait. Mais un témoignage en particulier l'avait mis hors de lui : celui d'une jeune intérimaire de dix-huit ans, pelotée avec insistance par un cadre supérieur, puis renvoyée pour s'en être plainte. Il avait pensé à Leena. Si la même mésaventure lui arrivait, il n'hésiterait pas à couper la main du salaud qui avait osé la toucher !

Quand LaMont lui avait demandé sa réponse, il avait dû faire appel à tout son sang-froid pour ne pas recourir à ses poings. Il s'était contenté de refuser sèchement son offre, avant d'inciter le DRH à parler aux victimes et les encourager à porter plainte, en lui promettant un nouveau travail s'il se faisait licencier.

Depuis quand virait-il philanthrope ?

D'une humeur massacrante, il claqua la porte d'entrée, juste au moment où Jada descendait l'escalier avec Leena. Le contraste avec son apparence de la veille n'aurait pu être plus radical. Elle avait attaché ses cheveux en queue-de-cheval et portait un T-shirt peu seyant sur un pantalon de jogging dissimulant le galbe de ses jambes. Il regrettait de ne pas l'avoir vue nue.

Peut-être, alors, ne la fixerait-il pas le cœur battant, ni ne se consumerait encore pour elle…

C'était la première fois qu'il restait intrigué par une femme après l'avoir possédée. Ses relations étaient toujours brèves, un simple plaisir mutuel. Aucune de ses partenaires n'était plus importante que la précédente ou celle qui lui succéderait. Mais Jada l'attirait mystérieusement. L'avoir possédée sans explorer son corps nu était la seule explication logique au goût d'inachevé que lui laissait leur étreinte…

Cela, et le fait qu'elle se soit enfuie comme Cendrillon à minuit. La position de Jada était claire : hors de question qu'il la touche de nouveau. Un tel rejet était inconnu pour lui et ne contribuait pas à améliorer son humeur.

— Bonjour, lança Jada, d'un ton un peu trop affable. Le petit déjeuner est servi dans le patio. Comme j'ignorais si vous seriez rentré, dans le doute, j'ai fait installer un couvert pour vous.

Elle le dépassa d'un pas léger. Il la suivit, ne sachant que penser. Pour la deuxième fois en moins de vingt-quatre heures, il se trouvait déstabilisé. Encore une chose qui n'était pas pour lui plaire…

Le patio, à l'arrière de la maison, avait été préparé pour le petit déjeuner. Des croissants et du café au lait attendaient sur la petite table ronde. Il y avait également une assiette de fruits frais et une chaise haute pour Leena.

— Je vois que vous avez endossé le rôle de maîtresse de maison, remarqua-t-il en s'asseyant.

— Je suis votre femme, Alik. Nous essayons de former une famille. Ne devrais-je pas me sentir chez moi dans vos résidences ?

— Oui, je suppose.

Il avait toujours considéré Jada et Leena comme des invitées. Mais la situation avait évolué vers quelque chose de plus complexe. Installer Leena dans l'une de ses propriétés et veiller de loin à son bien-être financier ne lui semblait plus suffisant. Peut-être à cause du récit de Jada concernant sa relation avec son père ? Lui n'en avait jamais eu. Il ignorait le rôle qu'il était censé jouer. Tout ce qu'il savait, c'est qu'il refusait que Leena lui ressemble.

— Oui, répéta-t-il, fermement cette fois. Il est normal que vous assumiez cette position. D'ailleurs, je pense que nous devrions vivre ensemble.

— Pardon ?

— Je voyage souvent. Lors de mes brefs déplacements, pour des raisons de stabilité, Leena restera à la maison. Mais lorsque je pars plus d'un mois ou change de résidence pour une partie de l'année, j'aimerais que vous m'accompagniez toutes les deux.

Les yeux de Jada s'écarquillèrent.

— Vraiment ? demanda-t-elle en sanglant Leena dans sa chaise haute. Et pour ce qui est de votre... vie sociale ?

Elle parlait de ses aventures. Il le devinait à la froideur de son ton et trouvait étrangement gratifiante cette manifestation de jalousie.

— Je la mènerai en toute discrétion. Ni vous ni Leena n'en serez affectées.

— Je vois.

Elle baissa les yeux sur sa tasse.

— Qu'est-ce qui vous a fait changer d'avis ?

— Ce que vous m'avez dit sur votre père et ce qu'il vous a appris à attendre des hommes.

Il contempla Leena, si innocente avec ses joues rondes et son sourire confiant. Il n'avait jamais pris le temps de la regarder avant. Pas une seule fois. A présent, son cœur menaçait d'éclater sous la pression qui enflait dans sa poitrine.

— Je ne voudrais pas que Leena choisisse un homme comme moi, ajouta-t-il.

De nouveau, il songea aux agissements de la société LaMont. L'idée que Leena, devenue une jeune femme, ait affaire à ce genre d'ordure cherchant à se servir d'elle lui était intolérable.

— Accepter que son partenaire soit absent et privilégie son propre bien-être, faire passer l'argent et le confort avant l'amour... Je refuse de lui enseigner cela.

— Vous avez bien plus à lui apporter, murmura Jada.

— Je n'en suis pas si sûr, répondit-il, tandis que la pression dans sa poitrine se faisait de plus en plus insoutenable. Je sais ce qu'elle mérite. Je le comprends, mais suis incapable de le ressentir.

— C'est faux, Alik. Vous ressentez plus que vous ne vous autorisez.

— Quelle confiance en un homme par qui vous refusez d'être touchée ! ironisa-t-il.

Elle baissa les yeux.

— Comment s'est passée votre entrevue ?

— Joli détournement, Jada. Pour répondre à votre question, j'ai refusé l'offre de LaMont.

— Pourquoi ?

— Je ne saurais l'expliquer, mais je refuse de travailler pour lui.

— Parce que vous êtes en train de changer, affirma Jada en relevant la tête. Il y a deux semaines, vous étiez prêt à abandonner Leena à Paris sans jamais lui rendre visite. Vous pensiez qu'il lui fallait une nourrice plutôt qu'une mère. Aujourd'hui, vous comprenez ce dont elle a vraiment besoin.

— Je n'ai toujours aucune idée de ce que je fais...

— Vous vous souciez d'elle. C'est mieux que de ne rien ressentir du tout après deux semaines à son côté, vous ne croyez pas ?

— J'ai peur de ne pas savoir m'y prendre pour qu'elle ne manque de rien...

— Tous les parents vivent cela, dit-elle en posant une main sur la sienne.

Un geste doux, sans connotation sexuelle. Aucune femme ne lui avait jamais apporté de réconfort. Deux semaines plus tôt, il aurait nié en avoir besoin. Aujourd'hui, il l'acceptait volontiers. Etait-il réellement en train de changer ? Si oui, quelles conséquences cela aurait-il sur son avenir ? Sur sa façon de mener sa vie ?

— Il faut croire que je suis sur la bonne voie, conclut-il.

— Vous vous inquiétez pour Leena ?

Il acquiesça.

— Dans mon expérience, cela ne résout rien. Quand je mourais de faim, c'est en agissant que je trouvais à manger, pas en m'inquiétant. Même chose sur le champ de bataille, où m'inquiéter n'aurait servi qu'à me distraire. Mais avec Leena… je ne peux pas m'en empêcher.

Les émotions lui venaient si facilement, ces derniers temps, après une vie passée à tenter en vain de les chasser. Frustration vis-à-vis de Jada. Colère contre LaMont. Inquiétude pour Leena.

— On s'inquiète lorsqu'on tient à quelqu'un, n'est-ce pas ? murmura-t-il en regardant Leena tenter d'attraper un morceau de melon.

— Oui, Alik…

Les yeux de Jada brillaient de larmes.

Jada ferma la porte de la nursery et poussa un soupir. Leena s'était montrée particulièrement turbulente, plus intéressée à sauter sur son matelas qu'à dormir. Cette hyperactivité s'était muée en crise de larmes quand Jada, inflexible, avait éteint la lumière. Toutes ses tentatives pour calmer la fillette s'étaient heurtées à une farouche résistance. Puis, peu à peu, les pleurs s'étaient atténués et Leena avait fini par sombrer dans le sommeil.

Jada s'apprêtait à aller se coucher à son tour, lorsqu'une silhouette se détacha de l'ombre du couloir.

— Alik ?

— Tout va bien ?

— Oui. Simple caprice de princesse.

Ses épaules se relâchèrent. Comme il s'avançait vers elle, un rayon de lune éclaira son torse nu. Il ne portait qu'un pantalon de survêtement, bas sur les hanches. Il était vraiment beau à couper le souffle. Sa virilité provoquait en elle une réaction physique immédiate. Ils avaient connu une forme d'intimité, quoi qu'il en dise. Son corps lui était familier, même si elle aurait aimé l'explorer davantage…

Oublie cela.

Une chance qu'elle puisse compter sur sa raison. Son corps déraillait totalement, sous l'emprise des baisers d'Alik et du plaisir insensé qu'il lui avait donné…

Elle chassa ce souvenir.

— Vous n'arriviez pas à dormir ? demanda-t-elle.

— Je m'inquiétais.

— Pourquoi ne pas être entré dans la chambre ?

Il haussa les épaules, affectant une désinvolture dont elle n'était pas dupe. Qu'Alik s'inquiète pour quelqu'un n'avait rien d'anodin. Elle le connaissait assez pour le savoir.

— Je ne me serais pas senti à ma place.

— Vous êtes son père, Alik. Bien sûr que vous avez votre place auprès de Leena.

Il passa une main nerveuse dans ses cheveux.

— Vous avez une relation spéciale avec elle. Vous comprenez des choses qui m'échappent...

— Aucun parent n'a le mode d'emploi.

— Vous me donneriez presque l'impression d'être normal, dit-il avec dérision.

— C'est la vérité, assura-t-elle. On se sent tous un peu perdus, en espérant faire de notre mieux.

— Vous aussi ?

— Bien sûr. Adopter en tant que mère célibataire n'a pas été une décision facile. J'ai toujours pensé qu'un enfant avait besoin d'un père et d'une mère.

— Pourquoi n'en avez-vous pas eu avec votre mari ?

Jada se mordit la lèvre. Elle n'aimait pas aborder ce sujet, par respect pour Sunil. Dès le début de leur mariage, sa belle-famille avait manifesté l'espoir de les voir fonder une famille. En six ans, Jada ne s'était jamais résolue à leur avouer la stérilité de son mari. Ne pas être capable de lui donner ce qu'elle désirait le plus au monde le blessait profondément dans son orgueil. Il vivait cela comme un échec et ne l'avait jamais vraiment crue lorsqu'elle jurait ne pas lui en vouloir. Peu à peu, il s'était fermé à toute discussion sur le sujet.

— Nous ne pouvions pas, répondit-elle simplement.

— Pourquoi ne pas avoir eu recours à l'insémination artificielle ?

Jada réprima un rire amer. Quel manque de délicatesse ! Néanmoins, elle répondit :

— Mon mari n'était pas à l'aise avec l'idée que je porte l'enfant d'un autre. L'adoption ne le satisfaisait pas non plus.

— Alors même que vous vouliez des enfants ?

— Nous en voulions tous les deux. Simplement... il ne parvenait pas à surmonter sa déception de ne pouvoir en être le géniteur. Il le prenait personnellement.

— Voilà où mènent les émotions, marmonna Alik. Il n'aurait dû songer qu'à vous donner la famille que vous désiriez. Peu importe le moyen.

— Vous aussi ne juriez que par les liens du sang, lui rappela-t-elle.

— J'ai compris, depuis, qu'il en existait un plus puissant. Celui qui vous lie à Leena.

— Vous aussi, vous l'avez.

Il opina lentement.

— Si j'ai refusé l'offre de LaMont, c'est parce que j'ai découvert qu'il couvrait certains de ses cadres connus pour harceler leurs employées, avoua-t-il. Si un homme s'en prenait ainsi à Leena, je le tuerais.

— Alik...

— L'émotion défie la logique. Elle empêche de vivre en paix avec soi-même...

Il se laissa aller contre le mur, comme écrasé de lassitude. Jamais il n'admettrait avoir besoin de réconfort. D'un lien affectif. Elle qui était si prête à la lui offrir ! Elle avait envie de l'aider, de l'atteindre derrière sa carapace...

De le toucher. Le contact physique était la seule chose qu'il comprenait et elle brûlait de le lui offrir. Tout irait bien. Il lui suffisait de cadenasser ses émotions. De ne pas songer à leur mariage, exactement comme lui le faisait.

Elle posa la main sur son torse, juste à la naissance de son tatouage. Il lui écarta vivement le bras.

— Attention, gronda-t-il. Si vous me touchez, ne vous plaignez pas de vous retrouver nue dans mon lit...

— Je ne me plaindrai pas, répliqua-t-elle avec aplomb.

Car elle avait pris sa décision. Si les choses en restaient à cette nuit à l'opéra, jamais elle ne tournerait la page. Tout était allé trop vite. Leur étreinte ne pouvait avoir été aussi torride, aussi merveilleusement bouleversante que dans son souvenir. C'était son fantasme qui parlait.

— J'ai envie de vous, murmura-t-elle en lui effleurant la joue.

— En êtes-vous sûre ? rétorqua-t-il d'un ton cassant. La dernière fois, vous vous êtes enfuie comme si je vous avais forcé la main.

— Je ne m'enfuirai pas, cette fois.

Plus elle se rapprochait d'Alik, plus le plaisir de cette fameuse nuit se rappelait à elle. Elle tremblait, terrifiée par ce qu'elle s'apprêtait à faire. Terrifiée à l'idée de se consumer tout entière dans ses bras.

— Promettez-moi, susurra-t-il en lui mordillant sensuellement l'oreille.

— Promis.

— Dites-moi que vous me désirez.

— Je vous désire, Alik.

Il n'en fallut pas plus pour qu'il s'empare de sa bouche. Elle l'embrassa avec une fougue égale à la sienne, serrée contre lui. Le désir, le plaisir, tout cela lui était familier. Mais cette passion presque douloureuse… Ce besoin qui confinait à la folie… C'était nouveau pour elle. Alik était comme l'air qu'elle respirait, indispensable à sa survie. Elle en perdait avec délice toute faculté de penser.

— La chambre…, haleta-t-elle entre deux baisers.

— Laquelle ?

— La plus proche.

— La vôtre, alors, trancha-t-il en la soulevant dans ses bras.

Elle se cramponna à son cou. S'il cherchait à l'impressionner, c'était réussi. Elle se sentait légère comme une plume, plus femme que jamais. Il ouvrit la porte d'un coup d'épaule et la déposa à terre, puis actionna l'interrupteur. Un sourire malicieux flottait sur ses lèvres.

— Que faites-vous ? demanda-t-elle, vaguement inquiète.

— Vous avez déjà fait l'amour avec la lumière allumée, n'est-ce pas ?

— Oui, mais…

— Je veux vous voir, dit-il en même temps qu'il se débarrassait de son pantalon.

Jada resta bouche bée. Enfin, elle le voyait entièrement nu. Et quelle vision ! Il était la perfection masculine incarnée, tout en muscles finement sculptés. Cicatrices et tatouages dessinaient une carte de sa vie sur sa peau.

— Le spectacle vaut le détour, commenta-t-elle, admirative.

— A votre tour de vous découvrir.

Son souffle se fit plus court. Quelle jolie façon de l'exprimer, très juste aussi. Oui, elle était sur le point de se découvrir physiquement devant Alik, mais aussi de se découvrir elle-même, en dévoilant une part d'elle inconnue de tous, intime et sensuelle. En aurait-elle le courage ?

Au fond, elle connaissait déjà la réponse. Ce désir qui l'embrasait était plus fort que sa pudeur. Plus fort que toutes ses peurs.

Lentement, elle retira son haut, offrant ses seins nus à la vue d'Alik. Un frisson d'excitation la parcourut. Puis elle fit glisser son pantalon et sa petite culotte le long de ses jambes.

— Rien que pour vous, chuchota-t-elle.

Elle le pensait. Cette Jada-là, qui faisait l'amour dans les loges d'opéra, n'existait que pour Alik. Lui seul savait l'éveiller. Peut-être le regretterait-elle plus tard. Mais pas maintenant.

— Je suis chanceux, murmura-t-il en lui caressant la joue.

Un geste tendre, qui contrastait avec la flamme sauvage dans ses yeux. Elle l'enlaça étroitement. Elle avait besoin de sentir sa peau nue contre la sienne. Besoin qu'il l'emporte au-delà de la raison, comme il avait si bien su le faire avant.

Il la souleva en lui agrippant les cuisses et elle noua les jambes autour de sa taille. C'était si bon d'être avec lui ! La friction de son membre durci contre sa chair sensible l'étourdissait de plaisir. Elle n'était plus que sensations, incapable de penser.

Les mots d'Alik lui parvenaient comme un écho lointain. Des mots rauques, sulfureux, certains qu'elle comprenait, d'autres non. Mais ses intentions, elles, ne nécessitaient aucune traduction.

— Prenez-moi, supplia-t-elle.

Lui seul pouvait combler ce vide en elle, qui dépassait le

simple besoin physique. Il s'allongea sur le lit en l'entraînant au-dessus de lui. Comme elle l'accueillait en elle, il lui retint fermement les hanches.

— Attendez.

— Quoi ?

— Prenez un préservatif. Dans la table de nuit.

Une fois le préservatif en place, elle se remit à califourchon sur lui et s'abaissa avec une lenteur calculée. Alik tremblait sous l'effort qu'il fournissait pour se contrôler. Elle aimait ce pouvoir qu'elle avait sur lui. Elle se sentait forte et féminine. Une amazone digne de cet homme dépourvu d'inhibitions, sûr de lui et de sa capacité à la satisfaire. Etre avec Alik était comme atteindre la surface après une longue apnée. Avant lui, elle ne s'était même pas aperçue qu'elle suffoquait !

Soudain, il lui saisit les hanches et la pénétra d'un coup. Elle se cramponna à ses épaules, parcourue de merveilleuses sensations. Puis elle commença à le chevaucher, changeant de rythme jusqu'à trouver celui qui leur convenait à tous les deux. Le visage d'Alik était un masque de concentration, son regard brûlant d'intensité. Elle se pencha pour l'embrasser et le sentit se raidir, emporté par la jouissance. Avec un juron, il la renversa sur le matelas, inversant leurs positions. Sa bouche était sur ses seins, sur ses tétons durcis qu'il happa avidement, avant de tracer un sillon de feu toujours plus bas sur son ventre...

Jada n'avait pas repris son souffle qu'il lui nouait les jambes autour de son cou et plongeait entre ses cuisses.

— Alik...

Sa langue allait et venait en elle, en cadence avec ses doigts pour un plaisir décuplé. Seigneur, jamais elle n'avait connu pareil feu d'artifice des sens ! Alik connaissait son corps mieux que personne et l'entraînait toujours plus loin, vers des sommets insoupçonnés.

Son exploration s'intensifiait, se prolongeait, encore et encore. Elle ouvrit la bouche pour crier grâce, mais ses mots se perdirent dans une plainte incohérente. C'en était trop pour elle. Elle allait mourir d'extase...

De sa main libre, il lui pinça doucement un téton. Cette

ultime caresse eut raison d'elle, et son être vola en un million d'éclats scintillants. Le plaisir l'inondait en vagues successives, d'une puissance telle qu'elle se sentait partir, emportée dans un tourbillon virevoltant. Alik, cependant, continuait à la soumettre au plus exquis des supplices. De longs spasmes parcouraient son corps, répliques décroissantes de l'orgasme qui venait de la dévaster.

Quand tout fut terminé, elle réprima son impulsion de s'enfuir. Elle avait promis. Alors elle resta allongée, secouée de frissons.

Alik se redressa et s'assit au bord du lit.

— Je ne sais pas ce qui m'a pris, dit-il d'une voix sombre.

— Alik, il n'y a rien à...

— J'ai perdu le contrôle. Cela ne se reproduira plus. Bonne nuit, Jada.

Il se tourna vers elle, parut hésiter, puis déposa un baiser sur ses lèvres.

— On se voit demain.

Il se leva brusquement et, l'instant d'après, elle vit la porte se refermer sur ses larges épaules. Non, elle ne s'était pas enfuie...

Mais Alik, oui.

10

Alik prit une douche froide pour effacer sur sa peau le souvenir de Jada. Puis il sortit courir, dans l'espoir que la pluie et l'effort physique lui rafraîchiraient les idées. Sans succès. Lorsqu'il s'écroula sur son lit, l'aube pointait à l'horizon.

Avec un soupir, il se releva et descendit dans la cuisine. L'intendante venait de prendre son service. Avec humeur, il lui ordonna de servir le petit déjeuner dans le patio, comme la veille. Quand tout était encore normal...

Jada l'avait mis à nu, physiquement et émotionnellement. Etait-ce parce qu'il avait joui avant elle ? Sans doute. Cela ne lui était plus arrivé depuis l'adolescence. Il avait perdu toute maîtrise de lui-même, ce qui était assez révélateur.

Brider ses pulsions n'avait jamais été dans ses habitudes. Il n'agissait que pour son bon plaisir, au point d'être tenu pour un débauché. Et si certaines années de sa vie restaient floues dans sa mémoire, ce n'était pas par hasard...

Aujourd'hui, pourtant, il s'interrogeait sur cette vie de liberté. Ne s'était-il pas davantage censuré qu'il n'avait voulu l'admettre ? Son apathie ne provenait-elle pas, en définitive, d'un trop grand contrôle exercé sur lui-même ? Ce qui s'était passé avec Jada le perturbait, bien au-delà d'une simple question d'orgueil masculin blessé.

— Il me semblait bien vous avoir entendu marmonner...

Il se retourna. Jada se tenait derrière lui, dans les mêmes vêtements qu'elle avait retirés la veille pour son plaisir.

— Je ne marmonnais pas.
— J'entends des voix, alors ?
— J'ai mal dormi, grommela-t-il.
— Bienvenue au club !
Elle était en colère. Il le devinait à son intonation.
— Où est Leena ?
— Elle dort. Il est 5 heures du matin, Alik.
— Pourquoi êtes-vous debout ?
— Pour les mêmes raisons que vous.
— N'espérez pas une conversation à cœur ouvert, Jada. Pour cela, il faudrait déjà que j'en aie un...
Il n'avait pas fini sa phrase qu'elle l'agrippait par son T-shirt et pressait sa bouche sur la sienne. Elle lui mordilla la lèvre inférieure avant de le relâcher.
— Ne fuyez pas, dit-elle. C'est inutile. Je suis bien placée pour le savoir...
— J'ai affronté le feu de l'ennemi. Je ne fuis pas devant une femme qui m'arrive tout juste à mi-torse.
— Oui, oui, le grand méchant Alik Vasin... Je connais la chanson. Osez me dire que vous n'avez pas fui la nuit dernière.
— Je n'aime pas les câlins.
— Au point de ne pas vous attarder plus de cinq secondes ? Je sais que je ne suis pas vraiment votre femme et que vous vous lasserez vite de moi, mais...
Elle prit une profonde inspiration avant d'ajouter :
— ... je ne suis pas non plus l'une de vos bimbos ramassées dans un club.
— Je sais.
— En êtes-vous sûr ? Hier soir, vous êtes parti si vite que j'en ai eu le tournis. Je n'ai pas votre expérience, Alik. Je n'ai eu qu'un seul autre amant : mon mari.
— Je suis aussi votre mari, lui rappela-t-il. Que vous m'aimiez ou non.
Elle soupira.
— Oui, je suppose. Mais pour ce qui est du sexe entre nous... je ne sais plus quoi penser. Et vous ne faites que confirmer mes craintes.

— Quelles craintes ?

— Suis-je folle d'en avoir envie, Alik ? Même si je ne suis pas amoureuse de vous ?

— Le sexe n'a rien à voir avec les sentiments, princesse. C'est ce que votre corps veut.

— Mon corps ne veut pas que ce qu'il y a de mieux pour moi. Prenez le chocolat. Si je l'écoutais, j'en mangerais toute la journée ! Ce n'est pas parce que j'en ai envie que je dois céder à la tentation.

— C'est justement là qu'est le plaisir.

Il parlait surtout pour lui-même. Peut-être était-ce pour cette raison que son corps réagissait avec une telle fièvre dans ses bras ? Jada était son épouse sur le papier, la dernière femme qu'il aurait dû désirer. Coucher avec elle compliquait la situation et cela l'excitait, tout simplement.

— C'est dans la nature humaine, ajouta-t-il. Le fruit est toujours plus savoureux lorsqu'il est défendu...

— J'ai toujours agi en mon âme et conscience, soupira la jeune femme. Et pour quel résultat ? Si j'avais suivi les règles, j'aurais aussi perdu Leena...

— Alors ignorez-les et jouez avec moi.

Le sexe sans attaches était sa spécialité. Rien qui sorte de l'ordinaire ou le déstabilise. Il s'était inquiété pour rien avec Jada, il s'en rendait compte, à présent.

— Et quand nous déciderons d'y mettre un terme ? Cela ne risque-t-il pas d'être difficile ? observa Jada.

— Est-ce plus facile maintenant ?

Elle secoua la tête.

— Non. Je n'ai pas envie d'arrêter.

— Vous aimez vivre dangereusement, n'est-ce pas ?

Ses joues prirent une teinte cramoisie.

— Oui...

— C'est bien ce que je pensais.

Il était sur le point de l'embrasser, quand les pleurs de Leena l'interrompirent.

— Désolée, s'excusa Jada. Je ferais mieux d'aller la chercher.

Alik se surprit à vouloir l'accompagner. Il se ravisa. C'était sans importance. Et puis, elle n'avait pas besoin de lui.

— Je m'occupe du petit déjeuner. Une banane pour Leena, exact ?

— Son fruit préféré, confirma Jada.

Il hocha la tête.

— Alors elle en aura autant qu'elle en veut.

Jada s'écroula sur le matelas, épuisée. Alik était un amant impitoyable. Il la faisait crier, supplier... et elle ne s'en plaignait pas. C'était officiel : ils entretenaient une relation purement sexuelle. Bien sûr, elle tenait aussi à lui — en tant que père de son enfant. Rien de personnel là-dedans.

Menteuse.

Pourquoi, alors, brûlait-elle de lui demander de rester ?

Elle n'osait pas, de peur de paraître collante. Aucune chance qu'il s'attarde pour un câlin. En six nuits d'affilée, il n'avait pas une seule fois dérogé à la règle. Et, fidèle à ses principes, il séparait soigneusement sexe et vie quotidienne. Une attitude qui commençait à lui peser. Vouloir cloisonner les choses, soit. Mais de là à faire comme s'il n'y avait strictement rien entre eux ?

Sauf quand leurs regards se happaient, au-dessus de la table du petit déjeuner, lorsqu'ils se frôlaient dans le couloir... Leur attirance prenait alors le dessus, et c'était au prix d'un effort surhumain qu'ils ne se jetaient pas l'un sur l'autre. Cette passion restait exclusivement confinée à leur chambre à coucher.

Comme il l'embrassait avant de partir, elle le retint par le bras.

— Alik ?

Elle se creusa les méninges en quête d'un prétexte pour le retenir.

— Dis-m'en plus sur toi. Comment tu es arrivé là...

— Tu sais comment on fait les bébés, plaisanta-t-il. Tu viens encore de me le prouver avec brio.

— Ce n'est pas ce que je voulais dire. Tu as grandi dans un orphelinat de Moscou, n'est-ce pas ? insista-t-elle, résolue à ne pas se laisser distraire.

— Oui, acquiesça-t-il. Imagine d'interminables rangées de lits séparés par d'étroites allées, et seulement trois personnes pour s'occuper de nous tous. Quand le foyer dépassait sa capacité, les plus âgés étaient mis à la porte.

Jada ferma les yeux.

— C'est terrible...

— J'ai été renvoyé à douze ans. Le personnel était dépassé, mais faisait de son mieux. A défaut d'affection, nous avions le gîte et le couvert. Ensuite... plus rien. C'est mon talent pour le vol à la tire et la manipulation qui m'a sauvé, en attirant l'attention du parrain local.

Il se rassit sur le lit, nu comme un ver.

— J'ai commencé à livrer des messages et de mystérieux paquets pour lui, puis à organiser des braquages. A quinze ans, j'étais le cerveau derrière certains cambriolages les plus célèbres d'Europe. Pas mal pour un vaurien sans le sou. Mais le fait d'appartenir à la mafia commençait à me déranger...

— Qu'as-tu fait ?

— Je me suis évanoui dans la nature. Vu ma situation, je n'avais pas le choix. J'ai vécu en Asie, à Singapour, puis au Japon. Je travaillais comme barman tout en me livrant à de menues escroqueries.

— C'est à cette époque qu'un homme t'a approché pour aider une milice à renverser un gouvernement...

Il opina.

— Tu es très à l'écoute, Jada.

— Parce que tu es intéressant.

— Intéressant ? Mon passé n'a rien de glorieux. La voie de l'argent est celle de la facilité. Se vendre au plus offrant est plus simple que de s'interroger sur ce qui est juste ou non.

— Tu es trop dur avec toi-même, protesta la jeune femme.

— J'ai enrôlé des hommes dans des missions qui leur ont coûté la vie, parfois ignorant de la cause que je défendais, rétorqua-t-il. Seul l'argent comptait, et le frisson du danger qui me faisait me sentir vivant. Quand Sayid m'a engagé, c'était pour préserver la liberté de sa nation. Attar était attaquée par des factions voisines et il comptait sur moi pour l'en débarrasser. De vrais monstres, Jada. Si tu savais de quoi ils étaient capables... Puis j'ai vu Sayid se faire capturer pour sauver la vie d'une femme. Moi, j'étais libre. Mais le méritais-je, alors qu'un héros de son calibre pourrissait au fond d'un cachot ? Je me suis juré de le libérer. Pour la première fois, j'agissais dans l'intérêt de quelqu'un et non pour l'appât du gain.

— Tu es un homme bien, Alik.

— Non, c'est Sayid, l'homme bien. Il m'a montré à quel point je m'étais égaré, et je me suis reconverti en requin des affaires. Voilà mon histoire, Jada.

— Elle n'est pas terminée, poursuivit-elle. N'as-tu pas refusé l'offre d'une société aux pratiques contraires à l'éthique ?

— Je l'ai fait pour Leena.

— N'est-ce pas la meilleure des raisons ? C'est pareil pour moi. Elle m'a sauvé la vie.

Et toi aussi, faillit-elle ajouter. Elle se mordit la langue. Etait-ce vraiment le cas ? Il l'avait arrachée à sa zone de confort, à tous ces gens qui l'étouffaient de leurs attentes, pour lui offrir une liberté plus terrifiante encore !

— Sais-tu ce que cela signifie ? reprit-il en désignant les mots tatoués sur son bras.

— Quoi ?

— « On pend les petits voleurs et laisse courir les grands. » J'étais un grand voleur, libre et invincible. C'est ce que je croyais quand je me suis fait tatouer cet adage. J'avais échappé à la police, à la mort. Mais vois-tu, princesse, personne n'échappe à son passé. Pas même moi.

Elle promena un doigt le long de son biceps.

— Quand cesseras-tu de te punir, Alik ?

— Jada, tu voulais savoir ce qui a fait de moi l'homme que je suis. Tu as ta réponse : rien de bon. Je suis le produit de tout ce que tu viens d'entendre. Ce n'est pas une punition, mais un fait. Personne ne peut rien y changer.

Jada sentit son cœur se serrer. Elle avait vu Alik en colère. Démuni, parfois. Elle avait lu la tendresse dans ses yeux lorsqu'il regardait Leena. Mais jamais encore elle n'avait perçu son désespoir. Comme s'il cherchait à être plus qu'il n'était...

Pourtant, il était déjà en train de changer, quoi qu'il en dise. Pourquoi ne le comprenait-il pas ? Pourquoi ne voyait-il pas ce qu'elle voyait en lui ?

Il se dirigea vers la porte, et un gouffre s'ouvrit dans sa poitrine. Elle avait besoin de lui. Dans son lit, dans ses bras. A son côté. Quel que soit son passé. Mais elle était terrifiée, aussi. Ses émotions étaient trop instables, trop à fleur de peau. Le retenir, c'était tisser un lien auquel elle n'était pas prête.

Le cœur lourd, elle le laissa partir sans un mot.

11

— Leena a besoin d'une promenade, décréta Alik au petit déjeuner. Elle n'a rien vu d'autre que le patio depuis que nous sommes à Paris.

— Moi non plus, commenta Jada.

Elle se laissa aller contre le dossier de sa chaise, se réchauffant au soleil qui filtrait à travers les arbres.

— Tu vas à la tour Eiffel tous les matins…

— Et j'emmène toujours Leena avec moi.

— S'aventurer plus loin lui fera du bien.

L'étrangeté de sa situation frappa Jada. Elle était à Paris depuis plusieurs semaines, épouse et amante d'un homme qu'elle connaissait à peine. Ces choses qu'elle faisait avec lui… qu'elle espérait de lui… Y penser lui donnait le tournis. Machinalement, elle porta la main à son annulaire droit et s'aperçut qu'elle ne portait pas l'alliance de Sunil. Seulement celle d'Alik.

— Tu veux que nous sortions tous les trois ? demanda-t-elle, incrédule.

Elle peinait à en croire ses oreilles. Etait-ce ce qu'il essayait de lui proposer, sans trop savoir comment s'y prendre ?

— Cela me paraît… naturel, répondit-il.

L'incertitude perçait dans sa voix. Alik ignorait tout du fonctionnement d'une famille. Les films et séries télévisées constituaient ses seules références accessibles, et elle ne l'imaginait pas passant ses soirées devant un écran. D'ailleurs, leur situation ne correspondait à aucun modèle connu.

— Ça l'est, approuva-t-elle. Où veux-tu aller ?

— Je ne sais pas.

— Tu dois bien avoir une idée ? insista-t-elle, d'un ton plus sec qu'elle n'en avait eu l'intention.

Sans son alliance à l'annulaire droit, elle se sentait vulnérable, un peu à cran. Il était évident qu'Alik avait une idée en tête, mais ne souhaitait pas lui en faire part.

— Pourquoi ne pas laisser le hasard guider nos pas ? proposa-t-il.

Elle fit mine de se satisfaire de cette réponse évasive.

— Excellente idée !

— Je crois qu'elle en a assez de la poussette, remarqua Jada.

Alik fronça les sourcils devant sa fille qui se tortillait entre ses sangles.

— Elle n'aime pas quand je la porte…

— C'était il y a plus de trois semaines, Alik.

Le pli sur son front s'accentua. Puis, suivant son instinct, il sortit Leena de sa poussette et la souleva dans ses bras. La fillette s'agrippa d'une main à son col, à ses cheveux de l'autre. Il grimaça quand elle les lui tira, sans pour autant la gronder.

Ils reprirent leur promenade. Jada gardait le silence, tout en épiant Alik du coin de l'œil. Sa poigne était ferme, mais ses gestes doux avec Leena. Ils s'engagèrent dans une ruelle pavée, où les gens bavardaient autour d'un verre aux terrasses des cafés. Jada lorgna les pâtisseries avec envie, mais Alik avait manifestement d'autres projets. Comme ils débouchaient sur une artère animée, ils prirent la direction opposée à celle empruntée jusque-là.

— On rentre déjà ?

— On passe par la tour Eiffel.

En chemin, ils traversèrent un marché à ciel ouvert regorgeant de fleurs, de livres, de fruits. Alik n'y prêta aucune attention. Il était totalement concentré sur son objectif, oublieux de la beauté qui l'environnait.

Comme elle, ces dernières années.

Il s'arrêta à hauteur du manège de chevaux de bois devant lequel elle passait tous les matins. Planté au pied de la tour, il charmait les touristes avec ses couleurs vives et sa musique entraînante.

— Tu comptais venir ici depuis le début, n'est-ce pas ?

Il haussa les épaules.

— J'ai pensé que Leena aimerait.

— Elle est un peu jeune pour y aller seule. Pourquoi ne l'accompagnes-tu pas ?

— Tu crois ?

— Bien sûr ! Regarde, elle est ravie d'être avec toi.

Il déglutit.

— D'accord.

Elle le regarda s'avancer vers l'homme qui dirigeait le manège et lui expliquer la situation, en français, présumait-elle. Alik était le compagnon de voyage idéal : il maîtrisait la langue et les coutumes du pays, savait quel plat commander au restaurant, connaissait l'opéra. Sa culture n'avait d'égale que sa bravoure, qui l'avait conduit sur d'innombrables champs de bataille et rendu prêt à tout pour sauver son ami. Mais qu'on lui colle un bébé dans les bras et il perdait tous ses moyens !

Un homme complexe, son Alik.

Elle cilla. « Son » Alik ? Depuis quand le revendiquait-elle comme sien ? Elle balaya des yeux les familles assises sur les pelouses au pied de la tour, les couples qui se promenaient main dans la main... Non, il n'était pas « son » Alik. Et ne le serait jamais. Quelque chose se brisa en elle. Elle avait baissé sa garde avec lui. L'avait laissé pénétrer ses défenses.

Et elle commençait tout juste à prendre la mesure de son erreur.

Alik avait pris place sur un cheval de bois, Leena serrée contre lui. Il se rappelait le tout premier manège qu'il avait vu, sur une place de Moscou. Un divertissement pour enfants, qu'il s'était contenté de regarder de loin.

Leena battait des mains, ses yeux pailletés de gris brillant d'excitation. Soudain, elle tendit le bras et lui toucha la joue.

— Papa !

Le manège démarra avec un cahot. Il étreignit sa fille afin qu'elle ne tombe pas. Le monde tournait autour de lui, trop vite pour qu'il distingue Jada parmi les spectateurs. Il ne voyait que Leena. La fillette riait en tapant des pieds, emplie d'un bonheur pur, innocent — parce qu'elle avait confiance en lui. Perdre cette confiance était la dernière chose qu'il souhaitait.

Il s'accrocha à Leena, ses pensées fixées sur elle et elle seule. Il se sentait vulnérable, tout à coup, submergé par une vague de tendresse qui menaçait d'emporter tous ses repères. Il ne savait plus qui il était.

En fait, il ne savait plus rien.

— Leena s'est endormie. La journée a été fatigante.

Jada s'affala sur le canapé, une tasse de café à la main. A côté d'elle, stoïque, Alik sirotait un verre d'alcool.

— Elle a beaucoup d'énergie, commenta-t-il, laconique.

— Oui. Elle a adoré le manège.

— Tant mieux.

— C'était une bonne idée de l'y emmener, insista-t-elle, soucieuse de briser sa réserve.

— Merci.

Maudit Russe ! Plus glacial que la Sibérie quand cela l'arrangeait !

— Pourquoi ne pas m'en avoir parlé ? demanda-t-elle avec douceur.

— Je ne savais pas si cela lui plairait, répondit-il, les sourcils froncés.

— Tu aurais pu me poser la question...

— Je n'étais pas sûr que l'idée te plaise, à toi non plus.

Soudain, elle comprit qu'il y avait quelque chose de personnel derrière cette sortie. Quelque chose qui lui avait fait craindre son rejet. Se pouvait-il qu'il se sentît aussi vulnérable qu'elle ?

— Ce n'est pas à moi de prendre toutes les décisions concernant Leena. Tu es son père, Alik. Tu as aussi ton mot à dire.

— Je ne connais rien aux enfants. J'ignore ce qu'ils aiment à cet âge, seulement que...

— Quoi ?

— Rien.

Elle posa sa tasse sur la table et pivota de manière à lui faire face.

— Seulement que quoi, Alik ?

— Quand je vivais dans la rue, il y avait ce manège devant lequel je passais. Jamais je n'y aurais gaspillé mon argent. Je l'économisais pour m'acheter à manger ou louer un endroit où dormir. Aujourd'hui, je suis riche. Leena aussi. Et elle fera autant de tours de manège qu'elle le désire ! termina-t-il d'un ton féroce.

— Bien sûr.

Elle n'avait pas l'habitude de voir Alik assailli par l'émotion. Quoique... Cela arrivait de plus en plus souvent. Il se rapprochait de Leena et cette expérience le chamboulait. Une confusion qu'elle partageait. Plus il libérait ses émotions, plus elle se sentait attirée par lui. Son emprise sur elle l'effrayait, sans qu'elle parvienne à s'en affranchir. Ni ne le souhaite vraiment...

— Je n'avais pas de parents pour subvenir à mes besoins, reprit Alik en se levant. Pour ma mère, je n'étais qu'un fardeau qu'elle a préféré abandonner.

— Je suis sûre qu'elle aurait voulu te garder, Alik.

— Peu importe. Rien ne remplacera jamais ce que j'ai perdu.

Il s'adossa à la cheminée, le regard perdu dans le vague.

— Leena mérite mieux, mais que suis-je censé lui donner ?

— Toi, Alik. As-tu vu comme elle était heureuse, aujourd'hui ? Elle t'aime, tu sais.

— Jusqu'au jour où elle comprendra quel père pitoyable je suis, dit-il d'une voix brisée. Un père qui n'a aucune idée de ce qu'il fait...

— L'amour compense bien des erreurs, affirma-t-elle, avec une assurance qu'elle était loin de posséder.

— Et si je ne suis pas capable de l'aimer ?

Il reposa violemment son verre sur la cheminée.

— Qu'aurais-tu attendu de tes parents ? demanda-t-elle d'un ton apaisant.

— Quel intérêt de discuter de ce que je n'ai pas ?

— Tu n'as jamais pensé à eux ? A ta mère ?

Il fit non de la tête, et elle se mordit la lèvre pour ne pas pleurer.

— Mais qu'aurais-tu préféré ? Des parents parfaits ou des parents présents ? Sois là pour elle, Alik. C'est tout ce qu'elle demande.

— Je serai là, énonça-t-il d'un ton grave. C'est une promesse.

— Alors, il n'y a aucune raison de s'inquiéter.

Il se tourna vers elle. La détresse se lisait sur ses traits, reflet d'un tel manque de confiance, d'un besoin si immense, que rien ne semblait devoir les combler. Alik n'était pas dénué d'émotions : il les gardait enfouies en lui par peur d'être submergé. Elle le comprenait, à présent, en découvrant chacune des blessures qu'on lui avait infligées, encore et encore...

Déjà, il avait retrouvé sa façade habituelle.

— Assez discuté. J'ai envie de toi.

— Alik...

En deux enjambées, il la rejoignit et écrasa sa bouche sur la sienne. C'était un baiser brutal, sauvage. Un baiser qui évoquait davantage la fuite que l'abandon. Oh ! il la désirait, aucun doute. Mais dans ce désir, il n'était question que de lui, pas d'elle.

Il l'attira à lui, l'obligeant à se lever. Elle répondit à son invitation. Que pouvait-elle faire d'autre ? Résister ? Elle en était incapable. Dès qu'il la touchait, elle se savait perdue. Il faisait naître en elle un besoin que toutes leurs nuits d'amour n'avaient pas réussi à satisfaire. S'ils faisaient bien l'amour... Pour Alik, c'était du sexe et le sexe n'avait rien d'intime.

— Alik...

Elle s'arracha à son baiser, mais il plongea dans son cou, évitant son regard.

— Place-toi derrière le canapé, intima-t-il, autoritaire.

— Alik...

— Maintenant.

L'injonction l'excita. Tout ce que faisait Alik l'excitait. Mariée pendant six ans, elle n'était pas une oie blanche. Mais jamais elle n'avait joué à ce genre de petit jeu. Si c'était bien un jeu, car l'éclat d'acier dans les yeux d'Alik l'en faisait douter. Et cela l'excitait encore plus.

Elle contourna le canapé tandis qu'il l'observait, son expression détachée.

— Penche-toi.

Elle obéit de nouveau et se pencha en avant, cramponnée au dossier du canapé. Lentement, il déboucla sa ceinture en venant se placer derrière elle. Le cœur de Jada battait la chamade. Des sons lui parvenaient — le frottement du cuir contre les passants, le cliquètement d'une braguette qu'on ouvre. Elle tenta de se retourner.

— Regarde devant toi, princesse.

Elle obéit encore. Elle n'avait pas envie qu'il s'arrête. Il promena une main le long de son dos, avant de relever le bas de la robe. La seconde d'après, sa culotte tombait sur les chevilles.

— Parfait.

Jada ferma les yeux, enivrée par ses caresses qui stimulaient son désir. Elle l'entendit déchirer l'emballage d'un préservatif, mais ne se retourna pas, conformément à ses ordres.

Une plainte lui échappa lorsqu'il glissa un doigt en elle, avant de la pénétrer lentement, l'emplissant tout entière. Sa position lui permettait de s'enfoncer plus profondément et elle aimait cela. Son seul regret était de ne pouvoir le regarder dans les yeux.

Etait-ce délibéré ? Ses puissants coups de butoir balayèrent ses questionnements, noyés dans une avalanche de sensations grisantes. D'une pression experte sur son clitoris, il la fit basculer dans la jouissance, tout en continuant à chasser la sienne. Même après l'avoir atteinte, il ne lui accorda aucun repos.

La tension montait de nouveau en elle. Il ralentit le rythme afin de lui faire éprouver chaque millimètre de sa virilité. Seigneur, jusqu'où la précipiterait-il ? Le plaisir lui arrachait des gémissements incontrôlés tandis qu'elle luttait contre l'orgasme. Elle n'était pas prête. Pas encore...

Une caresse plus appuyée manqua la faire défaillir. Elle

tremblait, trempée de sueur. Et Alik qui continuait à l'entraîner vers des sommets vertigineux...

— Alik, je ne peux pas...

— Si, avec moi.

Son souffle chaud balayait son cou. Il accéléra la cadence, dans un crescendo effréné que calquaient ses doigts entre ses cuisses. L'air lui manqua. C'en était trop. Un tsunami enflait en elle, plus violent que tout ce qu'elle avait connu jusque-là.

Alik se figea, et elle sentit sa main sur sa hanche s'enfoncer dans sa chair. Ce fut comme une déflagration, sourde et fracassante. Il n'y avait plus ni sons ni images, rien d'autre que cet océan d'extase dans lequel elle sombrait avec lui...

Ses jambes flageolaient lorsqu'il se retira. Elle l'entendit remettre de l'ordre dans ses vêtements. Elle avait peur de se retourner. Peur d'exposer son âme en croisant son regard. Il tirait sur un masque qu'elle n'avait même pas eu conscience de porter, maintenu en place par son désir de plaire. A ses parents d'abord, puis à son mari. Elle avait été heureuse sous ce masque. Satisfaite du fleuve tranquille qu'était sa vie.

Sa relation avec Alik était tout sauf un fleuve tranquille.

— Voilà à quoi t'attendre avec moi, lança-t-il d'un ton suffisant.

Ces mots mirent Jada en colère. Parce qu'ils sonnaient faux. Parce qu'il recommençait à jouer un rôle, bien à l'abri derrière ses défenses.

— Si c'est une thérapie que tu cherches, Alik, au lieu de me prendre contre ce divan, pourquoi ne pas t'y allonger ?

— Où veux-tu en venir ?

— Je n'apprécie guère que tu utilises mon corps pour régler tes problèmes.

— Si tu crois que c'est le cas, tu te surestimes.

— Vraiment ?

Sa gorge se noua. Il semblait bien décidé à repousser les limites de la muflerie.

— Je te l'ai dit, Jada. Le sexe n'est que du sexe...

— Arrête, Alik.

— Tu sais ce que je suis. Si tu ne l'acceptes pas, trouve-toi quelqu'un d'autre !

Elle ne voulait personne d'autre. Pas même l'homme qu'elle avait aimé autrefois, réalisa-t-elle choquée. Mais pas non plus cet Alik-là.

— Je vais me coucher, dit-elle en tournant les talons.

— Pas de merci ? Je t'ai fait jouir trois fois...

Elle fit volte-face, en proie à une fureur noire.

— Et alors ? rétorqua-t-elle. Si c'est pour être traitée ainsi, je préfère m'en charger moi-même. Le sexe à deux n'est bon que si l'on se donne corps et âme. Mais tu en es incapable, pas vrai, Alik ? Alors à quoi bon ?

Un mensonge éhonté. Le sexe avec Alik était fantastique. Mais le lien qu'il forgeait entre eux la détruisait à petit feu. Si elle prenait ses distances, c'était moins à cause de son attitude blessante que des sentiments qu'il faisait naître en elle. De la personne qu'elle devenait avec lui.

— Si c'est ce que tu penses..., lâcha-t-il d'un ton neutre. Bonne nuit, Jada.

Il s'approcha du bar et se versa un autre verre, comme si de rien n'était.

Il la congédiait !

— Bonne nuit, Alik.

Elle se réfugia dans sa chambre, mais se garda de claquer la porte. Elle ne lui montrerait pas à quel point il lui avait fait du mal. D'ailleurs, comprendrait-il ?

Elle s'écroula sur son lit, au bord des larmes. Le moment était peut-être venu de quitter le navire. Qu'attendait-elle d'Alik ? Une histoire d'amour ? Un vrai mariage ? Elle avait eu tout cela. Ce qu'ils vivaient ne s'en approcherait jamais.

Parce qu'il n'était pas son premier mari.

Parce qu'elle avait changé.

Pas pour faciliter la vie d'Alik ou rendre leur mariage plus harmonieux, comme elle l'avait fait avec Sunil. Pas pour rentrer dans un moule. Le changement qui s'opérait en elle était sans limite. Une liberté qu'elle n'avait pas demandée, ni ne comprenait vraiment.

Elle s'était toujours conformée aux attentes de son entourage. Alik, lui, la poussait à se faire plaisir, à suivre ses aspirations.

Et cette femme qu'elle devenait… Cette Jada-là n'aurait pas été heureuse dans sa vie d'avant. Elle aurait exigé plus de son mariage. Plus de passion. Plus d'honnêteté. Moins de secrets.

Alik ne s'était pas seulement imposé dans son présent. Il n'avait pas seulement modifié son avenir. Il changeait aussi sa perception du passé.

Et elle détestait cela.

12

Alik n'aimait pas l'échec. Pour un mercenaire, échouer revenait à signer son arrêt de mort. Il avait donc appris à ne jamais se laisser surprendre. La seule exception était l'accident de préservatif survenu la nuit de la conception de Leena.

Mais ce soir, il avait échoué. A calmer le tumulte de son cœur. A museler son trouble depuis le tour de manège avec Leena. Plus que tout, il avait échoué à remettre Jada à sa place.

En ramenant le sexe à sa fonction la plus primaire, il avait espéré retrouver l'euphorie que lui procurait d'ordinaire l'acte sexuel. Sans succès.

Le sexe avec Jada avait un prix, qui semblait chaque jour plus élevé. Le payer, c'était baisser sa garde. Ouvrir son cœur. Oh ! il n'était pas dénué d'émotions, il le comprenait, aujourd'hui. Il avait simplement érigé un mur si haut autour d'elles, si inviolable que lui-même n'avait pas su l'abattre. Lorsque ce mur avait commencé à se fissurer, il en avait attribué tout le mérite à Leena. Mais c'était Jada qui tenait le marteau-piqueur. Elle qui démolissait ses défenses une à une, libérant un besoin refoulé depuis son plus jeune âge...

Un besoin que Leena comblait en partie.

La fillette trottait maladroitement autour de lui, dans une petite robe rose que sa couche faisait bouffer à l'arrière.

— Pratique, ce coussin, commenta-t-il lorsqu'elle retomba sur ses fesses.

Le babillage de Leena amena un sourire sur ses lèvres. Jada

avait raison : les bébés étaient adorables. Surtout Leena. Sa fille, à ses yeux, était la huitième merveille du monde.

Il s'allongea sur le ventre et prit sa petite main potelée dans la sienne. Cinq doigts, compta-t-il, avant de répéter l'opération avec la seconde main, puis les orteils de chaque pied.

— Dix et dix. Parfait, annonça-t-il tout haut.

— C'est la première chose que j'ai vérifiée à la maternité.

Il se redressa vivement. Depuis combien de temps Jada l'observait-elle ? Etre surpris dans un moment pareil le gênait. Ses sentiments pour Leena — ses sentiments en général — étaient comme une peau neuve sur ses blessures, tendres et fragiles encore.

— Je n'étais pas là à sa naissance, dit-il, étouffé par le regret. Me serais-je attaché à elle si je l'avais été ?

— J'en suis convaincue, Alik. Pas toi ?

— Voir Sayid avec sa famille m'a fait changer d'avis sur les enfants. Mais j'ignore comment j'aurais réagi il y a un an...

— Tu aurais fait ce qui est juste. Comme toujours.

— Tu te trompes.

Il se releva, au grand dam de Leena qui se mit à pleurer, les bras tendus vers lui. Impossible de lui résister. Il la prit dans ses bras et fut récompensé par un sourire triomphant.

— J'ai toujours agi dans mon intérêt, Jada, sans me préoccuper de celui des autres.

— Qu'est-ce qui a changé ?

— Je ne sais pas. Moi, peut-être.

Sauf la nuit précédente, où il était retombé dans ses anciens travers. Il s'était servi de Jada pour son propre plaisir. Mais son plan s'était retourné contre lui. Où était passé le détachement qu'il prônait si crânement devant elle ?

— Veux-tu changer, Alik ?

— Si c'est possible...

— Tu m'as fait mal, hier soir.

Il eut l'impression d'avoir reçu une gifle.

— Où ? Comment... ?

— Pas physiquement, se reprit-elle. Physiquement, c'était fabuleux. Mais la façon dont tu t'es comporté ensuite... Alik, j'ai bien compris que l'amour ne t'intéressait pas. Inutile de me montrer que tu ne ressens rien chaque fois que tu es avec moi.

— Est-ce une histoire d'amour que tu veux, Jada ?

— Non. Pas avec toi.

Cette réponse lapidaire, inexplicablement, lui fit l'effet d'un coup de poignard.

— Qu'attends-tu de moi ? demanda-t-il.

— Du respect. Je refuse d'être traitée comme une prostituée.

— Je ne te traite pas ainsi.

— La nuit dernière, si. Je n'étais là que pour satisfaire tes pulsions.

— Je t'ai donné du plaisir, objecta-t-il. Plus que la fois où...

— Tu sais, Alik, j'ai préféré la nuit où tu as joui avant moi, le coupa-t-elle, rouge écarlate. Hier soir, je n'étais qu'un baume à ton ego. Tu as prouvé que tu étais un dieu du sexe, et alors ?

Son regard tomba sur Leena.

— Je sais qu'elle ne comprend rien à cette discussion, mais... Continuons dans le couloir, d'accord ?

Alik acquiesça et déposa Leena dans son lit. La fillette lui décocha un regard indigné, mais ne pleura pas, même après qu'il eut refermé la porte derrière eux.

— Je t'écoute. Explique-moi pourquoi je ne t'ai pas satisfaite sexuellement, grinça-t-il.

— Tu étais dans la démonstration, pas dans le partage, répondit-elle, imperméable à son sarcasme. Cette autre nuit, quand tu as perdu le contrôle, j'ai aimé cela. C'était spontané, sincère. J'en ai assez des faux-semblants.

— Quand n'ai-je pas été honnête avec toi ?

— Tu l'étais, au début. A présent, tu ne cherches qu'à te protéger. J'ai déjà vécu ce genre de relation, Alik. Quand chacun dissimule ses vrais désirs pour ne pas blesser l'autre, ni se blesser soi-même...

— Je croyais que l'amour ne t'intéressait pas ?

— C'est le cas.

— Alors pourquoi cette comparaison ?

— Tu as raison, c'était maladroit, admit-elle. Ce que je veux dire, c'est que je préfère l'impulsivité à un plaisir calculé.

— Le sexe est affaire de plaisir, Jada.

— Pas seulement. Tu n'as donc pas entendu ce que j'ai dit hier soir ?

Lorsqu'elle lui avait jeté à la figure qu'elle préférait se donner du plaisir seule ? Oh ! il avait entendu. Ce rejet cinglant l'avait heurté de plein fouet.

— Le sexe est affaire d'intimité, continua-t-elle. De complicité. Tant que tu ne le comprendras pas, tu passeras à côté de ce qu'est faire l'amour.

— Est-ce la spécialiste qui parle ?

— Alik, le sexe avec toi est merveilleux, très excitant. Mais je me sens seule, après, comme gelée de l'intérieur.

Ces mots ébranlèrent un peu plus ses défenses. Jada était une personne si rayonnante, si lumineuse ! Il haïssait l'idée de la corrompre. Il avait été si occupé à se protéger qu'il n'avait pas vu le mal qu'il lui faisait. Sexe et émotion étaient intimement liés, oui. Il l'avait appris au fil de leurs étreintes, tout en s'obstinant à nier l'évidence. Quand l'avait-il possédée sans être hanté ensuite par son odeur, mélange entêtant d'épices et de jasmin ? Quand avait-il été capable de la chasser de son esprit ?

Jamais.

— Je suis désolé, murmura-t-il. Je n'avais pas l'intention de te blesser.

— Je sais, Alik. Tu ne comprends simplement pas toujours ce que ressentent les autres.

— Je croyais que satisfaire toutes mes envies m'aiderait à libérer mes émotions. Cette méthode ne m'a jamais rien apporté. Mais Leena, si. Et toi aussi.

— Moi ? répéta Jada.

— Oui. Savoir que je t'ai blessée me fait mal.

— C'est ce qu'on appelle l'empathie.

Il hocha la tête.

— C'est nouveau, pour moi. Je te suis redevable après la façon dont je t'ai traitée hier.

— Non, Alik. Tu ne me dois rien. Mais j'aimerais que cela ne se reproduise plus.

— Si nous sortions, ce soir ?

Il avait envie de la voir sourire. De la revendiquer publiquement comme sienne. Etrange, ce désir. Inédit. Comme toutes les émotions qui lui venaient ces dernières semaines. Enfin, il avait la sensation de devenir un autre homme.

— Et Leena ?

— Marie s'en occupera.

Jada n'aimait pas se décharger sur la fille au pair, mais lui savourait l'idée de la garder un peu pour lui seul.

— D'accord, céda-t-elle. Donne-moi juste le temps de me changer.

— A condition que tu t'habilles en rouge.

— Je ne suis jamais allée dans un club, confessa Jada en balayant des yeux la salle enfumée.

Elle était reconnaissante à Alik de ne pas l'avoir emmenée dans une boîte de nuit avec musique techno et stroboscopes. Ici, l'ambiance était plus intime, plus chaleureuse. Les tables, serrées les unes contre les autres, entouraient une piste de danse, sur laquelle évoluaient des couples au son d'une musique jazz jouée par un orchestre.

— Jamais ? répéta Alik d'un ton incrédule.

— Je me suis mariée très jeune.

— N'en as-tu jamais eu envie ?

— C'est juste que... Nous sortions, mais pas dans ce genre d'endroit.

— Et ce soir ? questionna-t-il. Es-tu là pour moi ou parce que tu en as envie ?

— Sunil ne m'a jamais rien interdit, se hâta-t-elle de préciser. J'étais heureuse avec lui. En ce qui concerne les enfants, je suis certaine que nous aurions trouvé une solution.

— As-tu envie de danser, ce soir ?

— Oui. Très.

L'étreinte d'Alik se resserra autour de sa taille. Elle avait suivi ses instructions et passé une petite robe rouge qui moulait sa silhouette. Elle n'avait pas l'habitude de porter des tenues aussi sexy, mais avait eu le coup de foudre pour celle-ci, qu'elle avait achetée en pensant à Alik. Il commençait même à influencer ses goûts vestimentaires !

— Je n'ai plus dansé depuis mon premier mariage, avoua-t-elle.

— Il est grand temps de remédier à cela.

Il lui prit la main et l'entraîna sur la piste pour un slow langoureux. C'était si romantique ! La tête contre son torse, elle se sentait fondre dangereusement.

— Je ne m'attendais pas à ce qu'un milliardaire fréquente ce genre de club, dit-elle afin de rompre l'envoûtement.

— C'est un lieu que j'affectionnais particulièrement à mon arrivé à Paris. J'avais envie de te le faire découvrir.

Le cœur de Jada se serra.

— Merci.

Les dernières notes du slow s'estompèrent au profit d'un air endiablé. Aussitôt, il libéra sa taille et lui saisit les deux mains, un large sourire aux lèvres. Elle était loin d'être une danseuse expérimentée, mais c'était si facile de se laisser guider par Alik ! Il la faisait virevolter avec une aisance déconcertante. Elle se sentait légère, légère… Aussi légère qu'un nuage !

Elle et Alik dansèrent jusqu'au vertige. Elle s'était même débarrassée de ses escarpins pour être plus à l'aise, et sa voix était rauque d'avoir tant ri et chanté.

— Dernier morceau, dit Alik, en écho à l'annonce faite par le chanteur. Prête ?

— Tu m'as épuisée, protesta-t-elle. Je déclare forfait.

Ensemble, ils regagnèrent leur table, où elle renfila ses chaussures.

— Merci. Jamais je n'aurais cru passer une si bonne soirée.

Quand s'était-elle autant amusée pour la dernière fois ? Elle faillit lui proposer de remettre cela, mais se ravisa in extremis.

— Moi non plus, dit Alik.

Ils quittèrent le club peu après. L'air frais de la nuit était agréable après l'étouffante chaleur de la piste de danse.

— Il y a beaucoup de choses que j'ignorais avant de te connaître, reprit-t-il.

Il l'embrassa sur les lèvres — un baiser doux, empreint de tendresse.

— Apprends-moi, chuchota-t-il.

Le cœur de Jada manqua un battement.

— T'apprendre quoi ?

— A faire l'amour.

Non. Chaque fibre de son être s'y opposait. Cette requête, simple, touchante, l'angoissait plus que tout ce à quoi elle avait été confrontée avec lui. Que ne s'était-elle contentée d'un peu de plaisir brut ! Lui faire part de ce besoin avait été une erreur. Ce qu'il réclamait à présent...

C'était trop.

Il ne la voulait plus seulement charnellement, mais corps et âme. Et cela risquait de la détruire. Plus elle se rapprochait d'Alik, plus son passé lui paraissait gris et terne. Ses souvenirs étaient tout ce qu'il lui restait et l'idée de les déshonorer la terrifiait. Sauter ce dernier pas avec Alik ne l'éloignerait-il pas définitivement de la personne qu'elle avait été avec Sunil ?

Elle tremblait de tous ses membres. Mais quand leurs regards se croisèrent, elle sut qu'elle n'aurait pas la force de dire non.

— D'accord, Alik. Je vais t'apprendre.

Alik aurait tout donné pour un verre. Faire un détour par le bar était tentant. Il n'avait jamais été nerveux avant le sexe, pas même la première fois. Mais face à Jada, il se sentait comme un adolescent timoré.

L'alcool constituait le remède le plus efficace dans ce genre de situation. Ce soir, cependant, il tenait à rester sobre. Il ne voulait pas perdre une miette de ce qu'il allait vivre avec Jada. Avec elle, il éprouvait le besoin de ressentir les choses pleinement, intensément.

Elle seule lui faisait cet effet-là. Aucun stimulant, ni aucune autre femme ne l'avaient mené si près de l'extase. Et il ne parlait pas seulement de plaisir physique. Regarder Jada suffisait à le rendre vivant. Comme si son cœur se dégelait à la plus chaude des flammes...

Fini de lutter. Ce soir, il embrasserait de tout son être ce qu'elle avait à lui offrir.

Mais il avait peur. Peur de ne pas savoir faire face, de ne pas être à la hauteur. Lorsqu'elle découvrirait le vrai Alik, voudrait-elle encore de lui ?

Pas le temps de s'attarder sur cette question. Elle marchait droit sur lui, les yeux rivés aux siens. Des yeux qui semblaient lire en lui. N'importe quelle personne saine d'esprit, face au champ de ruines qu'était son cœur, aurait pris ses jambes à son cou.

Mais pas Jada.

— Aussi excitant que soit le canapé, j'opte pour le lit, dit-elle avec un sourire.

— C'est toi qui mènes la danse.

— Non, Alik...

Ses doigts dorés enveloppèrent les siens. Ils tremblaient et des larmes luisaient dans ses yeux. Si seulement il parvenait à comprendre son émotion !

— Cette nuit est la nôtre, à tous les deux, expliqua-t-elle. C'est la différence entre le sexe et l'amour. Il ne s'agit pas de mon plaisir ou du tien, mais d'un plaisir partagé.

Il se laissa conduire à l'étage, le cœur battant à tout rompre. Lui, qui avait affronté sans sourciller les pires dangers, se retrouvait terrifié à l'idée de s'unir corps et âme à une autre personne ! Il n'aspirait qu'à une chose, reprendre le contrôle. Posséder Jada ici et maintenant, dans une brève étreinte torride — sa spécialité. Mais il était aussi fasciné par cette lente marche qui l'obligeait à laisser monter la pression.

Toute sa vie, il avait agi dans l'indifférence devant la vie ou la mort. Mener à bien sa mission était tout ce qui lui importait. Il n'avait eu de cesse de repousser ses limites au lieu d'exister, prisonnier de cette coquille vide qu'était son corps. Ce soir...

Ce soir serait sa délivrance, ou son ultime plongeon dans les ténèbres. Il espérait seulement ne pas entraîner Jada avec lui.

Ils entrèrent dans sa chambre. Il ne l'y avait jamais invitée avant, car c'eût été lui donner le contrôle. Partir ou rester.

— Déshabille-toi, l'exhorta-t-elle.

Il obtempéra tandis qu'elle faisait de même. Ils s'allongèrent sur le lit, nus dans les bras l'un de l'autre. Jada enfouit le visage dans le creux de son cou et prit une profonde inspiration.

Son soupir d'aise libéra une vague d'émotion dans la poitrine d'Alik. Il se retint de la refouler. Se retint de renverser la jeune femme sur le dos pour lui procurer le plus spectaculaire des orgasmes et lui faire oublier toute cette folie. Une part de lui se complaisait dans cette douce torture. Cette vision de ce que pourrait être sa relation avec Jada...

Elle l'embrassa langoureusement, attentive à chaque tension de ses muscles, à chaque gémissement de plaisir au passage de ses lèvres. C'était un baiser pour lui seul, bouleversant d'intimité. Il eut envie de lui offrir le même cadeau. Un plaisir issu non de son expérience d'amant, mais de ce qu'il savait de Jada. Alors il l'embrassa à son tour, en lui mordillant la lèvre inférieure, comme elle aimait.

Son sourire le toucha en plein cœur. Il se sentait près d'imploser sous l'effet d'une pression trop intense. Mais il n'aurait pas échangé ce moment pour son ancienne vie.

— Tu es la plus belle femme que j'aie jamais vue, murmura-t-il.

Du bout de la langue, il traça le contour d'un mamelon avant de l'aspirer entre ses lèvres. Jada s'arc-bouta contre lui, les doigts plongés dans ses cheveux. Elle faisait toujours cela, comme pour ne pas perdre pied. Il aimait cela. Il aimait la douceur satinée de son corps, dont il dessinait chaque courbe afin de les graver dans sa mémoire. Ses précédentes conquêtes n'existaient plus. Il n'y avait que Jada.

Les blessures du passé se refermaient sous ses mains délicates, leur caresse un baume bienfaisant. Sa voix douce et chaude lui murmurait à l'oreille des promesses de plaisir, des encouragements, autant de mots qui effaçaient la violence à laquelle il avait été exposé dès l'enfance. Lorsqu'il se glissa en elle, le monde s'estompa. Eux seuls subsistaient, deux êtres qui ne faisaient plus qu'un. Elle se mit à onduler en rythme, et la frontière entre leurs deux corps se brouilla pour de bon. Impossible de savoir où finissait le sien et où commençait celui de Jada.

Jusqu'à ce qu'il la sente se raidir sous lui, ses muscles intimes resserrés sur sa chair. Alors, la jouissance l'emporta comme un raz-de-marée, irradiant tout son être. Il ne voyait plus rien, n'entendait plus rien à part les battements sourds de son cœur. Puis, peu à peu, tout revint à la normale.

Sauf lui.

Il avait changé, au plus profond de lui-même.

Jada posa la tête contre son torse et il la serra contre lui. Pour la première fois, il n'était pas pressé de partir. Il ne pensait pas à la prochaine fois, ni à la prochaine partenaire. Jada le comblait pleinement...

— Cette ancre a une signification, dit-il à brûle-pourpoint.

Après ce moment fort, il éprouvait le besoin de se confier et d'approfondir leur intimité.

— Quelle ancre ? demanda-t-elle.

Il lui montra le tatouage sur son poignet.

— A l'orphelinat, on m'a dit que mon père était marin. J'ignore si c'est vrai, mais... Les marins arborent souvent ce genre de tatouage. J'ai pensé que cela me rapprocherait de lui. Quelle sottise ! Malgré tout, je l'aime bien.

— Moi aussi, murmura Jada en traçant de l'index le contour de l'ancre. Les tatouages sont un rappel indélébile de qui l'on a été. Un lien avec le passé...

La tristesse dans ses yeux lui remua les entrailles. Il se demanda si c'était ses souvenirs ou lui qui en étaient responsables.

— Le passé est le passé. Je n'y retournerais pour rien au monde, décréta-t-il.

Le regard de Jada se voila. Lorsqu'il tendit la main vers elle, elle se déroba.

— Je ferais mieux d'y aller, dit-elle en s'asseyant, le drap tiré sur sa poitrine. Au cas où Leena pleurerait...

— Tu l'entendras d'ici.

— Je n'aime pas être loin d'elle.

Elle sortit du lit, rassembla ses vêtements et se rhabilla. Etait-ce ainsi qu'elle se sentait chaque soir quand il la quittait ? Vulnérable ? Abandonnée ? Car c'était exactement ce qu'il ressentait en cet instant.

— Jada, reste...

— On se voit demain.

Elle quitta la chambre en refermant la porte derrière elle.

Ce soir, il avait goûté à la véritable intimité, suivie par le plus cuisant des rejets. Aucune chance qu'il ferme l'œil.

Il sauta hors du lit, enfila un jogging ainsi qu'une paire de baskets. Il avait besoin de réfléchir. Le mieux était encore de le faire en courant.

Et il ne s'arrêterait pas avant d'avoir trouvé la réponse au vide qui rongeait son âme.

13

— Bonjour, Jada.

— Bonjour, Alik, répondit-elle comme il s'installait à la table du petit déjeuner.

Elle était assise sa place habituelle, Leena aussi. Car ils avaient « leurs » places. Elle avait envie de hurler et prendre ses jambes à son cou. Comment avait-elle pu se croire assez forte ? Faire l'amour avec Alik avait des conséquences bien plus profondes qu'elle ne l'avait imaginé et auxquelles elle n'était nullement préparée.

— Les crêpes sont délicieuses, dit-elle d'un ton faussement badin en tendant une bouchée à Leena.

Alik la transperça d'un regard pénétrant.

— Il faut qu'on parle. Finis de manger.

— Je comptais emmener Leena en promenade...

— Marie s'en chargera.

Elle hocha la tête.

— Laisse-moi juste terminer mon café...

— Prends-le avec toi.

A court d'excuses, elle se résolut à confier Leena à la fille au pair pour le suivre dans le salon. En le voyant embrasser le front de la fillette, sa poitrine se serra. Sa mission était accomplie : il aimait sa fille et était capable de le lui montrer. Il n'avait plus besoin d'elle, désormais — plus comme amante. Tout comme elle ne pouvait se permettre de continuer à jouer avec le feu.

— Pourquoi me fuis-tu ? lança Alik dès qu'ils furent seuls.

— Je ne te fuis pas, nia-t-elle. Mais j'ai pris une décision.

— Quelle décision ?

— Je crois que nous devrions en rester là, Alik. Tant que nous nous apprécions et nous respectons...

Il la regarda comme si elle l'avait giflé.

— Tu es un père formidable, continua-t-elle sans faiblir. Tu t'en sors à merveille avec Leena...

— Foutaises !

— Pardon ?

— Tu mens. Tu n'as aucune envie que nous en restions là, je me trompe ?

Non, il ne se trompait pas. C'était un mensonge, mais un mensonge nécessaire. Pour tous les deux.

— Ce n'était qu'une passade, Alik. Nous étions d'accord.

— Et tu es déjà lassée ? C'est ce que tu es en train de me dire ?

— Oui.

— Je ne te crois pas. Rien n'est terminé entre nous, Jada.

— Pourquoi ?

Une flamme s'alluma dans ses yeux gris.

— Parce que je suis tombé amoureux de toi.

Le cœur de Jada s'arrêta de battre. C'était la confession qu'elle avait tant espérée. Mais aussi celle qu'elle redoutait par-dessus tout car elle ne pouvait y répondre.

— Tu te trompes, Alik.

— Crois-tu m'apprendre ce que je ressens sous prétexte que tu es experte en émotions ?

Elle réprima un rire sans joie. Elle s'était rarement sentie moins experte qu'en cet instant. Néanmoins, elle tiendrait bon.

— Ces derniers temps ont été éprouvants et riches en nouveautés. Peut-être as-tu simplement...

— Non, Jada. Je sais ce que je ressens. Je t'aime.

— Je ne veux pas que tu m'aimes...

— Je m'en moque ! s'exclama-t-il en l'attirant à lui. Je t'aime, Jada. Je n'avais jamais aimé personne avant de rencontrer Leena. Avant de te rencontrer, toi, si belle, si passionnée...

Il approcha les lèvres à quelques millimètres des siennes.

— Nous avons fait l'amour. Cela ne signifie donc rien, pour toi ?

Jada se sentait prise de vertige. Une douleur lancinante lui étreignait la poitrine, mais ce n'était rien à côté de la peur de le perdre. De se perdre elle, s'il disparaissait de sa vie...

Elle se dégagea, chancelante.

— Tu ne comprends pas, balbutia-t-elle. J'ai connu l'amour, Alik. Ce que nous vivons, ce n'est pas cela. Ce n'est pas... moi.

— Bien sûr que c'est différent, argua Alik. Je ne suis pas ton premier mari. Et tu n'es plus la femme que tu étais avant. Après ce que tu as traversé, croyais-tu vraiment rester la même ?

— Je sais tout cela. Mais ce que tu me demandes... C'est impossible ! Tu voudrais que je l'oublie, mais...

— Ce n'est pas ce que je demande, coupa-t-il.

— Ai-je le choix ? Chaque jour avec toi m'éloigne un peu plus de Sunil. J'avais une vie avec lui, des rêves d'avenir. Leur tourner le dos, c'est faire comme s'ils n'avaient jamais existé !

— Tu te trompes. Pourquoi ne pas simplement tourner la page ?

— C'est toi qui me dis cela, Alik ? Toi qui as passé ta vie à fuir tes émotions pour mieux te protéger ?

Elle vit sa mâchoire se crisper.

— C'est vrai, j'ai longtemps fui. Mais toi, Jada, tu ne fuis pas. Tu fais du surplace, par peur d'aller de l'avant. Je sais que c'est terrifiant, mais tu ne peux pas vivre éternellement dans le passé ! C'est ton mari qui est mort, pas toi !

— Arrête ! cria-t-elle. Tais-toi...

— Non, je ne me tairai pas. Tu es vivante, Jada Patel. Il y a une vie qui t'attend. Une vie avec moi. Pourquoi la rejeter ?

Les larmes montaient aux yeux de Jada. Des larmes de colère.

— Ce n'est pas parce que je refuse d'être avec toi que je rejette la vie, rétorqua-t-elle. J'ai changé. J'ai Leena, à présent.

— Tu n'as pas changé. Mais maintenant, tu as le champ libre, gronda Alik. Car il était un obstacle, quoi que tu en dises. Un obstacle à tes désirs et à l'expression de ta vraie personnalité.

— C'est faux. Sunil était un homme bien.

— Plus que moi ?

— Oui.

Il tressaillit, mais elle ne fléchit pas.

— Je veux une vie normale, où je peux élever Leena avec toi car tu es son père, mais sans être ta femme.

— Dans ce cas, bonne nouvelle ! dit-il en saisissant une enveloppe sur une console. L'adoption vient d'être finalisée. Nous n'avons plus à rester mariés.

— Oh...

Elle cilla, prise de court.

— Tu auras ton divorce, reprit Alik, les dents serrées. Je t'installerai dans la résidence de ton choix, ici, à Attar ou en Oregon. Peu importe. Mais avant, je vais le répéter une dernière fois : si tu me rejettes, tu ne l'entendras plus jamais. Je t'aime, Jada...

Elle secoua la tête, étouffée de sanglots.

— Non.

C'est tout ce qu'elle était capable de prononcer.

— Va-t'en.

— Alik...

— Je t'en prie...

Jada partie, il lui sembla que sa poitrine se déchirait en deux. Il venait d'avouer son amour à une femme qui l'avait cruellement repoussé. Etait-ce cela après quoi il avait couru toute sa vie ? Il éprouvait enfin des sentiments. La douleur. La colère. Il avait envie de lui faire mal à son tour en lui arrachant Leena...

Cela ne dura qu'une seconde. L'idée qu'elle souffre par sa faute lui lacérait le cœur.

Aimer était l'enfer. Comme il avait eu raison de s'en protéger ! Il aurait voulu n'avoir jamais fait l'amour avec Jada, n'avoir jamais partagé avec elle son intimité. Mais revenir à l'homme qu'il était avant, incapable d'émotion, c'était perdre son amour pour Leena.

Sa fille ne valait-elle pas toutes les peines de cœur du monde, aussi douloureuses fussent-elles ?

Il retourna dans le patio, où Marie achevait de préparer Leena pour sa promenade. Une sensation apaisante l'envahit lorsqu'il la serra dans ses bras. Au fond, qu'importait Jada ? Il n'avait besoin que de Leena. Et pour son bien, il ne la séparerait pas de celle qui serait bientôt son ex-femme.

Ex-femme... Le mot sonnait désagréablement. Il se ressaisit aussitôt. Tant pis pour Jada. Qu'elle s'accroche à un fantôme si cela lui chantait. Elle avait eu sa chance. Il ne lui en accorderait pas de seconde.

Alik s'accouda au bar et commanda un verre. Il avait envoyé Jada et Leena à Attar, pendant qu'il retournait à Bruxelles finaliser le contrat interrompu par la nouvelle de sa paternité. Son rendez-vous d'affaires terminé, ses pas l'avaient conduit dans un club branché du centre-ville. L'endroit idéal pour oublier : une musique assourdissante, de l'alcool, des femmes. Surtout des femmes.

De l'autre côté du bar, une blonde, plantureuse, le dévorait des yeux en suçant une cerise plantée sur un cure-dent. Tout l'inverse de Jada. Exactement ce qu'il lui fallait.

Il but une gorgée et établit le contact visuel. La jeune femme le rejoignit aussitôt en ondulant des hanches.

— Vous m'offrez un verre ?

Il hocha la tête et fit signe au barman. Il connaissait le scénario par cœur. Tout cela lui était familier... A ceci près qu'au lieu d'une décharge d'adrénaline, il ressentait une vague sensation de nausée. La femme lui effleurait le bras, jouait avec ses cheveux, s'humectait les lèvres. Soudain, sa vision se brouilla et il vit Jada dans sa robe de mariée, remontant l'allée comme si elle se rendait à l'échafaud. Les vœux qu'ils avaient récités tournaient en boucle dans sa tête : des serments de fidélité, jusqu'à ce que la mort les sépare. Et les paroles de Sayid qui venaient s'y greffer...

Tu crois que les mots prononcés aujourd'hui ne sont que du vent ?

Sayid avait raison. Ils comptaient. Jada aussi, plus que tout, même si elle ne lui avait pas retourné son amour. Rien ne pourrait effacer ce qu'il ressentait pour elle.

— Je dois y aller...

Il reposa son verre et laissa la jeune femme en plan pour gagner la sortie. En chemin, quelqu'un le bouscula en riant — un rire alcoolisé, artificiel. Pas étonnant qu'il n'ait jamais trouvé satisfaction dans ce genre d'endroit. Rien n'y était réel.

Jada et Leena, si. Et s'il lui fallait subir mille fois le rejet de celle qu'il aimait, il le subirait. Avant Jada, il était prisonnier de lui-même…

Désormais, il était libre.

Jada errait sans but dans le palais. Alik était parti depuis des jours, la laissant seule avec Leena. Non qu'elle s'en plaignît. Elle avait besoin d'espace et de solitude pour remettre de l'ordre dans sa vie. Hélas, l'isolement avait aussi ses inconvénients. Leena endormie, elle restait seule avec ses pensées, qui n'avaient rien de très joyeux.

Avec un soupir, elle sortit sur le balcon. Alik lui manquait. Son rire, ses caresses, ses baisers lui manquaient. Le bonheur qu'il lui faisait ressentir…

« Tu n'es plus la même qu'autrefois. »

Ses mots résonnaient dans sa tête. Oui, elle avait changé, à tel point qu'elle avait pris peur. Ses souvenirs se brouillaient en un passé vague, sans couleur. Heureux, mais nullement parfait. Un passé qu'elle ne parvenait plus à vénérer. Accepter la personne qu'elle devenait avec Alik, n'était-ce pas désavouer celle qu'elle avait été avec Sunil ?

Mais Sunil n'était plus là. Comment aurait-elle évolué à son côté ? Elle ne le saurait jamais. Une seule chose était sûre : la femme qu'elle était aujourd'hui voulait Alik. Cette vie avec lui et Leena était tout ce dont elle avait toujours inconsciemment rêvé. Et, pour la première fois, elle n'en éprouvait aucune culpabilité.

L'âpre brise marine lui caressait le visage. Encore une chose qui la ramenait à Alik. Au mot « mari », c'était son visage qu'elle associait. Et quand elle pensait amour…

Comment aller de l'avant si elle gardait un pied dans le passé ? Aujourd'hui, elle comprenait qu'elle l'y avait délibérément gardé, pour se protéger. Mais Alik, son Alik, l'avait forcée à prendre des risques, à rire et à aimer. Il lui avait donné envie de croquer la vie à pleines dents. D'entamer un nouveau chapitre au lieu de ressasser sans cesse le début de l'histoire. Et elle avait tout gâché ! Il ne lui offrirait pas de seconde chance. Son expression lorsqu'il avait prononcé ces mots ! Si dure, si distante...

— Comment oses-tu ?

Elle fit volte-face. Alik était là, en costume froissé, sans cravate et manches retroussées sur les bras.

— Comment oses-tu chambouler ma vie ? continua-t-il d'une voix féroce.

— C'est toi qui as chamboulé la mienne, objecta-t-elle, le cœur battant.

— Alors pourquoi suis-je le seul à être dévasté ?

Il couvrit la distance qui les séparait et l'attira dans ses bras.

— D'abord, tu abats mes défenses, puis tu m'abandonnes dans ce champ de ruines !

— Et toi, comment oses-tu ? rétorqua-t-elle, tremblante. Je ne sais plus qui je suis ! Ou plutôt, si. Je sais ce que je veux et n'ai plus d'excuse pour ne pas m'en saisir...

— Que veux-tu, Jada ?

— Toi, chuchota-t-elle. C'est toi que je veux.

Elle secoua tristement la tête.

— J'ai été stupide, Alik. J'avais si peur du changement que j'ai préféré m'accrocher au passé, quitte à perdre ce que m'offrait le présent.

— Et moi, dit Alik, toute ma vie, j'ai essayé de fabriquer des émotions de toutes pièces. C'est toi qui m'as fait comprendre qu'on ne pouvait pas aimer en se protégeant à tout prix.

La tendresse dans sa voix émut Jada aux larmes.

— Alik, si je cherchais à régler tes problèmes, c'était pour ne pas affronter les miens. J'avais peur de mes désirs, peur qu'ils déshonorent la mémoire de Sunil. Tu me distrayais tant que je commençais à oublier... Je suis la pire des hypocrites. Je me suis persuadé que mon passé était parfait...

— Contrairement à moi, murmura Alik, la mine sombre.

Le cœur de Jada se serra.

— Non, Alik. Laisse-moi finir. Je croyais que tourner la page signifiait renier mon premier mariage. Que je n'avais pas le droit d'aspirer à une nouvelle vie. Mais tu m'as autorisée à rêver de nouveau. Tu m'as emmenée danser, tu m'as rendue heureuse.

Soudain, je n'avais plus besoin de mes souvenirs. Ces souvenirs paisibles que j'associais à l'amour...

— Toi et moi, c'est tout sauf paisible, princesse.

— Exactement ! Tu me défies et m'excites comme aucun autre homme. J'ai passé ma vie à faire ce qu'on attendait de moi, sans jamais me rebeller. Toi, tu m'as prise dans une loge d'opéra ! Tu m'as fait perdre le contrôle ! C'était si différent de ce que je connaissais, de qui j'étais... Pour moi, ce ne pouvait pas être de l'amour.

Les yeux gris d'Alik se voilèrent de tristesse.

— Peut-être n'en est-ce pas, pour toi...

Elle secoua la tête.

— Non, Alik. Tu avais raison. C'est différent parce que tu es différent. Et moi aussi. J'avais besoin de changer. Quand je l'ai compris, je me suis enfuie. Parce que t'entendre me dire « je t'aime » m'obligeait à accepter que je t'aimais aussi et...

— Tu m'aimes ?

Elle opina de la tête, incapable de parler.

— Alors pourquoi t'es-tu enfuie ?

— Par peur...

Il lui caressa la joue, essuyant du pouce les larmes qui y ruisselaient.

— Moi aussi, j'ai fui. Je suis allé dans un club, résolu à séduire la première venue. Mais je n'en avais aucune envie. Ce qu'il y a entre nous m'a changé, Jada. Je ne peux plus faire machine arrière.

— Moi non plus, et c'est ce qui me terrifiait : avoir tourné la page pour de bon.

— Je m'étais juré de ne pas le répéter, mais...

Il prit ses mains dans les siennes.

— Mon orgueil ne remplacera jamais ce que tu m'apportes. Tu m'as appris à me lier avec ma fille. A aimer. Tu es ce que j'ai recherché toute ma vie.

Elle le regarda avec émotion, cet homme qui l'avait changée. Qui l'avait guérie.

— Et moi qui me croyais plus équilibrée que toi... Quelle

suffisance ! Me pardonneras-tu ? S'il te plaît, Alik, dis-moi qu'il n'est pas trop tard...

Ses mots se perdirent dans un baiser vertigineux.

— Bien sûr que non. D'ailleurs, je suis venu avec un plan infaillible pour annihiler tes dernières résistances.

— Tiens donc...

Il lui montra sa main gauche. Un nouveau tatouage encerclait l'annulaire.

— Qu'est-ce que c'est ? demanda-t-elle.

— Mon alliance. Elle est indélébile. J'ai pensé qu'elle te convaincrait peut-être de ne pas divorcer.

— Alik...

Elle caressa du doigt l'anneau d'encre, dans lequel se détachait une phrase.

— C'est du russe. Qu'est-ce que cela dit ?

— « Jada et Leena. Ma famille. Pour toujours. »

— Et si j'avais refusé ?

— Est-ce ton intention ?

— Non.

— Dommage. Mon plan B consistait à t'attirer dans une loge royale de l'Opéra de Paris...

Jada éclata de rire.

— Tu étais vraiment prêt à tout.

— Seulement parce que ma vie n'a aucun sens, sans toi.

— Et si nous nous remariions ? proposa-t-elle en repensant à leurs noces.

A la robe blanche qu'elle détestait. A l'absence de musique. A sa tristesse.

— Cette fois, je prendrai ton nom, afin que nous formions une vraie famille, ajouta-t-elle.

— Je croyais que...

— Le passé est le passé. Je n'ai plus peur de laisser mes souvenirs être ce qu'ils sont : des souvenirs. Mon avenir, c'est toi.

— Et tu es le mien, Jada. Te rencontrer a été comme me réveiller après un long sommeil.

— Pour moi aussi. Ce que nous vivons ne vaut-il pas tous les rêves ?

Alik contempla Jada, la gorge nouée par l'émotion. Jada, la femme qu'il aimait de tout son cœur et de toute son âme.

— Personne ne m'a jamais aimé, murmura-t-il. Aujourd'hui, je vous ai, toi et Leena. Je dois être le plus heureux des hommes.

Un sourire espiègle flotta sur les lèvres de Jada.

— Alik Vasin, veux-tu m'épouser… une deuxième fois ?

— Rien ne m'en empêchera.

— Ne tente pas le diable, Alik.

— Pas d'inquiétude…

Il l'embrassa avec toute la passion dont il était capable.

— Le diable ne peut rien contre nous.

Épilogue

Jada ajusta son voile rouge et admira les splendides arabesques peintes au henné sur ses mains. Elles étaient l'œuvre de Chloé, l'épouse de Sayid. Jada se réjouissait d'avoir trouvé une amie en la jeune femme. Sayid était comme un frère pour Alik. Ensemble, ils formaient désormais une grande et même famille.

De la cour du palais lui parvenait une musique enjouée. Un sourire joua sur ses lèvres. Attrapant son bouquet, elle releva l'ourlet de sa robe brodé d'un riche liséré d'or et dévala l'escalier. En bas, deux domestiques lui ouvrirent la double porte menant à la cour.

L'espace d'une seconde, son cœur s'arrêta.

Alik l'attendait au bout de l'allée, Leena dans les bras, adorable dans une robe rouge assortie à la sienne.

Elle leva les yeux vers le ciel et rit de bonheur. Le poids qui pesait sur son cœur avait disparu, consumé par le brûlant soleil d'Attar, par la chaleur des sentiments d'Alik. Elle se sentait légère, légère... Une nouvelle Jada. Alors elle s'élança dans l'allée, vers sa famille, son mari. Son avenir...

Comme elle le rejoignait, Alik lui prit la main.

— Toute ma vie, j'ai attendu ce moment, chuchota-t-il. Rien n'aurait pu me combler davantage.

— Moi aussi, dit-elle. Je l'attendais sans le savoir. Ma peine m'a ouvert le plus beau des chemins, celui qui m'a menée jusqu'à toi.

— Je suis si heureux que tu l’aies suivi.
— Moi aussi, Alik…
Elle serra les doigts autour des siens.
— Moi aussi, mon amour.